河出文庫

カルト脱出記
エホバの証人元信者が語る 25年間のすべて

佐藤典雅

河出書房新社

目次

第4章　信者としてのアイデンティティ

第5章　激動の活動時代

＊本書における聖書の引用は、「宗教法人　ものみの塔聖書冊子協会」発行の『新世界訳聖書』から行う。また、「ギリシャ語聖書」は「新約聖書」を、「ヘブライ語聖書」は「旧約聖書」を、「啓示」は「黙示録」を指す。

＊本書に登場する人物は、公的人物をのぞきすべて仮名です。

カルト脱出記

——エホバの証人元信者が語る25年間のすべて

答えとは探すものではなく、創るものである。

はじめに――三五年前の八ミリビデオ

「聖書を学ぶのは家族にとって良いことだ」と母親がエホバの証人と聖書の勉強を始めたのがきっかけで、私の家族の壮絶な二五年間のカルト生活がスタートした。

エホバの証人には細かい儀式や規則がなく「自由な民である」という主張とは裏腹に、実際にはさまざまな抑圧と決まりごとがあった。誕生日、クリスマス、正月など全ての行事はご法度。学校では体育の武道の授業から運動会の騎馬戦まで禁止。国歌のみならず校歌を歌うのも禁止。タバコはもちろんダメで、さらに乾杯の行為そのものまで禁止された。

当時は週に三回の集会があり、たとえ小さな子供であっても二時間おとなしく座っていることを強要された。それができなければ、虐待に近いムチが加えられる。親の命令は神の命令であるから、背くと容赦なく叩かれる。さらに、娯楽はサタンの誘惑の道具であるとして、母親は私が持っているロックのカセットテープを全て捨てていった。寺や教会が写っている写真にも悪霊が憑くと言って、そのような写真を一枚一枚アルバムから抜き出しては捨てた。

婚前交渉はおろか、思春期のデートも禁止である。エロ本は見てはならないし、男子であればオナニー禁止という異常な規則が布かれる。当然、結婚相手は信者同士でなくてはならない。

仕事仲間であっても信者外の人とは友達になることも注意の対象となる。なぜなら信者以外の人はサタンに惑わされており、信者の信仰を腐敗させるからだ。こんな調子だから、教団には女性信者の方が圧倒的に多いため、多くの女性信者が独身を余儀なくされる。信者外の「世の人」と結婚することは由々しき罪であるのだ。

若い人であれば、世俗の仕事よりも伝道に打ち込むように指導される。それで教団と親ぐるみで大学に行くなという圧力がかかる。私も母親からいつも新聞配達のようなパートをやるように圧力をかけられてきた。お金儲けはサタンの誘惑であると協会は注意を促す。自分の信仰を守るためなら、イエスと同じように自分の命を犠牲にしろと教える。だから輸血を受けるぐらいなら死んだ方がマシであると信じている。たとえそれが自分の子供であってもだ。

この世は全てサタンの配下にあると教団は教えている。世の終わりであるハルマゲドンは今にでもやってくる、と信者は信じている。だからエホバの証人の子供は、教団と親のいいつけを守らないと神によって滅ぼされると洗脳される。そして一度洗脳されたら、信者は洗脳の自覚がないまま自分の感情を抑圧して生きていくことになる。そのため教団の中には、うつ病、慢性疲労症候群、原因不明の病気に悩まされる信者が多い。

私はこの世界の中で、九歳から二五年間生きてきた。自力で洗脳を解いた時は、一種の絶望を感じた。なぜなら親族全員がエホバの証人であり、親子であれ村八分にされるのは目に見えていたからだ。生涯を通じて私にはエホバの証人の友達しかいなかった。そして信仰を翻した今、自分はその仲間から「サタンの人」というレッテルを貼られて排除されることになる。電話の向こうで泣き叫ぶ母親、頭がおかしくなったと私から離れる弟夫婦と妹夫婦。もちろん私の妻と彼女の実家も信者だ。これらはわずか六年前のことである。


ここ二、三年間、自分が二五年間属していた教団での人生を細かく振り返ることはなかった。毎月、ロスアンジェルス、日本、シンガポールを飛びまわる生活に追われていたからだ。七年前にヤフーを辞めて入ったファッション業界の仕事はおもしろかった。

その間にいろいろなことがあった。自分がかかわった、東京ガールズコレクションやキットソンというアパレルブランドも、全国的にブレイクした。そしてシンガポールでのファッションショーも、大きな注目を集めた。事業戦略とマーケティングのコンサルとして、数々のセミナーで話をさせてもらった。そして、数々のクライアントともお付き合いをさせてもらってきた。

ここにきて、その役割も終えたので、ロスアンジェルスに戻った。そして過去を回顧する時間が少しばかりでき、ふと思う。

「自分の二五年間のカルト教団生活は本当にあったのだろうか？　何かの夢を見ていたのだろうか？」

仕事はエキサイティングであったし、多くの楽しい同僚や友人にも囲まれてきた。しかし、五年より前の過去の私を知っている友人はほとんどいない。それは単純に、今の人脈が過去五年以内にできたものだからだ。私は今から五年前に、それまで知っていたほぼ全ての友人と知人を失った。だから今私と仲がいい仲間は、全てここ数年以内に再構築してきた友人たちだ。二年前に『給料で会社を選ぶな！』（中経出版）を出させていただいた時に、大勢の仲間が出版パーティーに来てくれた。その時彼らを見ていて、「三年でここまで来たか」と思った。そして両親も弟もかけつけてくれた。母親も、ニコニコと嬉しそうだった。今でこそ、平和な佐藤家の日常がある。しかし五年前までは、佐藤家は戦慄と混乱の真っ只中にいた。

二〇一二年四月、部屋を整理していたら、四歳の時の八ミリビデオを変換したＤＶＤが出てきた。以前に弟が送ってくれたものだった。パソコンに入れて再生してみると、ロンドン時代のものだ。音声はなく、いかにもレトロといった粗いフィルムの映像。ロンドンの公園に私がいて弟がいる。無邪気に笑っている。そして私の母親が楽しそうに子供たちを視線で追い、父親も微笑んでいる。何気ない日常の一コマで、四分ぐらいの長さだった。

そこに映っている幸せそうな家族を見ていた時に、突然ドッと涙が溢れ出した。自分でもこの涙には驚いた。反射的に涙が出てきたからだ。この映像の中に映っている幸せそうな家族四人は、その後に長く続くカルト教団生活をまだ予期していない……。

最近また、オウム事件の報道が盛んになってきた。ここで多くの人は、オウム真理教に代表されるようなカルト教団の信者について、疑問が出てくるはずだ。

オウムの信者は、本当にハルマゲドンを信じていたのだろうか？

オウムに限らずカルトの教祖は、確信犯なのだろうか？

世の中のメディアからバッシングを受けても、なぜ信者たちは教団をやめようとしないのか？

財産まで捨てて出家して集団生活することは、本当に幸せなのだろうか？

一体どういう環境だと、そのような極端な洗脳状態に陥るのだろうか？

なぜカルト信者は、ここまでとっぴなことを信じこめるのか？

ベストセラーとなった村上春樹の『1Q84』はエホバの証人を題材に含めている。

この本を読んで自分が一番釈然としなかった部分がある。物語の中では、主人公たちがなぜそこまでカルト的な教義にハマっているのかは説明されていない。ただ、「強く信じているからである」で片付けられている。なぜそこまで強く信じるように到ったかは説明されていない。本人がどのような境地にあるかは全く描写されてもいない。ましてやそれを信じている間、著者は宗教に関していろいろと調査したが信者となっていたわけではない。しかしそれもそうだろう。これだけは洗脳された信者の側になってみないと分からない。そして自分はそちらの側だったので分かる。


最初は、自分がカルト教団に属しているとは夢にも思っていなかった。一九九五年のオウムの地下鉄サリン報道があった時も「カルトは大変だな」と思ったぐらいだ。証人たちは聖書の預言にある偽キリストが出てきたと言って騒いでいた。

「私たちは真の宗教だけど、世の人からオウムと一緒にされなければいいね」

「サタンも、人間を惑わすのに必死ね」

「ハルマゲドンが近いと、こういう危険なカルト教団が増えますね」

「みんな、あんなに出家して。ニュース見てやめようと思わないのかしら」

「私たちは、エホバと組織に守られているからよかった」

証人たちは神の真の組織に属しており、真理を持っていると信じて疑わなかった。そして、サタンの罠であるカルト教団から身を守ってくれる組織に感謝した。

私は子供の時から、アメリカと日本のたくさんの会衆を渡り歩いてきた。知り合いは、証人たちしかいなかった。もちろん親族も、ほとんどが証人たちであった。そして、ニューヨークにあるブルックリン本部で、約四年間奉仕をしていた。教団の幹部ともいつも時間を過ごし、教団は神の組織であるという確信を強めた。

教団の若者たちは、大学に行かないで布教活動に打ち込むように指導された。新たに入信した家庭持ちの男性の中にも、仕事を辞めて、組織の活動に入れ込む信者が数多くいた。私たちは輸血をするぐらいなら死んだ方がマシだと確信していた。そして世の中は、全てサタンによって支配されているので、一切関わらないように洗脳されてきた。音楽も映画も本も、全てサタンによる誘惑の罠であった。私たちは、誕生日やクリスマスを祝う一般の人々を哀れみの目を持って卑下していた。サタンに惑わされている滅ぼされるべき運命にある人々。私たちは教団に入っていない人たちが、非常にかわいそうでならなかった。

だから私には、熱狂的な宗教信者の心情が手に取るように分かる。自分自身も、毎週布教活動でドアからドアへ足を運んでいた。世の終わりが、明日にでも来るかのような決意を持って生きていた。悪魔の世界なので、政府からいつ迫害されてもおかしくない。信者たちは教団が弾圧された時を想定して、逮捕はおろか、殉教も覚悟していた。それと同時に、自分たちは世界の中で唯一幸せな集団であると信じていた。だから、周りの人たちを一人でも多く教団に導くのが神から与えられた使命であった。何しろ世の終わりは近づいているのだから。ハルマゲドンから一人でも多くの人を救わなくてはならない。このために多くの信者が、自分の感情を殺し、夢を犠牲にし、教団のためだけに身を粉にしてきた。しかしそれでも、自分たちは一番幸せな集団であるという充実感を持っていた。

私が正式に教団を去ったのは今（二〇一二年六月現在）からちょうど五年前のことである。今となっては、親族の大半は私と共に教団から足を洗い、関係を完全に断ち切っている。長い宗教人生だったが、今では遠い昔のように思える。「あれは現実だったのか？」としばしば思う。道で教団の者を見かけると「まだやっている人がいるんだな」と思ってしまう。今でこそ遠い別の世界に思われるが、二五年間のカルト教団生活はあまりにも長かった。悪夢のようでも、心地よい夢のようでもあった。いずれにせよ、私の親族も第二の人生を再構築していることには変わりない。洗脳を解いて自分を正常な軌道に戻すには、脱退届けを出す以上のことが関係する。それは浦島太郎が砂浜に戻ってきて、多くの時間を失ったことに気付いた時の心境に近い。

最近、オウム事件の報道で、再びカルト教団に世間の注目が向けられている。私の周りの友人たちも普段はカルト教団と接点はないが、私の体験談にはものすごく興味を持つ。よその世界の出来事と思いつつも、どことなく気になるらしい。実際問題、カルト問題はあなたが思っているよりずっと身近なところに存在する。あなたの近所かもしれないし、職場かもしれないし、身内から来るかもしれない……。最初のきっかけはちょっとした小さなことだ。だがその影響は人生に非常に大きなインパクトを与えることになる。

この本では自分の宗教での生い立ちを話していく。同時に、教団とその信者の実像に関しても内側から書いていく。また、宗教の洗脳はどのようなプロセスで始まり進行するのかも話す。人はどのように理論的に、感情的に、カルトの教義の深みにハマっていくのか。そして、もちろん読者のみなさんが同じアリ地獄にはまらないように、具体的な対策も記しておきたい。

カルト教団という言葉は奥が深く、この言葉を検証するだけで世界中の社会現象、政治観、ビジネス観まで見えてくる。なぜアメリカと中東の戦争は終わることがないのか。なぜ平和を教えているはずの宗教信者が自爆テロを繰り返すのか。カルトを理解すると今まで不可解だった謎が見えてくる。しかし世界全体を理解する前に、まずは個人の話から。ここから私の話である。

第1章　カルト生活の幕開け

ドアにやってきたエホバの証人

佐藤家は私が九歳の時に、アメリカのロスアンジェルス（以下ロスと省略）に引っ越してきた。引っ越してからそう長くも時間が経っていない頃のことである。二人の婦人が、我が家のドアにやってきた。この二人はエホバの証人（以下証人たちと省略）の伝道者であり、布教活動で我が家に来たのだった。そのうちの一人は、宇野さんと名のった。彼女の夫は、私の父と同じ会社の社員だったので、母親も安心して彼女を家に招き入れた。

日頃から同じ駐在員の主婦の間では宇野さんのことが噂になっていた。少し変わった人という噂で距離を置かれていた。社員の家族が招かれる行事、パーティーにも顔を出さず、一緒にいると布教されてしまうと言われていた。しかし、母親は彼女と会って、噂にあるような変な人ではないと思ったらしい。

宇野さんはそれからたびたびうちに来るようになった。最初はお茶を飲みにきている感じだったが、そのうち、母親が彼女と週に一度、聖書の勉強を始めるようになった。家で毎週一時間ほど聖書の講義をすると、お茶を飲んで雑談して帰っていく。子供心には、お客さんが増えた程度にしか思わなかった。

最初に覚えているのは、子供用の聖書関連の本をもらったこと。黄色い本で、『子供たちの聖書物語』と書いてあった。聖書からの主要な場面が子供向けのイラストで描かれている。ノアの洪水、バベルの塔、モーセの紅海や、ヨナが鯨に飲まれた話などは子供ながらに興味のある話だった。

「なんかわくわくするおもしろい話だな」

そう思ってページをめくっていった。すると怖い強烈な絵が出てきた。

「なんでこの人、こんなに苦しんでいるの」

白黒の絵で男性が血にまみれて杭に張り付けられている絵だ。顔に血が流れていて体もムチの傷跡で覆われていた。見るからにおぞましい絵だ。

「どういうことをしたらこういう怖い目に遭うのだろう」

私は子供ながらに不思議だった。すると宇野さんが教えてくれた。

「この方はイエス様なのよ。私たちのために死んでくださったのよ」

「なんでボクたちのために死んだの」

「それは私たちが不完全な罪人だからよ。イエス様はみんなの罪を背負ってくださったの。だから、のりくんもイエス様を信じたら罪を許していただけるの」

「ボクはそんなに悪いことしてないよ」

少なくとも自分はこの人のように、杭に張り付けられるような悪いことはしていないと思った。

最初、母親は家族のために良かれと思って聖書の勉強を始めた。母親が出た高校も大学もプロテスタント系だったので、ずっと聖書にはなんらかの答えがあると思っていたらしい。その答え、つまり「真理」を求めて、昔からいろいろな教会を巡り歩いていた。しかし個人的にしっくりくるものがなかった。ところがそこにエホバの証人が来て、疑問に対して聖書から全てを答えてくれた。証人たちは、聖書から魔法のように答えとなる聖句をすぐに引き出す。

「この人たちは聖書の答えを知っているかもしれない」

母親はそう思い、証人たちに自分が抱えていた疑問をぶつけた。

「平和を教えているはずの宗教がなんで戦争をするのでしょうか？」

「なぜ愛のある神が病気や死を人に与えたのですか？」

「もし神が愛であるのであればどうして地獄があるのですか？」

「なぜ神は悪魔の存在を許しておられるのでしょうか？」

すると証人たちは、それらの質問に全て聖句から引用して答えていった。それを聞いて母親は感嘆した。

「この人たちこそが真理を持っている！」

そして彼女は熱心に聖書の勉強にのめりこむことになった。

聖書を教える司会者の宇野さんは言った。

「私たちエホバの証人の協会は、寄付を強要することはありません」

そして自信に満ちた表情で続けた。

「私たちは規則や儀式の多いカトリックと違って、聖書の原則以外は縛りがありません」

「まあ、素晴らしい。私が通っていたカトリックは規則ばかりでしたよ」

「私たちは、聖書の正しい知識によって自由にされているの。真理は人を自由にすると聖書には書いてあるわ。だから私たちは、自由の民でもあるの」

宇野さんは得意そうに言った。

「佐藤さんが知っているとおり、カトリックは多くの規則に縛られています。でもイエスは、そんな命令は一切与えていないの。私たちは、聖書に書いてあるイエスの言葉しか実践していません」

「聖書が全てのガイドラインというのは、分かりやすいですね」

母親はこのシンプルさが気に入ったようだ。

その頃から聖書と青色のカバーの本が、自宅のテーブルの上に置かれるようになった。しばらくして、母親は聖書の勉強を父親にもするように勧めた。父親はずっと抵抗していたが、母親が何度も勧めるので妥協案を出した。

「英語の勉強としてなら、やってもいいよ」

さっそく白人の夫婦が、毎週家に聖書の勉強の司会に来るようになった。

（とっても上品な感じのいい夫婦だな、きっとこの人たちは、とってもいい組織の人なんだな）

子供ながらにそう思った。

子供たちもテーブルの横で、親が聖書研究をしているのを眺めていた。一緒に会話して、この夫婦からマクドナルドの発音も教えてもらった。「マック・ドーナード」と言うんだと家族で驚いた。この夫婦は、アメリカの生活を教えてくれると共に、聖書に関しても教えてくれた。父親も聖書を勉強しながらこう言った。

「ま、アメリカを知る上で、キリスト教をかじっておいて損はないか」

毎週一時間、司会者の夫婦が聖書を教えに来る。この頃から母親は、聖書と協会の出版物を朝から夜遅くまで読み出すようになる。

両親は絵に描いたような健全な夫婦であった

話をもう少し前に戻す。私の両親は、ともに広島出身である。父親の話では戦後で貧しく、おやつが生卵だったたという。大学に行くお金もなかったので、慶應を奨学金で通したという優等生だ。卒業後、当時はステータスがかなり高かった大手銀行に勤めることとなる。そしてすぐに社内試験を受けて国際部に配属される。

一方、私の母親はそれなりに裕福な家庭に生まれ、プロテスタント系の女子学園を出ており、その頃から聖書は素晴らしいと思ったらしい。これが後になって、カルト教団の道に走るもととなる。母親は銀行の受付をしていたが、父親とお見合い結婚をして寿退社した。こうして申し分のない結婚生活がスタートした。

そしてロンドン転勤の直前に、私が広島で生まれることになる。一九七一年の話である。私は生まれて三ヶ月後にロンドンに引っ越した。私の引っ越し人生は、ここから始まっている。ロンドンでは後に弟のヒロが生まれた。そして五歳までイギリスで暮らすこととなる。

一九七六年、私が五歳の時に家族は帰国する。この時に両親は新しいベッドタウンであった東京の小金井市に家を購入した。後にここで妹が生まれる。家族揃って普通にそれぞれの日常を送っていた。経済的にも何も不足ない、ごく普通の絵に描いたような平和な家庭であった。

子供の時の私の両親に対するイメージはこうだ。父親はサザエさんのマスオさんと少しかぶっている。たぶん髪型がずっと七三分けだったからだろう。ただし性格はマスオさんみたいにソフトではなかった。あまり怒ることなく、温厚ではあったが、規律的で毅然としていた。また、とても現実主義な性格でもあった。それに対して母親は、理想主義者であった。子供の時に見た映画「兎の眼」の主演の壇ふみを、自分の母親っぽいと思った。これが子供の時の私の親に対するイメージだ。

「お母様」は理想が高かった

母親は育ちが良かったせいか、理想が高かった。私と弟が小学生の時に、「お母様と呼びなさい」と言い出したのだ。近所で友達みんなが聞こえる所で「お母様」は悪ガキ兄弟にはできない相談だ。その結果、「ママ」から上の言葉への移行に失敗してしまい、佐藤家では未だに「ママ」が残っている。母親のちょっとした上品志向を表しているエピソードだ。

教育に関しては「子供はこうであるべき」という理想が強く、しつけにも厳しく教育熱心であった。子供の頃は習字、公文、歌レッスン、スイミングなどと、お稽古に忙しかった。それでも弟と二人で楽しく通っていた。

母親はホテルに泊まると、最初にドアノブをアルコールで拭いてまわるような潔癖な性格だった。だから紛いものや変化球を嫌った。小学生の時、ずっと子供心に謎があった。「……じゃん」と話すと、すぐに「じゃんは日本語ではありません！」と厳しく叱られるのだった。彼女は広島出身だったので「じゃん」を日本語として認めていなかった。

この高い理想主義は、玄米主義にも表れた。我が家では子供の頃からたびたび玄米ブームが起こった。たびたびということは断続的だったということで、本当は母親も玄米は好きではなかったのだろう。子供からするとただの迷惑なブームでしかなかった。また、子供たちが買ってくる駄菓子屋のお菓子をイヤがった。着色料などが体によくないとたびたび捨てられた。またお砂糖を摂るなら外のものでなく、手作りのものが健康的というポリシーを貫いていた。小学生の頃は、母親がケーキやアイスクリームを作っていた。この極端なルールは私の家だけかと思っていたが、後に同じクリスチャン仲間にそういう親が多数いることに気付いた。もともと原理主義的な素質を自分の中に持っている人が多いのだろう。

とはいえ、理想が高かった分、子供思いな素晴らしい母親ではあった。学校でも知人の中でも、上品なお母さんであると評価が高かった。楽しいことも好きで、クリスマスにはサンタクロースから来る手紙を英語で用意してくれた。誕生日などの行事もいろいろとやってくれたし、両親揃って子供たちをいろいろな場所に連れていってくれた。愛情に溢れる自慢の母親でもあった。

母親は好奇心旺盛で活発な性格であった。たぶんキャリア・ウーマンであれば、仕事にエネルギーを注いだタイプだと思う。当時は女性の本格的な社会進出が起きる前で、専業主婦が当たり前とされていた。だからそのエネルギーが子供の教育や習い事に熱心にむけられたように思う。

両親はとても仲のよい夫婦であったが、子供だった時の夫婦喧嘩を一つだけ覚えている。母親がかなり怒りながら「こんなもの切ってやる！」とハサミを持ってきた。何を切るのかというと空手着だ。父親はずっと空手をやっていたので、要は「空手と私どっちが大事なの」ということだ。今改めて考えると、このことが将来の佐藤家のカルト入りの潜在的な発端要素であったと思う。「空手よりももっと私に注目して」の欲求不満が後に教団によって満たされることとなる。些細なことかもしれないが、将来の宗教への入り口という観点からは見過ごすことのできない出来事であった。

楽しみにしていたハロウィーン

一九八〇年は「ウルトラマン・エイティーズ」と共に新鮮な響きをもってやってきた。そして小学三年生だった私にとっても驚きの年となった。なんとアメリカのロスというところに引っ越すのだ！　私にとってロンドンの記憶はないに等しいので、生まれて初めての海外といった感じで興奮した。

大手の銀行員の父親は若い頃から海外支店勤務が多かった。これ以降は佐藤家の数多くの引っ越しが続くことになる。初めてのアメリカの印象はハンバーガーだった。カールスジュニアのハンバーガーが大きくて驚いた。父親が得意げにオーダーをしてくれた。

「アメリカってなんでも広くてでかくてスゴイなー」

という印象が心にやきついた。私にとってのアメリカへの引っ越しは大きなパラダイムの転換であった。アメリカは何もかもが新しく、ダイナミックで子供ながらにワクワクした。

ロスに引っ越してきてしばらくは、毎週末どこかのテーマパークか観光地に行っていた。日本にディズニーランドができる前の時代だ。当時、日本の週末は日曜だけだったので、アメリカの土日の週末は天国に思えた。私は学校で、英語という新しい環境にすぐに溶け込んだ。夏休みに車でサンフランシスコやヨセミテにドライブしたのも、良き思い出だ。当時の一ドル二四〇円からすると、アメリカに来て豊かな生活環境を享受しているように子供の私にも思えた。

そのうち同じような駐在員の友達もできた。そして友達が、ハロウィーンについて教えてくれた。

「一〇月三一日はハロウィーンなんだよ。お菓子がたくさんもらえるんだよ」

「どこでももらえるの」

「お化けの格好して歩くと家の人がキャンディとかチョコとかくれるんだぜ」

「タダでくれるの」

「そうだよ、どの家に行ってもだよ！　いろんな格好して“Trick or treat”って言うんだ」

私と弟は興奮して母親に言った。

「行きたい！　行きたい！　近所を歩くだけでアメがたくさんもらえるなんてすごいね」

「いいわね、ハロウィーンになったら行きましょうね」

と母親は約束してくれた。しかしその直後に、母親は大きく違った方向へ舵を切ることになる。

家庭聖書研究が子供たちにも始まる

母親の聖書の勉強を教えにきていた宇野さんは、我が家に雑誌を定期的に持ってきた。「ものみの塔」と「目ざめよ！」という二冊の雑誌だ。母親はこの雑誌には真理があると思い、これらの雑誌のバックナンバーを過去に遡りひたすら読み漁った。

通常、証人たちは伝道に来ると、この二冊を「無料なので読みませんか」と言ってくる。「ものみの塔」誌には信者のための教義が扱われている。全ての協会の見解や教義変更はこの雑誌を通じて行われる。この雑誌は二〇〇弱の言語で毎月毎号四二一八万部発行（二〇一二年時点）されている。「ものみの塔」誌は聖書を勉強するための雑誌である。ここで矛盾するのだが、最終的には聖書よりも雑誌に書いてある教義の方が優先されることになる。「目ざめよ！」誌はもっと一般向けの内容となっている。聖書の視点から様々な社会問題や自然や科学などについて触れている。証人たちの家に行くと、大抵この雑誌が部屋のテーブルやトイレにまで置いてある。

そして家の人がこの雑誌を毎回受け取るようになると、家庭聖書研究を勧められる。証人たちが家に来て無料で聖書を教え、聖書と組織の出版物を無料でくれる。出版物の中には教団による聖書の教義の解説が書いてある。各文章には、ちゃんと付随する質問が本の下段に用意されている。そして各文章の中には、教義を裏づける聖句も引用されている。

「佐藤さん、それではここのページの次の節を読んでください」

と、宇野さんが言う。母親はその節を音読する。宇野さんは続ける。

「有難うございます。では下の質問を見てみましょうか。人間が不完全になってしまった理由はなんでしょうか？」

母親は文章の中から答えを探す。

「アダムとエバが罪を犯してしまったから、で大丈夫でしょうか？」

「そのとおりです。理解が早いですね。では関係する聖句を引いてみましょう。創世記のこの聖句を読んでください」

宇野さんは研究司会が上手だ。

もしここで母親が違う回答をすると、「違います」とは言わずにやんわりとソフトに言う。

「では他の聖句も見て考えてみましょうか」

そしてたくさんの聖句を続けて開く。

証人たちは全部つじつまの合う聖句ばかり選別しているので、研究生は、これに対して論駁することができない。どんなに反論好きな研究生でも、これを半年間やられると反論しなくなる。このようにして、聖書研究という名のもとに洗脳は進んでいく。本人は何度も協会の出版物を音読して、答えを反復しているうちに、その考えに染まってしまう。しかも自ら質問に答えるので、自分で答えを探したかのような錯覚を持ってしまう。

やがて我が家に「ものみの塔」と「目ざめよ！」の二冊の雑誌がどんどん溜まるようになった。

「あなたたちもこの雑誌を読んでごらんなさい」

子供だった私は最初難しくて、よく分からず挿絵だけを見ていた。

司会者の宇野さんは、こう言った。

「佐藤さん、聖書は子供の教育にもいいのよ」

「そうねえ、確かに素晴らしい教えですものね」

それから子供たちの聖書研究も始まった。

毎週きれいなアメリカ人のお姉さんの家に行くことになった。他の子供たちも五名ほど来ていた。一緒に黄色の本を読むのだ。順番にノアやアブラハムの話を朗読していく。そして時々一緒に聖書のゲームなどをした。母親も、子供たちが聖書と協会の教えを習っていくのを見て、喜んでいた。

楽園で永遠に生きられる！

証人たちは、聖書研究を始めると、まず最初にこう言う。

「私たちは、聖書の素晴らしい真理を述べ伝えに来ています」

「無料の聖書研究はいかがですか？　私たちはイエスの命令に従っているだけなので、お金は一切いりません」

「私たちは聖書を勉強をすることによって、楽園で永遠に愛する家族と共に生きることができます」

「永遠に地上の楽園で生きる」。これは母親にとって新しいことであった。カトリックやプロテスタントでは、人は死ぬと霊魂が天国か地獄に行くと教えられる。しかし証人たちは、全く違うことを言う。

「アダムとエバも最初は永遠に生きられるように創られていました。でも神に背いてしまったのでエデンの園を追い出されて死ぬようになったのです。私たち人類はアダムとエバの子孫にあたりますね」

「そうですね。人は猿から進化したとは思えないので」

「その結果、私たちは最初の親の罪深い遺伝子を受けついでいます。だから不完全な人間となって死ぬようになったの」

「不完全だから死や病気にかかるということですか?」

「他にもたくさんあります。人は不完全なのでいろいろな罪を犯します。まず世の中全体が不道徳でしょう?」

「そうねえ、不倫とか離婚も増えてきているみたいですね」

「それと、人は不完全なので赤ちゃんの時から罪の傾向を持っています。子供が赤ちゃんの時に最初に学ぶ言葉は『ハイ』じゃなくて『イヤだ』でしょう? 反抗する心を生まれつき持っているの」

「最初から『ハイ』を覚える赤ちゃんはいないわね」

確かに「不完全」という言葉で多くの諸問題の原因に説明がつくような気がする。

「なぜ愛ある神が人に死とか病気を与えたのか。それは、アダムとエバの罪のせいだったんですね」

「そのとおりなの。世の中の問題は神の責任ではなくて、人類の自業自得とも言えるのよ」

「でも、本当に永遠に生きることってできるのでしょうか？」

「佐藤さん、ご存じ？　科学的には、なぜ人間の細胞が衰えて死ぬかは解明されていないの。老化現象が起きるプロセスは分かっているけれど、それがなぜ起きるかは分かっていないの」

「まあ不思議。そうなんですか？」

「体は本来、人が永遠に生きるために創られているの。そうでないと、なぜ脳が現在二％しか使われていないか説明できないでしょう？　楽園に入ったら脳を一〇〇％使えるようになるのよ」

「まあ、だからみんな記憶があまりよくないのね」

そこで二人は笑う。

「ここで、一緒に聖書から見てみましょうか。イエスはこう言っておられます

『あなたの王国が来ますように。あなたのご意志が天におけると同じように、地上においてもなされますように。』（マタイ六章一〇節）」

「聖句では王国はどこに来ると書いてありますか？」

「え、天国じゃなくて地上に来るんですか？」

「そうですね。では他の聖句も見てみましょうか」

『神の約束によってわたしたちの待ち望んでいる新しい天と新しい地がありま す。』（ペテロ第二 三章一三節）

「この新しい地とはどんなところだと思われますか？　次にイザヤの預言を見てみましょう」

『そして、彼らは必ず家を建てて住み、必ずぶどう園を設けてその実を食べる。彼らが建てて、だれかほかの者が住むことはない。彼らが植えて、だれかほかの者が食べることはない。わたしの民の日数は木の日数のようになり、わたしの選ぶ者たちは自分の手の業を存分に用いるからである。』（イザヤ六五章二一、二二節）

「神の民になれば、この地上で永遠に生きることができるのよ！」

宇野さんはそう言うと私に聞いてきた。

「のりちゃんは、お母様と一緒に楽園で永遠に住みたいかな？」

「楽園って、どんなところ？」

「ライオンとか羊さんとも仲良く遊べるの。そして永遠に死なないの」

私はなんだかワクワクした。死ぬことがないなんて『銀河鉄道999』の鉄郎みたいだ。

母親はこの永遠という言葉を考えてみた。

「なんか永遠を考えると、頭がボーッとするわ。明日の次も、明後日の次も、永遠に続くのよね」

私も想像してみたが、永遠は想像がつかない。

「頭がうん――！ってなっちゃう」

すると宇野さんは得意げに言った。

「そうね、今の私たちに永遠という言葉は理解できないの。それは私たちが不完全な証拠。完全じゃないから、永遠を想像することはできないのよ。でも楽園に入ったら、永遠を理解できるわ」

そう言って宇野さんは次の聖句を開いた。

『神はすべてのものをその時にかなって美しく造られた。定めのない時をさえ彼らの心に置き、まことの神の行なわれた業を、人間が始めから終わりまで決して見いだすことができないようにされた。』(伝道三章一一節)

「佐藤さん、ここには神は定めのない時を人の心に置いた、とあるでしょ」

「本当だわ。私も昔から死にたくないと思っていたの。なんでそうなのか、理由が分かったわ」

「神が人間に永遠の意志を与えておきながら、人が八〇歳で死ぬのは残酷よね。だから、楽園では永遠に神の業を探求できるのよ」

「それはとても素晴らしいわ」

「私たちは、この素晴らしい神の王国の音信を皆さんに伝えたくてしょうがないの」

そして母親も証人たちと一緒に、この素晴らしい音信を人に伝えたいと思うようになった。

神父さんの顔がサタンのような顔に

この頃はまだ母親は他の教会も渡り歩いていた。日曜日になると、近くの現地の教会に行ったりした。しかし一般的な教会は社交場と化しており、ビンゴ会などを開いていた。またミサでも、開かれる聖句は多くて五つほどで、大抵決まった内容だ。そんな理由から、母親は聖書の内容をまともに教えてくれるところはエホバの証人だけだと思い始めた。すると、宇野さんはこう言い出した。

「佐藤さん、一般的な教会はキリストの忠実な教えから離れていっているの。だから今は聖書の教える役割がおろそかになっているでしょ」

「そうよね、教会のミサに行っても聖句を五つも開かないし。ただの社交場よね」

「しかも教会は真理を持っていないので、サタンによって惑わされているの」

「サタンに？　そうなのかしら……」


母親は聖書研究を始めたので、地元の教会の神父さんに褒められるだろうと思って話をした。

「最近エホバの証人と聖書のお勉強をしているんですよ」

するると神父さんとシスターの顔つきが険しくなった。「エホバの証人とは！」といった顔だった。それを見て母親は司会者に報告した。

「エホバの証人の名前を出しただけであの人たち、サタンみたいな怖い顔をしたのよ」

すると宇野さんはとても嬉しそうに興奮して言った。

「そうでしょ！　だってあの人たちは聖書の真理を持っていないんだから。カトリックは自分たちが聖書の何も知らないことを暴露されたくないの。ちゃんと聖書を研究して理解しているのは証人たちだけだから怒るのよ！　これが他の教会とのお勉強だったら彼らもそこまで怒らないわ。だって脅威にならないから」

確かにそうだ。聖書に書いてある「エホバ」という名前を出すだけで、あの神父は険しい顔をしたのだから。たぶん、彼らは本当にサタンに惑わされている教団かもしれない。母親は証人たちこそが真理を持っているという確信を強めた。そして、週に一度の研究を二度に増やしてくれと頼んだ。

知らないうちに誕生日、クリスマスがなくなる

母親が宇野さんと聖書研究を始めてからしばらくしてのこと。ロスに引っ越してきたのが三月で、それから約半年経った時だ。ついに待ちに待ったハロウィーンが、一〇月三一日にやってくる！　私と弟は二人で喜んだ。

「やった、もう少しでハロウィーンだよ！　アメもらえるよ」

「だめよ、行きません」

「えー、なんでー！」

「アメをタダでもらいにいくような卑しい行事には、参加しません！」

「えー、最初は楽しい日だって言ってたじゃん！」

兄弟揃って落胆した。ずっとこの夢みたいな行事を楽しみにしていたのだ。なぜ急にダメと言い出すのか理解できなかった。しかもそれだけではない。クリスマスも今度からしないというのである。

司会者の宇野さんが子供たちに説明をしてくれた。

「ハロウィーンは、イエス様じゃない教えから来ているの。だからクリスチャンはそれらを祝わないの。ハロウィーンは、悪霊が戻ってくる日だからサタンの行事なのよ」

「じゃあクリスマスは？　イエス様のお祭でしょ」

「聖書にはイエス様が一二月二五日に生まれたとは書いてないの。あれは教会が他の宗教と混ぜたお祭なのよ。もともとは太陽を祝うお祭から始まっているの。真のクリスチャンは、そういう行事には参加しないのよ。のりちゃんだって、エホバのいうことを聞いて楽園に入りたいでしょ」

「……うん……」

そうとしか答えようがなかった。

宇野さんによると、誕生日もお盆もお正月も全部ダメらしい。

「イエスが祝いなさいと言ったのは、ルカ二二章一九節にある最後の晩餐の記念式だけなの」

そんな理由から、エホバの証人は春の記念式以外は一切祝わない。この時から子供にとっては行事のないつまらない生活がスタートする。しかし証人の親たちは、お互いにこう話していた。

「証人じゃない世の子（一般の子供）たちは、誕生日とか決まった日にしか祝ってもらえないじゃない。だからかわいそうよね」

私には、それのどこがかわいそうか分からなかった。パーティーができない方がかわいそうに決まっている。だがそんなことはおかまいなしだ。そして、そこから徐々に、証人たちの特殊な数多くのルールが生活に入り込むことになる。まず最初に、母親が他の人と会食をする時に乾杯をしなくなった。

「今度から乾杯はうちではなしよ」

「えーなんでー、おもしろいじゃん」

「あれはお呪(まじな)いなの。だからイエス様は嫌がられるの」

最初は聖書の原則以外は規則はないと言っていたはずだ。問題はその聖書の中に多くの規則があったことである。そして、数多くの規則は学生であった子供たちにも影響が及ぶことになる。

「のりちゃん、今日は学校のクラスでお誕生日パーティーがあるから、このメモを先生に渡しなさい。パーティーが始まる前に迎えに行ってあげるから」

「えー、なんでダメなの？　いいじゃーん」

「楽園に入れなくなっちゃうわよ」

「じゃあ、ドーナッツだけでももらっちゃダメ？」

「だったらドーナッツをもらうだけよ」

クリスマスのパーティーの時も同じく学校を早退することになった。

それから程なくして、また新しいルールが増えていった。母親と宇野さんが二人で私に言う。

「今度から学校で旗に手を合わせないでね」

学校で毎朝行われる国旗敬礼のことである。アメリカでは授業の前に手を胸に当てて「I pledge allegiance to the flag of the United States of America（アメリカ合衆国の旗に忠誠を誓う）」と合唱する。宇野さんが横から説明する。

「クリスチャンはエホバ以外に忠誠は誓わないの。だから旗にも敬礼しないの」

「じゃあ、どうしたらいいの」

「手を胸に当てなければ大丈夫。あとは立たない方がいいかも。座っていられるかな？」

毎朝クラス全員が立っている中で自分だけが座るのは耐えがたかった。

「えー、やだよ。恥ずかしいよ」

「のりちゃん、エホバのためでしょ」

母親が横から怒る。

「やだーっ！」

そこで宇野さんが譲歩案を出す。

「立っててもいいから、歌を歌わないで。手を胸に当てないだけならできるかな？」

「え、宇野さん大丈夫ですか？　ちゃんと座らないで……」

「大丈夫、手を胸に当てなければ敬礼にならないから」

それから毎朝クラスで、一人だけもじもじしながら手を下ろして立っている自分がいた。自分だけ合唱しないで黙っているのも恥ずかしかった。弟と私の二人にとってこれは苦痛だった。でも楽園に入れるという信仰のための試練だから仕方ない。

このルールはさらにエスカレートし、校歌まで歌ってはならないという規則も追加された。卒業式でも校歌の合唱はしない。私はこれがイヤで後に、高校の卒業式に出席しなかったぐらいだ。

他にもある。証人たちは政治には一切関わらないので選挙の投票はしない。よって政治的な色のある生徒会長といったものからも離れておくべきだという。さらに聖書では「戦いを学ばない」とあるので格闘技の授業に参加してはダメである。日本でいえば剣道、アメリカではレスリングの授業がそれにあたる。親に先生に渡すメモを書いてもらい、授業中一人でベンチに座ることになる。

私は中学校に入ると、毎回レスリングの授業中にベンチで一人で座っていた。友達はみんな目の前でレスリングをしている。友達はみんな珍しそうに見る。

「なんでやらないの」

「聖書にダメって書いてあるからだよ」

向こうはそれ以上聞いてこなかった。だが私は寂しかった。なぜ自分だけダメなんだ？　でもこれもエホバのためだから仕方ないと思っていた。またもし学校でこっそり規則を破れば、同じ学校にいる証人の子供に告げ口をされる。学校では証人の子供たちがお互いを見張り合う。

アメリカでは、エホバの証人の歴史が長く社会的にも知られていた。だから、先生たちもこういった事態には自然に対応していた。エホバの証人に限らず、アメリカでは様々な宗教の人が独自のルールを持っている。ユダヤ教徒はイエスの誕生日は当然祝わないが、ハヌカという独自の休みは取る。またイスラム教徒と同様に、豚肉を食べない。ゆえに日本みたいに、エホバの証人の規則が学校と正面からぶつかることはなかった。それでも子供ながらに普通にみんなとパーティーをできないのは寂しかった。でも子供だったので、それ以上考えることはなかった。

愛に包まれた兄弟姉妹たち

母親が研究を始めてから程なくして、証人たちの集まる集会に行き始めた。当時は、子供心に母親の通っている教会が変わっただけだと思っていた。普通の教会と違うのは、証人たちは週三回の集会を開いていたことだ（現在は週二回である）。母親のような研究者は、日曜日の「公開講演」という集会から参加するように勧められる。父親は集会には行きたくないと言っていたので、母親と子供たち三人で出かけていた。

普通の住宅街の中に集会所はあった。一般の道路の歩道の横に車を止めて集会所まで歩いていった。入り口には「王国会館」と書いてある。中に入ると広い会場があって大勢の人がスーツを着ていた。真ん中に大きなステージがあって聖書を置く台とマイクがある。そして映画館のように列に並んでいる一五〇席程の椅子は全部ステージに向いている。横には普通のピアノが一台。壁には掲示板があり、そこにいろいろな紙が張ってある。入り口の近くには本を配るカウンターのようなものがある。これだけだ。今まで通ってきた教会とは違う。十字架やマリア様の像がない。

宇野さんは得意そうに言った。

「真のクリスチャンは偶像崇拝をしないから、十字架とか崇拝の対象になるものは会場にないのよ」

「何もなくってすっきりしていていいわ」

掃除好きの母親は、そのシンプルなインテリアが気に入ったみたいだ。

集会は二時間ある。演壇でスーツを着た男性がソフトな口調でずっと話をしていた。神父さんみたいな衣装を着ていないので、なんとなくつまらない。私はもっぱらノートに落書きばかりをしていた。講演が終わるとみんなで立った。ピアノで賛美の歌が演奏されると、紫の賛美歌の本を持ってみんなが歌った。そしてお祈りをすると、プログラムは終わった。

周りの大人たちが寄ってきて、私たち親子に次々に挨拶をした。信者の人たちが大きな笑顔で寄ってきて握手をする。

「ようこそいらっしゃいました！」

「集会へようこそ。とっても歓迎します」

「聖書をお勉強なさっておられるんですか。心が本当に素直な方ですね」

「偉いわー、こんな世の中で神様に関心があるなんて」

「子供たちもいい子にずっと座っていて偉いわね」

「ぼくたちも聖書のお勉強始めたばかりなの？　とってもいいことをしてるのね」

　こうして一度に大勢の知らない人たちからラブシャワーを浴びせられることになる。母親は帰り道に嬉しそうに言っていた。

「みんな優しそうないい人たちばかりね。やっぱり真のクリスチャンは違うわ」


　エホバの証人は、各地域に分かれて集会を開いている。地元の集会は、「会衆」と呼ばれていて、それぞれの地元の名前にちなんで名前が付けられる。この会衆は、「ロスアンジェルス日本語会衆」と呼ばれていた。各会衆は通常七〇から一〇〇名ぐらいのグループで構成されている。母親は英語が苦手だったので、近所の英語の集会ではなく、少し離れたこの日本語の集会に参加することにした。

　最初は研究生の子供ということで、集会中は落書きをしていても褒められていた。しかし参加する回数を重ねると周りの姉妹たちから、「そろそろお話を集中して聞きましょうね」とか、「聖句を一緒に開きましょうね」と指導されるようになる。

　ある集会で演壇から発表があった。他の会衆から旅行者の信者が来ていた。

「日本の大阪の会衆から本田兄弟を通して挨拶が届いています」

「兄弟」というから私は二人組の男性を探した。しかし一人の男性しか立っていない。みんなが握手をしている。私は不思議だった。自分は「兄弟」の意味が分からなかったので、「ここには二人兄弟が大勢いるんだな」と思っていた。

証人たちは自分たちのことをお互いに、「兄弟」「姉妹」と呼び合っている。それは聖書の中でパウロが会衆の仲間に向かって、「兄弟たち」と呼びかけているからだ。プロテスタント系の教会もユダヤ教徒もこの「兄弟たち」という称号を使う。映画「マルコムX」でも、イスラム教徒がお互い兄弟と呼び合っているところを見て似ていると思った。

こうしてこの時から、クリスチャン愛で結ばれた兄弟姉妹たちとの生活が始まることになる。

懲らしめのムチは愛のムチ

集会に行き始めた頃は、友達が増えたとしか思っていなかった。二時間座りっぱなしの集会は苦痛であったが、その後に同じ会衆の子供たちと友達になった。その中でも、カズくんという名前の男の子と特に仲良しになった。

証人たちは集会に正装をしていくので、子供たちもスーツにネクタイをしている。そして子供の時から順番に演壇の上で聖書を朗読する訓練を受ける。母親は、私と同じ年齢のカズくんがネクタイを締めてキリッと聖書を朗読する姿に魅了された。この組織に入れば自分の息子もカズくんのように立派になれる。母親の上品な理想主義がここで煽(あお)

られた。

でもやっぱり子供たちだから、集会時間が長くなると退屈になりぐずることになる。子供がじっと座っていないと恐怖のムチが待っていた。八〇年代は熱血的な証人たちの親が多く、スパルタ教育を行っていた。集会には小学生の子供がたくさんいた。集会中に悪さをすると、親が耳を引っぱってトイレに連れていった。そしてしばらくして「パシン！」と音が一発する。いつものことなので、講演者も何事もなかったかのように話を淡々と進める。トイレの扉が開いて手で顔を拭いながら友達が出てくるとそのまま席に戻る。

ある時、二歳か三歳ぐらいの小さな子供がぐずりはじめた。何度か注意されたが止まらなかった。それで母親は子供をつかんで、立ち上がった。子供はもっと叩かれると分かっているので、大騒ぎをした。その子の母親は、暴れる我が子をトイレまで腕に抱えて連れていった。すぐに子供の泣きわめく叫び声が響きわたる。それから「ピシ！」と音がする。子供はもっと大きい声で叫んだ。それでまた「ピシ！」と音がする。母親が子供に怒鳴っているのが分かる。子供の叫び声はもっと大きくなる。今度は「ピシャン！」というより大きい音がする。一〇分間ぐらいトイレからピシャ！ピシャ！と叩く音と、子供の泣き叫び声と親の怒鳴り声が続く。この間、同席している子供たちはみんな気まずくなり、神妙な顔をしてお互い見合わせた。大人たちは普通にメモ帳に、講演者の講話をペンでメモし続けている。

やがてトイレのドアが開き、親子が出てくる。泣きじゃくったあとの子供が、ヒクヒク言いながら母親に抱えられて帰ってくる。集会が終わると、姉妹たちがそのお母さんのところに寄っていく。

「姉妹、子供をしっかりとムチで教えることは、子供の救いのためよ」

「本当に頑張っておられて偉いわね。エホバも喜んでくださるわ」

「クリスチャンの子供はこうやってお行儀よくなるから立派よね」

といった励ましの言葉をお互いかけあっていた。

こういった光景は日常的であった。日本の会衆ではムチ用にゴムホースが会衆に置かれていたところもあった。この懲らしめも子供を愛していればこそである。箴言二二章一五節の聖句には、『愚かさが少年の心につながれている。懲らしめのむち棒がそれを彼から遠くに引き離す』と書いてある。さらに、箴言一三章二四節では『むち棒を控える者はその子を憎んでいるのであり、子を愛する者は懲らしめをもって子を捜し求める』と宣言している。

だから子供を叩かない親は、「子を愛していないわよ」と姉妹たちから諭される。子供が叩かれると、集会の終わりに姉妹たちが嬉しそうにその母親のもとにやってくる。

過去にはこの体罰が過度に行われて、子供が病院に運ばれて問題になったケースもある。しかし全ては神と自分の子を愛するがゆえに起きたこととされている。

世の終わり、ハルマゲドンがやってくる！

子供たちにとってはムチよりももっと怖いものがあった。それは「ハルマゲドン」である。

宇野姉妹は研究司会上で笑顔で言った。

「佐藤さん、聖書には地獄という教えはないのです」

「悪い人はどうなるんですか？」

「愛ある神が不完全な人間が罪を犯しただけで、永遠に火の拷問にかけると思いますか？　カトリックは信者を脅して留めておくために地獄を編み出しただけなの。でも聖書では霊魂が不滅であるとは言っていません」

『その霊は出て行き、彼は自分の地面に帰る。その日に彼の考えは滅びうせる。』

（詩編一四六章四節）

「人は亡くなると地面に帰って、人の考えは失せるとあるでしょう。だから人は死ぬと意識がなくなって無になるの。地獄にいって霊魂が苦しむことはないのよ」

「そうよね、永遠に人が苦しめられないといけない教理はおかしいですよね」

母親は、地獄をつくらない愛ある神にすっかり魅了されてしまった。

次に宇野さんが、神妙な顔をして言う。

「佐藤さん、楽園のことはお勉強しましたね」

「はい、永遠に生きられるパラダイスですね」

「実は楽園が地上にくる前に今の世の中がお掃除されないといけないのです。世の中には、悪い人がたくさんいるので、犯罪者も楽園に入っては困りますね」

「そうねえ、それは困るわね」

「だから楽園の前にまずハルマゲドンが来ます。聖書の最後の啓示の書を開いてください」

『それらは実は悪霊の霊感による表現であってしるしを行ない、また人の住む全地の王たちのもとに出て行く。全能者なる神の大いなる日の戦争に彼らを集めるためである。……そして、それらは王たちを、ヘブライ語でハルマゲドンと呼ばれる場所に集めた。』（啓示一六章一四、一六節）

「昔、イスラエル人はメギドの丘という場所で大きな戦いをしました。だからハルマゲドンはヘブライ語でメギドの丘という意味なんですよ。昔、イスラエル人はメギドの丘という場所で神による大きな戦争を象徴しています。もう少ししたら、神とサタンの政府の戦いが始まるのです」

「それはイスラエルでですか？」

「違います。全世界でです。世界の政府が全て掃除されないと、地球全体は楽園にならないのよ」

「今いる人類が全部いなくなるんですか？」

「神の王国を支持しない人だけがいなくなります。エホバを信じる人は、そのまま楽園に入るわ」

母親はシーンとなった。これはかなり緊迫した大変な知らせだ。今から世の終わりが来るのだ。

「私たちは今終わりの時代に住んでいます。でももうじき楽園が来るので、ハルマゲドンを通過したら私たちは死を経験することなく永遠の命を得られます」

そして宇野さんは私とヒロにも言った。

「のりくんとヒロくんも、楽園に入るためにはハルマゲドンを通過しないといけないのよ」

「どうやったらハルマゲドンを通過できるの」

「ちゃんと神様のいうことを聞いたら入れるわね」

「通過できないとどうなっちゃうの」

「裁かれて永遠に復活できなくなるの」

愛に溢れた神は、地獄の代わりにものスゴイ武器を持っていた。霊魂が永遠に火で炙られることはないが、罪人は永遠に滅ぼされるというのである。ハルマゲドンと呼ばれる「終わりの日」に、神によって裁かれるとそこで滅ぼされる。それからは母親も、この迫り来るハルマゲドンを家の中で唱え始めた。

子供たちの間では、ハルマゲドンの話でもちきりだった。ハルマゲドンで裁きをパスしないと楽園には入れない。永遠の切断か永遠の楽園か、ノルかソルかの瞬間が数年以内にやってくるのだ。プログラムの合間の休憩時間に子供たちはトイレに集まった。おしっこをしながら真剣に話していた。

「兄弟が言っていたけどハルマゲドンは五年以内に来るって！」

「えー！　じゃあ、ボクたち高校生になる前に楽園だね」

「じゃあ、受験もする必要ないんだ」

トイレの外では親たちも真剣にハルマゲドンがいつ来るのかを話し合っていた。みんな真剣な表情である。

「ハルマゲドンが近いから、息子さんは高校生になることはないと思いますよ」

「ハルマゲドンは油断している時に突然来ます。明日来てもおかしくない状態です」

誰もがその言葉を信じた。だって聖書にそう書いてあるのだから。しかしハルマゲドンが来る時期は、組織による後の教義変更によって、ずっと引き延ばされることになる。だが今でも証人たちは、今か今かとハルマゲドンを待ち望み続けている。

長老と奉仕の僕

ロスに引っ越してまだ一〇ヶ月だったが、また引っ越すことになった。父親の勤めている銀行が別の銀行を買収したため、新しく増えた支店に転勤となった。一九八一年、佐藤家はロスから車で一時間南に下った、アーバインに引っ越すことになる。当時のアーバインは一面見渡してもイチゴ畑しかなく、畑の真ん中にポツンと小学校があった。

母親は英語ではなく、日本語の集会に行きたがった。そこで子供たちを連れて、往復二時間かけて日本語の集会に通っていた。最初は日曜の「公開講演」しか通っていなかったが、火曜の夜の集会である「書籍研究」と金曜の夜の「奉仕会」にも通うようになった。

書籍研究は個人の家で二〇名ぐらいの「群れ」というグループで行われていた。大抵この群れの責任者は、長老か奉仕の僕（しもべ）であった。

長老とは、ある程度の経験を積んで組織で推薦された兄弟であれば誰でもなることができる。通常、会衆には五名ほどの長老が責任者としている。

宇野姉妹は説明した。

「カトリックとか他の教会は給料をもらっている神父さんがいるでしょう？　聖書には『あなたは誰も父と呼んではならない』（マタイ二三章九節）とあるでしょう。なのに教会では神の父と書いて神父という不敬な称号を使っているの」
「そうよねえ、神の父なんて失礼ね」
「でも、証人たちはみんな仕事をしている普通の人たちで、特別な僧職者はいないのよ」

証人たちの内訳は、大半が主婦である女性か子供たちである。だから男性信者の割合が少ない。そのため長老の数は必然的に少なくなる。会衆の中で模範的だと見なされた青年は、長老によって奉仕の僕として推薦される。母親たちは、自分の息子がこの奉仕の僕に任命されるのが目標であり喜びであった。

書籍研究は信者の家で一時間行われる。少人数なので家庭的な環境の中で親睦が深まる。母親も後にはたびたび我が家を書籍研究の場として提供していた。協会も当時は、小さなグループで集まる書籍研究の集会はとても大切だと強調していた。しかし今では、簡素化されてなくなってしまっている。

子供であった私は、そこにいる大人たちがいつも相手をしてくれるので楽しかった。小学生が毎週、先生や親族以外の大人と接することはあまりないだろう。しかし教団に属すると、いろいろな年齢の人と定期的に接するようになる。こういったことを通じて親も、「やっぱりこの組織はいい」という確信を強めていった。

エホバの証人は何の証人なのか？

「エホバの証人」は宗教法人「ものみの塔聖書冊子協会」の一般名称である。英語では「Watch Tower Bible and Tract Society」が団体名で、一般的には「Jehovah's Witnesses」という名前で知られている。世間的には「ああ、エホバね」とか呼ばれているが、信者の間では頭文字をとって「JW」と呼ぶ場合もある。

一般のキリスト教会では「エホバ」という名前を使わないで、「神」とか「主」という言葉を使う。ところがイエスはマタイ六章九節で『あなたの御名が神聖なものとされますように』と言っている。それなのにカトリックはこの神聖な神の名前を用いていないので、神を侮辱していると見なされる。

『わたしはエホバである。それがわたしの名である。』（イザヤ四二章八節）

『それは、人々が、その名をエホバというあなたが、ただあなただけが全地を治める至高者であることを知るためです。』（詩編八三章一八節）

これらの聖句が根拠となっている。協会の主張ではヘブライ語聖書（旧約）にはもともとエホバの名前が約七〇〇〇回出ていたという。しかし、悪魔サタンによって毒されたバチカンが神の名前を意図的に聖書から削除した。けれども、真のクリスチャンの任務は神の名前を世界に触れ告げることである。それで神は、エホバの名前を掲げているものみの塔教団を真の崇拝者として指名した。だからものみの塔は、エホバの名前を擁護する唯一の真のキリスト教団体だという。

『「あなた方はわたしの証人である」と、エホバはお告げになる、「すなわち、わたしが選んだわたしの僕である。」』（イザヤ四三章一〇節）

この聖句からエホバの証人という名称が出てきた。私の母親も神の名をさぞ自分の名前かのように有難がっていた。

「エホバという名前は素晴らしいでしょ！」

と繰り返していた。そして遂に彼女自身もエホバの名前を広める活動に参加することを決意する。

立っている間に足が腐る恐怖

証人たちは最初、聖書に書いてある楽園の音信から始める。美しい楽園に入れば、永遠に死ぬことはない。そこには戦争も犯罪も経済問題もない。神が住民を直接支配する、全てが完全なユートピアだ。だがこの楽園に入るためには条件がついてくる。

程なくして私たちは、大勢の証人たちが集まる「地域大会」というものに行った。そして大会で新しく発表された本をもらった。その本は大きく赤色のカバーをしていた。

「あなたは地上の楽園で永遠に生きられます」

なんとも確信に満ちたタイトルであった。ただし英語なので、中の文章はよく分からない。でもページをめくっていくと、中には鮮やかな色の挿絵がたくさんあった。それまで協会の本は白黒印刷が主流であったが、この時から四色刷りのキレイな本になった。

帰りの車の中で他の子供たちと一緒に本のページをめくっていた。最初のページは楽園で嬉しそうに過ごしている人たちの絵だ。子供たちも動物と遊んでいる。そしてまためくっていくととんでもなく大変な絵が出てきた。緊迫した戦争の絵！　兵隊を誘導している神父！　地震後の瓦礫の中で泣いている子供！　生命維持装置につながれている病気の人！　金属を盗む強盗！　世の中の大変な状況が強烈に描かれていた。

（一体この怖い世界はなんなんだ⁉）

そして天から地に投げ込まれる悪霊たちの絵。そして私はツバを飲んだ。そこにはハルマゲドンの様子が詳細に描かれていた。倒れかかるビルから逃げる婦人。道に開いた崖穴に飲み込まれる人たち。洪水が街を襲い、後ろには火の山がある。子供たちにとっては地獄絵だ。子供たちで言い合った。

「絶対にハルマゲドンでだけは滅びたくないね」

だが集会ではさらにもっと怖い話を聞かされた。

『エルサレムに敵してまさに軍役を行なうすべての民をエホバがむち打つその神罰はこのようになる。すなわち、人が自分の足で立っている間にその肉は朽ち果ててゆく。目はそのくぼみにあるうちに朽ち果て、舌はその口にあるうちに朽ち果ててゆく。』（ゼカリヤ一四章一二節）

この聖句はハルマゲドンの時にも適用されるという。

「自分が立っている間に自分の足が腐っていくんだ！」

私はこの聖句を何度も読み返した。集会中も頭の中はこのハルマゲドンでいっぱいだ。さらにハルマゲドンを描写しているという聖句が開かれた。

『「そしてわたしは、わたしのすべての山地の至る所で剣を呼び起こして彼を攻めさせる」と、主権者なる主エホバはお告げになる。「各人の剣は自分の兄弟に向かうことになる。そして、わたしは疫病と血とをもって彼に対して裁きを行なう。わたしはみなぎりあふれる大雨と雹、火と硫黄を彼とその隊、および彼と共にいる多くの民の上に降らせるであろう。そしてわたしは必ずわたしを大いなるものとし、わたしを神聖なものとし、多くの国々の民の目の前でわたしを知らせるであろう。

そして彼らはわたしがエホバであることを知らなければならなくなる」』。（エゼキエル三八章二一〜二三節）

私はエホバの日が怖くてならなかった。同時に、私は愛ある全能の神がなぜここまで人間を相手にムキにならないといけないのか不思議だった。ちょっと悪いことをしただけでこうなってしまうのだろうか？　これは後々まで疑問として残った。

緊張のドアベル

研究生が聖書を勉強して司会者と共に道に布教活動に出るようになると、「伝道者」と呼ばれるようになる。母親は伝道者になる前から研究を始めて数ヶ月で、伝道に同伴したいと申し出た。そして数ヶ月後には正式な伝道者になったので、証人たちからは非常に熱心だと褒められた。もちろんその時から、子供たちの伝道活動も始まることになる。

証人たちはテレビ伝道師をイカサマだとして鼻で笑う。また一般の教会の信者が足を使って布教活動をしていないので、行動が伴わない似非（えせ）クリスチャンだと評している。使徒五章四二節には『そして彼らは毎日神殿で、また家から家へとたゆみなく教え、キリスト、イエスについての良いたよりを宣明し続けた』とある。だから文字通り一軒一軒宣べ伝えて歩くべきだと唱える。

もし道をゆっくりと歩く年配の女性が二人いたら、それは間違いなくエホバの証人である。通常は伝道スタイルと言われる日よけの帽子をかぶっている。八〇年当時は、創価学会も同じように熱心に布教活動をしていたので、創価学会と証人たちが道でいがみあったというエピソードが残っている。もっとも証人たちからすれば、「そうかがっかり会」はサタンに惑わされている新興宗教だという見方になる。

他に熱心に伝道をしているのはモルモン教徒である。彼らも聖句を適用して足から足で布教活動をするべきだと信じている。だから車は使わずに自転車を使っている。もし二名の若い男性が白いシャツと黒いズボンで自転車に乗っていたら、それはモルモンだ。日本でも、通常は白人の伝道者が自転車に乗っている。モルモンの場合は、全ての信者にこの伝道活動が課せられているわけではない。だから証人たちの意見では、「モルモンもいいかげんで緩い」ということになる。

日本での伝道だと一軒ずつ全ての家を回る。しかし、アメリカは広いので、車で日本人の家を探していく。事前に電話帳から日本人の名前だけを拾い出してリストを作っておく。あとは一軒ずつ訪ねてドアをノックしていく。日系人で日本語がしゃべれない場合はリストから外す。また地元の英語の会衆から日本語を話す家が見つかると連絡が入ってくる。

子供たちも伝道の練習として、最初は家の人にものみの塔の雑誌を手渡すところから始める。宇野姉妹と母親が私たち子供に聖書のビラを渡す。

「ピンポーン押して、家の人がいたら渡すのよ」

初めての時はとてもドキドキした。知らない人の家のベルなんて押すのはピンポン・ダッシュの時ぐらいだ。「留守だったらいいな」と思い、ベルを押す。

リンリン。

ベルが鳴る。なんの反応もない。またベルを押す。助かったことに留守だ。

次の家に行く。またベルを押す。するとドアの向こうで音がする。胸がドキドキする。ドアが開く。

「クリスチャンの奉仕活動で家を訪ねています。このビラを読んでください」

車の中で覚えてきた台詞を緊張しながら早口で言う。

「はい、ぼうや。お疲れ様」

すると宇野さんがバトンタッチする。

「聖書からお話し合いをしています。今日はこの子と一緒に宣べ伝える活動をしています」

「まあ、ぼく、偉いわね」

中には、子供が聖書を開いたりすると褒めてくれたり、「お疲れ様」と言ってお菓子を包んでくれる人もいた。だからベルを押すのはイヤだったけれど、ちょっぴり子供心には嬉しいこともあった。

証人の子供たちは一〇代に入る頃には聖書から自分で証言をできるようになる。集会でも奉仕の訓練プログラムがある。公開講演と書籍研究に続く三つめの集会は、「奉仕会」と呼ばれていた。正しくは、「王国宣教学校」と「奉仕会」の二つから成り立っていた。宣教学校では、信者が順番に演壇に登って、五分ずつ聖書から用意した話をする。それを司会者の長老が、先生として評価・指導していく。

私も一〇歳の時に宣教学校に入った。自分の名前が書いてある「話の助言用紙」という小さな紙をもらう。紙には約四〇項目にわたって課題テーマが並んでいる。そして毎回の割り当てごとに一つずつの項目を順番に評価されていく。割り当ては五分間である聖句が与えられる。その与えられた聖句に合わせて、五分間の講話をつくる。私は自分で割り当てをつくるのに挑戦してみた。作文みたいな感じだ。親にも見てもらう。

いよいよ初めての割り当てだ。とっても緊張しながら演壇に登る。台の上に聖書と原稿を置く。マイクの係がマイクの高さを調整してくれる。一〇〇人ぐらいの成員がみんなこっちを向いている。いつも来ている集会なのに全く違う光景に見える。

「みなさんはもし今、洪水が来ると言われたらどうしますか？　ノアも突然神様から……」

こんな感じで五分間話す。五分過ぎるとチーンとベルが鳴る。早く終わりすぎても長すぎても司会者から助言を受ける。私は子供の時から割り当ての時にたびたび、最後の言葉でちょうどチーンとなるので有名だった。回数を繰り返すと体が五分間という長さを覚えるのだ。今でもこの時間調整はビジネスのプレゼンの場で生きている。

割り当ての評価の対象になる項目は、こんな感じだ。「声量、発音」「抑揚、熱意」「主題に適した紹介の言葉」「身ぶり」「納得させる議論」「群衆に適した喩え」。評価が三角だと次回やり直しだ。証人たちの子供は、これで人前で話す訓練を受けてきた。現在ビジネスの場で私のプレゼンが上手いと称されるのは、この神権宣教学校の恩恵であるとも言える。

奉仕会では、布教活動の訓練を受ける。毎回「実演」と呼ばれる信者によるデモンストレーションが行われる。もし戸口でこのような質問をされたらどのように答えるのか？　どのように家庭聖書研究を司会していったらいいのか？　道で知らない人にどのように声をかけて証言をするのか？　様々な場面に合わせて実演が行われる。また組織の取り決めや指示に関しての発表もこの場で行われる。

私の母親は、小さな子供たちが自分で聖書を開いて自分で証言できる姿を見て、ますます感銘を受けた。自分の息子もそのうち立派な伝道者になってほしい。そしていつかは、宣教者になって海外で布教活動をしてくれるのでは……。

母親が感動のバプテスマを受ける

アーバインに引っ越してからの話に戻る。母親の聖書研究が一〇ヶ月経った時に、彼女は人生を大きく変える決意をし、バプテスマ（洗礼）を受けてエホバの証人の正式な成員になった。司会者にとって最大の喜びは自分の研究生がバプテスマを受けることである。この時に全ての無料活動の努力が報われたと感じるのだ。

バプテスマを受けるために、研究生は長老と討議をしないといけない。二、三名の長老の前で、研究生は聖書の基本的な知識を持っているかを確かめられる。また伝道にも、月に最低一〇時間（当時は）出ているかの記録を確認する。これでＯＫが出たら、いよいよバプテスマとなる。

バプテスマは通常、エホバの証人の大会で行われる。大会には二つあり、年に二度の「巡回大会」と夏に一度の「地域大会」がある。様々な会衆から出てきたバプテスマ希望者は、この大会の時に大会場でバプテスマを受ける。まず最初に大会のプログラムの時に希望者は前列にまとめて座る。司会者が「立ってください」と促すと全員起立する。この時に証人たちにとって最も重要な二つの質問がされる。

一、「あなたは、イエス・キリストの犠牲に基づいて自分の罪を悔い改め、エホバのご意志を行うため、エホバに献身しましたか」

「はい！」とバプテスマ希望者一同が大声で答える。

二、「あなたは、献身してバプテスマを受けることにより、自分が、神の霊に導かれている組織と交わるエホバの証人の一人になることを理解していますか」

「はい!!」大きな声が会場に響き渡る。すると司会者は演壇からマイクを通じて言う。

「会場の皆さん! 新しい兄弟姉妹たちの誕生です」

会場にいる数万人の参加者は熱烈な拍手を送る。仲間が、家族が増えたのである。希望者の中には感極まってこの時点で涙を流している人もいる。

「のりくん、ヒロくん! お母様がバプテスマ受けるわよ!」

宇野姉妹は私たち子供三人を呼んだ。大会会場の中にはプールが設置してあり、見学者がプールの周りに群がる。私が覚えているのはカリフォルニアでの暑い眩しい太陽の下でのバプテスマだ。母親を含む希望者は順番に列を成して立っている。プールの中には洗礼を施す兄弟が入っている。

証人たちはこの水のバプテスマ儀式にとてもこだわる。イエスもバプテスマを受けた時に、ヨルダン川に体全身を浸からせている。だからカトリックのような、頭の一部に水をかけるだけの洗礼は本物ではないという。しかも聖書を理解していない幼児にまで幼児洗礼を受けさせるのは無意味である。しかしエホバの証人はちゃんと聖書の理解を確かめてから全身を水に浸からせる。だから真のクリスチャンの証であると考える。

研究生が一人ずつプールに入ると、水は胸ぐらいのところに来る。係りの兄弟が鼻をつまむように指示し、洗礼者の体を倒して水の中に浸からせる。母親も同じ手順で水から出てきた。宇野姉妹と同じ会衆の仲間が目に感動の涙を浮かべて拍手をする。バプテスマを受けた新しい兄弟姉妹はお互い目に涙を浮かべながら強く抱きしめあう。証人たちにとってバプテスマの日付は、誕生日の日付より重要である。母親も宇野姉妹と共に感動の涙を流しながら抱き合って、エホバとその組織を称えた。こうして私の母親は、この日から「佐藤さん」から「佐藤姉妹」となった。

脚注……

本文に列挙したのは一九八五年からの質問（「ものみの塔」誌一九八五年六月一日日本語版三〇ページ）。一九八四年までは実は左記の質問が使われていた。厳密には私の母親はこの質問に対して答えていた。現在のものと見比べると分かるのだが、一九八五年以降の質問では、二番目が大きく変えられている。聖書を通じてくる個人への啓示よりも、教団に対する忠誠が求められるように露骨になっている。

一、「あなたは自分の罪を悔い改めて転向し、エホバ神のみ前で、自分が有罪の宣告を受けた、救いを必要とする罪人であることを認め、またその救いはみ子イエス・キリストを通して、父なるエホバからもたらされるものであることを認めていますか。」

二、「神と、救いのための神の備えとに対するそうした信仰に基づき、神がイエス・キリストを通して、また啓発を与える聖霊の力のもとで聖書を通してあなたに啓示してくださるところに従って、これからは神の意志を行なうべく、神に無条件で献身しましたか。」(「ものみの塔」誌一九七三年八月一日 日本語版四七三ページ)

第2章　自己アイデンティティの上書

冷戦の足音

一九八四年に佐藤家は再び引っ越した。今度はアーバインよりさらに南のサンディエゴである。とても美しい町で、スカンクが道にしょっちゅう出てくるような場所であった。サンディエゴには太平洋艦隊の主要基地があり、「軍」の臭いがする町でもあった。時々、空母艦隊や戦闘機のアクロバット・エアショーを見に行ったし、週末には戦闘機の唸る音が空に響き渡った。これは証人の子供であった私には特別な意味を持っていた。当時はレーガン政権の時代で、冷戦独自の緊張感が常にあった。いつアメリカと共産主義であったソ連（今のロシア）が核戦争を始めてもおかしくない状態であった。だからソ連が攻撃してくるのであれば、間違いなく軍事拠点であるサンディエゴは標的になる。子供ながらにいつ核ミサイルが飛んでくるか不安であった。フリーウェイ（高速道路）を走っていると、人工的な小さな丘が並んでいた。そこにはミサイルが入っていると教えてもらった。実際、機械の誤作動でここからミサイルを打ち上げそうになったという事件報道もあった。丘のてっぺんにある発射扉の上に戦車を載せて発射を食い止めたらしい。

いつ起きてもおかしくない核戦争の恐怖。これは証人たちが信じているハルマゲドンの到来にさらなるリアリティをもたらした。組織の出版物でもダニエルの書の預言を解釈して、アメリカが有利になるのか、ソ連が有利になるのか、という議論が活発に出ていた。

葬式とお墓参りと親族からの反対

サンディエゴに引っ越してからの夏休みのこと。家族で初めての一時帰国をした。ちょうどロスアンジェルス・オリンピックがあった夏だ。何しろ約五年ぶりの日本なので家族も楽しみにしていた。両親が二人とも広島出身なので広島に帰省した。ところが、これは私の母親にとっては証人たちが予告していた最初の試練となった。証人になってからの初めての親族との対面となるからだ。

『あなた方が世のものであったなら、世は自らのものを好むことでしょう。ところが、あなた方は世のものではなく、わたしが世から選び出したので、そのために世

はあなた方を憎むのです。』（ヨハネ一五章一九節）

証人たちは信者でない人たちを「世の人たち」と呼んでいる。証人たちはキリストによって選ばれているので、サタンの世から嫌われるということになる。真の宗教は世の人である親族からも反対を受けて当然である。組織は前もって「聖書を学んで組織に入ると周りから反対が起きるよ」と予告する。研究生が聖書研究を始めると身内や友人から「そんな変な宗教やめておきなよ」と言われる。すると「あの予告はやっぱり本当だわ。周りが反対するからこそ真理である証拠だ」と信仰を深めてしまう。

さらにもっと深刻な聖句がここで開かれる。平和のために来たはずのイエスがマタイの書ではこのように宣言しているのだ。

『わたしが地上に平和を投ずるために来たと考えてはなりません。……わたしは分裂を生じさせるため、男をその父に、娘をその母に、若妻をそのしゅうとめに敵対させるために来たからです。実際、人の敵は自分の家の者たちでしょう。わたしに対するより父や母に対して愛情を抱く者はわたしにふさわしくありません。また、わたしに対するより息子や娘に対して愛情を抱く者はわたしにふさわしくありません。』（マタイ一〇章三四～三七節）

証人たちは頻繁にこの聖句を開いてこう言う。

「たとえ親族でも真理が分からないので反対するの。サタンは狡猾だから家族を反対の道具として使うのよ」

「もし私たちが家族を失ったとしても、世界中の会衆の全ての成員が新しい家族となります」

同じマタイの書の山上の垂訓では愛の黄金律を語っていたはずのイエスが、ここでは分裂を生じさせるために来たと言っている。この聖句は証人たちにとって想像以上のインパクトを与える。もし宗教が理由で家族が分裂したら、間違いなく家族を捨てろと言っているのだ。この時点で「家族平和のための聖書研究」が家庭内分裂に切り替わる。

私の母親の場合、エホバの証人に対する親族の反対は両方の祖父母からやってきた。祖父母は両方とも学校の先生だったので、子供を大学に行かせないという母親の主張に抵抗した。当然私の父親は板ばさみにあった。父親は時々気まぐれ程度に聖書研究を続けていたが、聖書とは関係ないという立場をとり続けていた。ここにきて、自分の妻の信仰を糾弾するか擁護するかの選択を迫られることになる。また親族の中には熱心なプロテスタントもいたので、どちらの聖書の解釈の方が正しいかという議論になる。しかし親族内で一番緊張感が生じたのは葬式とお墓参りに関してである。

「まぁ、情けないわ！　娘に墓参りもしてもらえないなんて！」

おばあちゃんはそう言った。仏教の葬式と墓参りはしたくないと一人娘が言っているのだ。

「うちは先祖代々墓がお寺なのに、情けない、情けない」

エホバの証人は、死んだら霊魂はないと信じている。だから先祖崇拝というのはクリスチャンにそぐわない異教徒の儀式だ。しかも墓は異教徒であるお寺の敷地内にある。墓に手を合わせる行為は偶像崇拝にあたる。百歩譲っても墓掃除が限度である。しかし、お供えものは先祖崇拝になるからできない。問題はそれだけではない。仏教式の葬式でお焼香を焚くことはできない。

日本人的な「郷に入れば郷に従え」といった考え方は一神教には通用しない。神の言葉に対して妥協があってはいけないのである。一神教の強い西洋人から見れば、日本人は宗教的に節操のない国民だ。逆に日本人から見れば「なんでイスラムもキリストもそんなに頑固なんだ？」という話になる。私の母親の「クリスチャンだからできないルール」は親族に一種の緊張感をもたらした。

しかし広島の地元の会衆の兄弟姉妹たちは母親をこう言って励ます。

「佐藤姉妹、信仰が試されているのよ！」

「そうよ、サタンが親族を用いて邪魔しているのよ」

こうして証人たちは仲間からの後ろ盾を得て、家庭内分裂を推し進めていく。

メッカ巡礼のような地域大会

エホバの証人の大会は年に三回ある。そのうち一番メインとなるのが地域大会だ。昔は連続五日間とかあったらしいが、私の頃は三日間であった。エホバの証人にとっては、メッカ巡礼のようなちょっとしたウキウキ感がある。通常は野球場や競馬場などの大きなスタジアムで開催される。その土地の大会にもよるが、大体三万〜四万人が参加する。朝から夕方まで三日間連続で聖書の講演がなされる。もちろん子供にとってはかなり窮屈な長時間である。しかし休憩時間などに、普段会えない遠くの信者友達と会えるので、楽しい行事ではあった。

一時帰国してからさっそく地元の広島の会衆にも友達ができた。みんなで新幹線で大会場まで行くのは、子供にとっては楽しい冒険だ。また母親にとってはフジロックみたいなものだ。同じ信者に囲まれて三日間過ごせるのである。この間は世の人への対応は考えなくていい。街全体が証人たちで溢れるのだから。この時に信者たちはみんなバッジを胸につけている。夏にあなたの街で同じバッジをつけている人がたくさんいたら、近くで大会があると思って間違いない。

地域大会では、様々な聖書に基づくプログラムが披露される。ニューヨークの本部から来る幹部の講演や日本の支部の幹部による講演は重要プログラムだ。ここで聖書の預言に関する新しい理解が話されるのではないかと、信者は期待を膨らませる。そして演壇で講演者が強調する。

「みなさん、世の終わりは近づいています！」

すると群衆は拍手をする。

「そうか、ハルマゲドンは近くなったか！」

と、どよめきながらときめく。

地域大会では新しい出版物が発表される。これは信者みんなが待ち望んでいるお目当ての発表である。司会者が新しい本を演壇から掲げると、壮大な拍手をもって受け入れられる。ビートルズのアルバム発表並みの人気だ。私の母親も毎年大会で発表される出版物を待ち遠しがっていた。そして新しい出版物を本当に嬉しそうに手に持っている母親を見て不思議に思った。

（ボクがアラレちゃんの新刊コミックが待ち遠しいのと同じなんだ……）

三日目には、信者たちが用意した聖書劇がお披露目される。これは参加者が一番楽しみにしているプログラムで、みんなビデオを一生懸命まわしている。大抵はノアの箱舟やモーセなどのドラマチックな聖書時代劇を題材にしている。そしてそこから学べる教訓がちゃんと最後に強調される。大抵はこんな感じである。

「人々はノアの警告に耳を傾けなかったのでノアの洪水で流されてしまった。私たちも組織からの警告に耳を傾けましょう」

「エホバとモーセに敵対してエジプト人は紅海で溺れた。そうならないように気をつけましょう」

「ソドムとゴモラでロトの妻は塩の柱になってしまった。私たちはエホバと組織からの警告に従いましょう」

視覚に訴える劇や実演は効果的で、信者の信仰をより強化する。子供たちが悪さをすれば、「ほら、あの劇のアカンのようになってはダメですよ」と親が諭すだけで、子供は言うことを聞く。

プログラムの最後は全員で賛美歌を歌う。四万人で歌う賛美歌はスタジアムに響き渡り、一種の集団的な高揚感を与える。こうして大会が終わると、信者の家族たちは笑顔と共に帰路につく。

世の中はサタンによって支配されている

日本からサンディエゴに戻り、私は中学生になった。地元の英語学校と週末の日本語学校の二つに通っていた。週末の日本語学校は宿題を一週間分出してくる。だから宿題は通常の生徒の二倍ある。家では公文をやらされた。さらに通信教育などもあったので勉強漬けの環境であった。

そしてそこに輪をかけて、週に三度の集会がある。集会に行くと、通う時間を含めて最低四時間は潰れるので大変だ。

「映画見に行きたい」

私がそう言うと、母親はいつも言った。

「何言ってるの、クリスチャンは忙しいでしょ」

私は心の中で思っていた。

（集会一回行かなければ二本見られるのに……）

しかも週末は、必ず三時間ある伝道活動に出なくてはならない。証人の子供たちは何かと忙しいのだ。またこの頃から家庭内での規則がだんだんと厳しくなっていった。

証人たちは、今の世界がサタンによって支配されていると本気で信じている。今日も集会で兄弟が演壇からこのテーマの話をしている。

「アダムとエバが神を裏切った時からサタンはこの世を支配しています。だから私たちはサタンの世の中の真っ只中で伝道活動をしています。なぜそうだと言えますか？　次の聖句を開いてみましょう。みなさんもご一緒に開いてください……」

『それは滅びゆく人たちの間でベールが掛けられているのであり、その人たちの間にあって、この事物の体制の神が不信者の思いをくらまし、神の像であるキリストについての栄光ある良いたよりの光明が輝きわたらないようにしているのです。』

（コリント第二　四章三、四節）

「ここの聖句には、事物の体制の神がキリストの邪魔をしている、とはっきりと書いてあります。ですからサタンは、人々が真の崇拝に加わらないように常に誘惑的な罠をしかけます」

成員は「そうだ」といった感じでうなずく。

「そしてこの誘惑的な罠には、世の中の娯楽が含まれます。暴力的なビデオゲームや映画、不道徳なビデオや雑誌、反逆的な音楽。クリスチャンには気をつけないと、危険な娯楽が蔓延しています」

クリスチャンは、「世のものではない」ので世的な娯楽を消費してはならないという。従って映画も見ない方がいいとされる。これは映画好きの私にはつらい規則であった。証人たちには映画に関する明確な規則がある。アメリカではR指定にあたる映画を見に行ってはならない。これには「マトリックス」などのアクション映画も含まれる。

この話を聞いて、母親は言い出した。

「お母さんも一緒に行かないと心配だから、今度から映画は一緒に行きます」

というわけで、中学生の時でも親同伴でないと映画に連れていってもらえなかった。しかもその当人が集会と伝道で忙しくてなかなか映画に連れていってくれない。その時ちょうどどうしても見たい映画があった。ティム・バートン監督の初めての長編作品「ピーウィーの大冒険」である。そこで親が伝道に行っている間にこっそりと映画館まで自転車を一生懸命漕いでいった。

この頃から母親は映画でもテレビでもいちゃもんをつけるようになった。何を見ていても横で捨て台詞を吐いていく。例えば戦争映画を見ればこう言う。

「この人たちは、聖書を知らないからこうなるのよ」

「暴力はクリスチャンらしくないわ」

「どうせ楽園がこないと、解決されないのよ」

私が「だって映画じゃん」というと、「やっぱり世の娯楽はね……」で終わる。

実際問題、証人である母親たちの会話は投げやりだ。どんな問題も全て楽園か、サタンか、ハルマゲドンの三つの言葉で片付けてしまう。

政治問題であれば、「結局サタンの支配だからね」。

戦争報道を聞けば、「楽園がこないと解決しないのよ」。

環境問題であれば、「どうせハルマゲドンが来るからね」。

経済格差であれば、「楽園じゃないと無理よ」。

こんな調子で全ての諸問題を安易に片付ける。そして最後に、同じ調子でこう言う。

「どうせ全ての娯楽は、サタンの産業が作り出すのだから、何も見ない方がいいわ」

これは音楽でも同じだ。この頃から、私が買いたいレコードに対してチェックが厳しくなる。デュラン・デュランのアルバムジャケットは、世的に派手なので却下。しかしカルチャー・クラブのボーイ・ジョージは、ただの女性ポートレートだったのでＯＫ。

ただ母親が知らなかったのは、あのジャケットの女性は実は男性であったことである。もしオカマちゃんだと知っていたら絶対に、「不道徳の人の音楽なんて！」と言って買ってもらえなかっただろう。

父親はと言えば、妻が許可しないものを子供に買い与えると必ず叱られる。それで信者ではない父親も、母親の方針に従わざるをえなかった。こうして未信者の夫は、信者である妻に配慮していかないといけなくなる。

デートは不道徳の始まりである！

この頃から、母親は世の友達（証人以外の友達）とあまり遊ぶなと言い出した。協会は、同じ信者の子供同士で遊ばないとサタンの誘惑にひっかかると教えていた。兄弟姉妹たちは、私にこう問う。

「世の友達と遊ぶとどうなるかな？　みんな集会や伝道に行っていないから、私たちの熱意が薄れるよね」

「世の子はクリスチャンにとって相応しくない音楽や映画を聴いたり見たりしていますよね。それはあまりいい影響ではないと思いますよ」

「まだ結婚の準備ができていない若者がデートをするのはよくないです」

思春期に差し掛かった私にも、何人か好きな女の子はできた。しかし、当然デートなんていうのは手の届かないものだった。車社会なので親が連れていってくれなければどこにもいけない。日本みたいにこっそり抜け出すことができない環境だ。しかも世の女の子と付き合うと、彼女たちには聖書の道徳基準がないから非常に危険だとされた。集会でもこの話がたびたびとりあげられた。

『よその女の唇は蜜ばちの巣のように滴りつづけ、その上あごは油よりも滑らかだからである。しかし、彼女が後に残す作用は苦よもぎのように苦く、もろ刃の剣のように鋭い。その足は死へ下って行く。その歩みはシェオルをとらえる。……あなたの道を彼女のそばから遠ざけよ。彼女の家の入口に近づいてはならない。』（箴言五章三～八節）

「ここにある、よその女とは信者ではない世の女性ということです。彼女たちは蜂蜜のような甘い唇でキスのような不道徳行為を誘惑します。こうやって淫行に至るとシェオル、つまり墓に連れていかれます。特にクリスチャンの若い学生のみなさんは気をつけましょう」

演壇から兄弟が力を込めて話す。思春期の子を持った親は真剣に聞いている。

「デートのような不道徳の始まりとなるサタンの罠にはくれぐれも気をつけましょう」

これは思春期の自分にとっては辛いことだった。クラスメートの誰かを好きになってしまっても、その感情をどこにも持っていくことができない。その頃から私は自分で自分の感情を殺すようになった。好きにならないように感情のスイッチを切るのだ。よって私は青春時代にキスはおろかデートすらしたことがない。それでもそれは全て神に対する忠誠の証だと教えられていた。

思春期の大混乱、オナニー問題

デートが不道徳の始まりであれば、エロ本やアダルトビデオは絶対にNGだ。アダルトものを見るのは神によって滅ぼされるべき行為である。だから一番性衝動の強い思春期に、「アダルトを見たら滅ぼされてしまう」という一番強烈な恐怖をぶつけられる。さらに恐るべきことに自慰行為、つまりマスターベーションがご法度なのである。

聖書ではアダムとエバが性を意識したのは神に背いて木の実を食べた時である。

『それで彼女はその実を取って食べはじめた。その後、共にいたときに夫にも与え、彼もそれを食べはじめた。すると、その二人の目は開け、ふたりは自分たちが裸であることに気づくようになった。そのため、彼らはいちじくの葉をつづり合わせて自分たちのために腰覆いを作った。』（創世記三章六、七節）

二人が性関係を持ったのは楽園から追放された後だ。だから聖書では基本的にセックスと原罪はセットとして結び付けられている。その証拠に神からエバに呪いの判決が言い渡されている。

『女に対してはこう言われた。「わたしはあなたの妊娠の苦痛を大いに増す。あなたは産みの苦しみをもって子を産む。あなたが慕い求めるのはあなたの夫であり、彼はあなたを支配するであろう」。』（創世記三章一六節）

ここに二つの問題となる点が述べられている。一つは、妊娠は呪われたものとなり、その苦痛は女性に課せられたものとなったこと。もう一つは、女性は男性に支配されても文句を言えない立場になってしまった。だから一神教の世界ではどこでも男尊女卑の習慣がまかり通ることになる。

とはいっても、さすがにセックスを禁止すれば人類は増えない。よって信者も増えない。それでキリスト教では、「生殖のためなら仕方なくセックスをしてもよし。ただし快楽目的で行ってはならない」と説く。だから厳しいカトリック教徒の中には、コンドームを禁止するところもある。ラテン系の家庭に子供が多いのは、ここに一つの要因があるかもしれない。さらに快楽を求める行為は、聖書が禁じる「倒錯行為」にあたるとしている。

協会は出版物を通して繰り返し、「倒錯行為にあたるオーラルセックスは行ってはならない」と明言している。オーラルセックスをしている夫婦は、長老たちに懺悔の告白をするように、という指示が組織から出ていたほどだ。これは夫が信者でない妻にとっては大きな問題になる。オーラルセックスをしただけで神に背いたという罪悪感を背負わされる。当然セックスでオーガズムを求めることも倒錯行為にあたる。Gスポットの話なんて論外だ。

ここまでは大人の事情だ。中学生には中学生の事情がある。一〇代の自分にとってより深刻だったのは、「マスターベーション禁止」という規則。これは「良心の問題」ではなく、絶対禁止事項なのだ。習慣にしていることがバレたら会衆での特権を剝奪される。これは真面目な規則で聖句に基づいている。

創世記三八章にはオナンという男性が登場する。オナンは唯一聖書で精液を地に流した人物として登場してくる。そして彼はこの行為が原因となり、死刑を宣告される。本当は内容をよく読めば、自慰行為ではなく子孫の利権がらみで彼は処刑されているだけである。だが、証人たちはそんな聖句全体の意味にはおかまいなしだ。ちなみにオナニーという言葉は、このオナンから来ていると言われている。

私はこの規則がとてもとても不思議であった。

「九八%の男子がオナニーをしている、という統計があるのにどうやって我慢しろというのだ?」

　そんなわけで、証人の男子は押しつぶされるような罪悪感を思春期から背負わされることになる。私は高校生の頃は麻薬密輸のようにこっそりとエロ本を家に持ち込んでいた。

「滅ぼされるかもしれない！」

と思いながら緊迫感の中で重たいページをめくる。オナニー一つとっても命がけの行為だ。だが、人間不思議なもので、背徳感のある方がより感じるものである。しかし当時の私にとっては、この規則は混乱以外の何ものでもなかった。

「神は人間に性欲を与えておきながらそれを抑圧しろという、なんという矛盾だ」

　これは破壊的な混乱でしかない。このことに関しては私は神を疑った。だが私の混乱要素はこれだけではなかった。

日本から来た熱血の開拓者姉妹たち

　一九八五年に再び佐藤家は引っ越すことになった。今度はロスのトーランスである。中学二年生の時で、ここには約八ヶ月住んでいたがいい思い出が一つもない。むしろ私の中では佐藤家が本格的なカルト路線に走った時期としか記憶していない。

　サンディエゴはトーランスに比べると郊外だったので、日本人の数も少なく英語の会衆に行っていた。アーバインより遠かったのでロスの日本語会衆に通うのは無理だったたからだ。国民性を反映してか、アメリカ人の会衆の方がリラックスしている。規則は同じなのだが、あまり細かいことを言わないし、煽る人もそんなにいない。大きな家族のようで楽しかったと言ってもいいだろう。ところがトーランスの日本語会衆にきたら状況はがらりと変わった。

ちょうど日本のバブル期に合わせて、多くの駐在員がアメリカに送り込まれてきていた。よってトーランス日本語会衆も日本から来たばかりの家族信者が大勢いた。彼らが持ち込んできたのは日本ならではの熱血信者気質である。当時は日本の学校も規則による締め付けが厳しく、髪の長さからスカートの丈まで厳しく管理されていた。学校での暴力まがいな体罰も日常的であった。日本人誰もが「厳しいことはいいことだ」という昭和的な考え方を持っていた。

日本人はただでさえ真面目で規則正しいので、エホバの証人になっても、アメリカ人よりも規則をストイックに実行した。当時のトーランス会衆は、日本の会衆と雰囲気が変わらないほど日本化していた。日本から大量にやってきていたのは、開拓者という特権を持つ姉妹たち。

エホバの証人は皆、伝道時間を毎月紙で報告しないといけない。この時間が一〇時間を切ると長老たちから、「もっと霊的になるように」励まされる。逆に奉仕時間が多いと「霊的な人」、つまり模範的な人として賞賛される。証人たちの中にもランクがあり、伝道を月九〇時間以上入れると「正規開拓者」と呼ばれ、月六〇時間以上入れると「補助開拓者」と呼ばれる。これは兄弟でも姉妹でも時間さえ入れればなれる。この開拓奉仕は「霊性の証」だと言われていた。もっとも今ではこの霊性の証の基準は下げられ、開拓奉仕者の満たすべき時間量が下げられている。

会衆にとっては、開拓者が多いほど熱心な会衆であるという評価がついた。細かい数字は覚えていないのだが、当時アメリカの会衆では、成員のうち一割ぐらいが開拓者の比率であったように思う。ところが日本人の会衆は、平均的に三割から四割の開拓者がいた。これは異様に高い数字で、世界的にも「日本人はもっとも熱心な信者である」と教団本部からもお墨付きであった。だからトーランス会衆の中には、「全員開拓奉仕をしましょう！」というプレッシャーがかなりあった。

私の母親はずっと正規開拓者を連続で毎月続けていたので模範生であった。彼女は、日本から引っ越してきた姉妹たちの子供が開拓奉仕をやっているのを見て励まされた。そして、自分の息子たちの奉仕時間も増やすべきだと考えた。伝道が嫌いな私には迷惑な話だった。

その頃、私は土曜日は日本語学校に通っていた。ある朝、学校に行く支度をしていたら、母親から突然言われた。

「今日から行かなくていいから。もうやめたから」

「え！　なんで？」

「だってせっかくの休みの土曜日に、日本語学校行ったらもったいないでしょ！　伝道に出られなくなっちゃうから」

弟と母親の間では話がついていたみたいだった。

「ね、ヒロ。伝道にみんなで行くんだもんね」

「うん、そうだよ」

「ちぇ、なんだよ、それ」

私は頭にきてカバンを蹴飛ばした。ここから私の伝道時間が増えることになる。そして母親はこの頃から真剣にこう言い出した。

「あなたたちも大学は行かないで開拓奉仕者を目指しなさい。世の目標はむなしいだけよ」

組織も信者も「大学なんて世のシステムなのだから受けなくていい」と吹聴していた。

「会衆のみなさん、世の中でキャリアを目指してサタンの世に貢献するのは無意味なことです。サタンは経済報酬で、私たちの関心を神の業から逸らそうとしています」

毎週集会でこのようなことが演壇から話される。当然銀行員であった父親はそんな母親の言動に反対した。

「せめて大学だけは出ておけ」

すると母親は感情的にムキになった。

「あなたは子供のたちの命が心配じゃないの！」

父親は寂しそうに黙るしかなかった。これに対して「世の終わりはこない」と言ったら夫婦喧嘩になるのは目に見えている。佐藤家は常にハルマゲドンすれすれの状態にあった。

どのムチが一番効くか？

熱血姉妹たちは伝道時間だけでなく全てに熱心であった。とりわけ子供のムチには熱心であった。これが彼女たちの好きな聖句だった。

『愚かさが少年の心につながれている。懲らしめのむち棒がそれを彼から遠くに引き離す。』（箴言二二章一五節）

もっと迷惑なのはこの聖句である。

『むち棒を控える者はその子を憎んでいるのであり、子を愛する者は懲らしめをもって子を捜し求める。』（箴言一三章二四節）

ムチをしない親は子供を愛していないのである！　だから親同士でしょっちゅうどのムチが効くか話し合っていた。

「姉妹のところ、ちゃんとムチしてる？　しないとダメよ」

「スリッパは音がするだけで、痛くないわよ」

「うちなんて定規で叩いたら折れちゃったから」

「ベルトが結構効くわよ」

「ちゃんとズボンを脱がさないと効かないわよ」

そして一人の熱心な姉妹は、ゴムホースにマジックで『子を愛する者は懲らしめをもって子を捜し求める』という聖句を書いて配り歩いていた。

「日本の姉妹たちはこれを使っているのよ。音がしないうえにとっても効くからどうぞ」

「あら姉妹、ありがとう。助かるわー」

そうして彼女が集会に持ってきた一〇本ぐらいのホースがすぐになくなった。私の母親も喜んでそのゴムホースを持って帰ってきた。このゴムホースは三〇センチぐらいなのだが、叩いても音がしない。それで力加減が分からず、思いっきり叩くことになる。木の棒やベルトとちがってゴムは皮膚にめりこむので、これが一番痛い。実際に、ある医療サイトには、体の内側の血管が切れるのでゴムで人を叩かないようにと記載されていた。

「そこの壁に立ちなさい!!」

伝道か集会で粗相をすると必ず家に帰って母親が大声でどなる。その日もそうだ。帰り道の車の中で「帰ったらムチします！」と言っていた。家に着くと兄弟二人揃って呼び出された。

「手を壁につきなさい‼」

なんでもいいから早くしてくれと諦めの境地で兄弟二人で手をつく。

「そんなんじゃ効かないわ。ズボンを下ろしてお尻を出しなさい‼」

二人とも中学生だからそんなのは困る。

「やめてよ、叩くなら早く叩いて終わらせてよ」

「口答えするの⁉」

「ちがうよ！」

母親が私の頬を摑む。

「なんであなたはそんなに口答えするの？　そのサタン的な態度は！」

ズボンを引きずり下ろされて長い定規で尻を叩かれる。ピシッ！　と音がする。弟は手を壁につきながら叩かれた私を見る。

「親に対する口答えはエホバに対する反抗よ！」

エホバの名を出されたら何も言い返せない。叩きながら母親はだんだんと感情的になっていく。

ピシッ！　ピシッ！　ピシッ！

ムチは続く。ここまで叩かれる覚えはない。しかしここで言い返すと火に油を注ぐことになる。

(だいたいこんなことになったのも、あの開拓者のおばちゃん姉妹のせいだ。あいつが余計なことをうちの親に言ったからだ)

私は腹が立ってきたが、処刑前に叩かれたイエスもこういう心境だったんだろうと思った。私が終わったら次は弟の番だった。弟は叩かれる前からすでに泣いていた。

証人たちの子供たちは小さな時からずっとこの屈辱的なムチ制度に耐えてきた。これが証人たちのいう「良い子育て」の実態だ。

サタン、サタンを連呼する信者たち、母親との闘い

この熱狂的な日本からの開拓者姉妹たちが持ち込んだのは、熱心なムチだけではない。狂信的とも言えるような考え方まで持ち込んだ。朝から夜までずっと「サタン、サタン」なのである。「エホバ、感謝します、アーメン」以外の時はほぼ全て、「あれはサタンよ、これもサタンよ」を連呼する。

「サタン的なものは、全てクリスチャン生活から排除しましょう!」

姉妹たちはこの排除方法の議論に熱心だった。聖書を文字通り実践すれば、確かにそうなることは認める。しかし明らかに狂信的である。でも聖句にそう書いてあるから、

反論はできない。

「協会の賛美歌以外、全ての音楽はサタンよ」

「マンガは完全にサタンよ。暴力と性の描写ばかりよ」

「スター・ウォーズはウォーズでしょ。戦争の映画だから相応しくないわ」

「『E.T.』は宇宙人の話でしょ。聖書は宇宙人なんて教えていないからサタンのまやかしよ」

サタンの適用はここで終わらない。キーホルダーに付いている鈴も、お寺にある宗教のものだという。しかも女性器の形を象徴しているから不道徳なシンボルである。そういったわけで、私は自分のキーホルダー・コレクションを全部没収されてしまった。

日本から来た開拓者組の中の一人に、タカちゃんの家族がいた。タカちゃんはまだ小学六年生だったが、模範的な兄弟だった。母親同士が仲良かったので、いつも一緒だった。

「集会、つまんないもんなー」

と私が言うと、タカちゃんがこう言う。

「のりくん、集会は楽しいよ。霊的に励まされる話ばかりで」

母親はそれを聞いて、タカちゃんを褒める。

「タカ兄弟は偉いわね。霊的よねー」

私はこの手の会話にうんざりだった。二時間座って一方的に聞かされる集会が楽しいわけがない。だから私はいつも集会で寝ていた。当然母親は怒って、私をつねる。痛いので私はその手を払いのけて睨み返す。母親は私のこの反抗的な態度に手をやいていた。するとタカちゃんのお母さんが言った。

「姉妹、お宅の息子さんは世的で反逆的な音楽を聴いているからよ。賛美歌以外の音楽は気をつけた方がいいわよ」

この時からラジオは禁止になった。私はラジオをティッシュ箱の中に入れて、イヤホンだけ出して聞かないといけない状況に追い込まれた。テープは全て本棚の本の裏に隠しておいた。音楽を密輸しないといけないのだ。父親はティッシュ箱のラジオに気付いていたが、内緒にしておいてくれた。

熱血姉妹たちはそれで収まらなかった。生活の様々な問題まで全てサタンのせいにした。

風邪を引いて伝道に出られなくなれば、それはサタンの邪魔。

事故に遭えば、もちろんサタンの仕業。

学校で子供がいじめれるのも、サタンが悪い。

学校で進学を勧められれば、サタンからの誘惑。

テレビの見過ぎは、サタンの罠。

とにかく思いつく限り全てサタンだ。

「いくらなんでもサタンだって迷惑だろう。そこまであんたにかまう程ヒマじゃないはずだ」

この人たちを見ていて、一体自分は「エホバ教に入ったのか、サタン教に入ったのか」と、自問自答したぐらいだ。

さらにおばちゃん姉妹たちは、子供たちが世の友達と接触を持たないようにと神経を張り巡らせていた。タカちゃんのお母さんがまた言った。

「手紙も世の人との立派な交わりよ」

それから手紙検問制度が始まった。昔はネットがなかったので、手紙しかなかった。学校から家に帰ってくると、全ての手紙の封が切られている。そして女の子からの手紙だと、「一体どういう関係なの」と問いただされる。

そんなある日、ある事件がきっかけでうちの母親が発狂した。部屋に隠し持っていた『北斗の拳』のマンガが見つかってしまったのだ。

「闘いを学ばないクリスチャンがなぜこのような血みどろのマンガを!!」

「こんなサタンのものを家に持ち込んで汚らわしい!!」

私の顔をたて続けに叩いて、私の頬は赤くなる。こういう時、私は逃げないで立ったまま母親を睨み続けた。弟は怯えて横で見ている。

「何、その反抗的な目は！」

母親は悔し涙を出しながら金切り声をあげると、大きなビニールゴミ袋を持ってきた。

ガタン！　バシャン！　ガチャン！

私たち兄弟二人の部屋の本棚の中身を全てひっくり返した。隠していたマンガやテープが床に散乱した。彼女はそれらを手当たり次第にゴミ袋に入れていった。

「このカセットテープは何⁉　賛美の音楽ではないでしょ！」

テープを私の顔に突き出す。

「こういうサタン的なものを聞いているから、行状が良くならないの！」

そう言って、宝だったテープを全て捨てられた。音楽だけは一番好きだったので、こっちも泣きながら叫んで抵抗した。

「やめろっ！」

「離しなさい！」

「やめろって言ってんだろ！」

「その態度！　エホバに逆らうの！」

私をふりほどくと、母親は大きく膨らんだゴミ袋を持って、ものすごい剣幕で部屋を出ていった。この時からこのような光景が佐藤家では日常的になった。これに対して父親は何もできなかった。子供を庇うと母親が声をあげて反撃するからだ。

「あなたがそんなんだから、子供たちはダメになるのよ！　このままだとハルマゲドンで滅ぼされるわよ！　あなたは子供の命が大切じゃないというのっ！」

こういう言葉に対してまともに反論できる言葉があろうはずもない。父親はそうなると、ダンマリを決め込んだ。すると今度は、「口を開かない卑怯者」呼ばわりされる。

子供ながらにそんな光景を見ていて、自分のとばっちりが父親にいったので申し訳なく思っていた。それと同時に、母親のヒステリックな態度は全てエホバへの信仰を守るためだから仕方ないとも思っていた。

この頃から自分は自分の内側のダークな世界に入り込んでいくようになっていった。中学校二年生の時である。

第3章　信者としての自覚の芽生え

平和なニューヨークに引っ越す

トーランスには一年未満しかいなかった。しかし私の中では早くこの場所と狂信的な姉妹たちから逃れたかった。だからニューヨークへの引っ越しを聞いた時は嬉しかった。一九八六年の五月のことである。春なのに肌寒かったのが印象的だった。

引っ越して最初に家にやってきたのはニューヨークの日本語会衆の姉妹たちだった。引っ越しの時は会衆同士で連絡をしてくれるので、引っ越し先の信者たちが待機している。すぐに差し入れを持ってきて掃除とかを手伝ってくれるのだ。もし証人であることのメリットがあるとすれば、このネットワーク力である。どこに引っ越しても地元の会衆に行けば、一〇〇人の家族がすぐにできる。地元のことも詳しく教えてくれるし、なんでも助けてくれる。だから証人の時はどこに引っ越しても不安はなかった。

ニューヨークの日本語会衆には四〇人ほどの成員しかいなかった。しかしトーランスのように、サタンを連呼する狂信的な信者がいなかったので安心した。やっと平和が訪れるかと思われた。当時の会衆は小さいグループだったので、家族のように仲がよかった。子供たちもみんな同じ年齢で、今でも楽しい思い出として残っている。

ニューヨークの日本語会衆には、私の母親にとって嬉しいことがあった。ものみの塔の本部は当時マンハッタンの向かいのブルックリンにあった。証人たちの間ではメッカのような存在で、一生に一度は見学に訪れたいところであった。そしてここには「ベテル奉仕者」たちと呼ばれる奉仕者が住み込みで本部の活動に携わっていた。彼らは本部の中で生活しながら全時間「霊的な業」に携わっている模範生であった。志願しても倍率が高く、なかなか入れないので、信者の中ではエリート的存在であった。そのベテル奉仕者たちが数名日本語会衆に属していたのだ。もし日本の会衆にいたら、ブルックリンの奉仕者にお目にかかれるのは大会での演壇ぐらいしかない。

しかもこの会衆には、「ギレアデ学校」を出た元「宣教者」の夫婦がいた。ギレアデとは、ブルックリン本部によって世界中から選ばれた、先鋭の兄弟姉妹が招かれる訓練学校である。ここで宣教者になるための訓練を受けると、様々な国へ送り込まれる。戦後の日本では、GHQによりキリスト教が解禁されたため、ギレアデの卒業生が戦後直後に日本に送り込まれた。

この宣教者たちは物資の乏しい日本で貧しい生活をしながら、日本語もままならぬまま宣教活動をスタートさせた。今日本にいる二二万弱の証人たちの基盤を作り上げたと言っても過言ではない。だからこの元宣教者は、エリートの中のエリート的存在だと言える。母親は彼らから直接クリスチャン経験談を聞けて喜んだ。実際に元宣教者の兄弟の話はおもしろくて興味深かった。こういった環境が私に、クリスチャンとしての自覚を植えつけていった。

また会衆に所属していたスティーブという若いベテル奉仕者が、私との個人聖書研究を申し出てくれた。それから私は、毎週彼から聖書の教えを受けることになる。高校生になって自分の思考力で教理を理解できるレベルになっていたので楽しかった。

世の終わりの年代計算方法

この時まで、私はなぜハルマゲドンが近いと言われるのかを理論的に理解していなかった。すると司会者のスティーブが聖書を開きながら紙にチャートと数式を書いていった。

エルサレム崩壊 → 異邦人の時（七つの時） → 終わりの時
（西暦前六〇七年）　（二五二〇年）　（西暦一九一四年）

何気ない数字だが、実はこれがエホバの証人の全てを表している。これでハルマゲドンが来る時期も、ものみの塔がいつエホバに真の組織として選ばれたかも説明がつくのである。これは彼らの赤い本、『あなたは地上の楽園で永遠に生きられます』の一四〇ページに説明されている。ここは若干込み入る教義の話なので、興味のない方は飛ばしていただいても結構である。

ここで関係するのは四つの聖句である。

①『そしてエルサレムは、諸国民の定められた時が満ちるまで、諸国民に踏みにじられるのです。』（ルカ二一章二四節）

イエスの預言の言葉で、神の都市であるエルサレムは一定期間、異邦人（非ユダヤ人）によって支配される、と言っている。証人たちはこれが西暦前六〇七年のエルサレム崩壊から始まっていると主張している。

②『あなた方はこの木を切り倒して損なえ。しかし、その根株は地に残し、鉄と銅のたがを掛けて野の草の中に置き、天からの露にぬれさせ、その分を野の獣と共にならせて、七つの時をその上に過ぎさせよ。』（ダニエル四章二三節）

ダニエルの預言はイエスの預言を描写していると証人たちは理解している。ここにある「七つの時」が異邦人による支配の期間である。

③『それから女は、神によって備えられた自分の場所がある荒野に逃げた。それは、彼らが千二百六十日の間そこで彼女を養うためであった。』（啓示一二章六節）

この聖句はダニエルの預言とは一切関係ないが期間の定義に役に立つ。ここに出てくる一二六〇日は別の聖句では「三時半」（啓示一二章一四節）とされている。従ってこれを二倍にすればダニエルが予告した異邦人の「七つの時」とは二五二〇日ということになる。

④『一年に対して一日、一年に対して一日』（民数記一四章三四節）

このルールを当てはめると一日は一年となる。これを適用すると「七つの時」は二五二〇年となる。

読者はこの理屈を理解する必要はないが、簡単に説明すると、神が支配していた王国（エルサレム）が崩壊したのは、西暦前六〇七年。ここから二五二〇年の間は神は民を見捨てる、と言っているのである。しかしこの期間が終わると、神がイエスを通して再び神の民を支配するという。そしてその年が一九一四年に相当する。この時にイエスは天で支配を開始されたという。そして近いうちに天の王国を地上に持ってくる。この時に今存在するサタンの事物の体制が滅ぼされないといけない。従って、ハルマゲドンへのカウントダウンとなる「終わりの日」は、一九一四年から始まっているという教義になる。

私はこの理論立った説明がスゴイ！　と思ってしまった。聖句を連続して引っ張り出されて、紙の上で計算されてしまうと説得力がある。ちょっとした謎解きみたいでおもしろい。この時以来、私は理論的な根拠をもって、終わりの日が近いことを信じるようになる。

一九一四年がエホバの証人の根拠の全て

信者でない限り、これらの計算や預言解釈法を知る必要はない。しかしここに書いてある理屈を理解しないと、なぜ証人たちがここまで本気でハルマゲドンを信じているのか説明がつかなくなってしまう。彼らなりの理論的な根拠があるのだ。また、エホバの証人に限らず、多くの原理主義者たちが、今の時代を終わりの日だと信じていることも忘れてはならない。

イエスは弟子たちだけにある預言を残した。少し長いがここでマタイの書を引用する。後々でこの聖句がとても大きな意味を持つことになる。

『イエスがオリーブ山の上で座っておられたところ、弟子たちが自分たちだけで近づいて来て、こう言った。「わたしたちにお話しください。そのようなことはいつあるのでしょうか。そして、あなたの臨在と事物の体制の終結のしるしには何がありますか」。そこでイエスは答えて言われた、「だれにも惑わされないように気を付けなさい。多くの者がわたしの名によってやって来て、『わたしがキリストだ』と言って多くの者を惑わすからです。あなた方は戦争のこと、また戦争の知らせを聞きます。恐れおののかないようにしなさい。これらは必ず起きる事だからです。しかし終わりはまだなのです。というのは、国民は国民に、王国は王国に敵対して立ち上がり、またそこからここへと食糧不足や地震があるからです。これらすべては苦しみの劇痛の始まりです」』（マタイ二四章三〜八節）

啓示の「事物の体制」という言葉がここにも出てくる。つまり、弟子たちは「現在進行中のサタンの体制はいつ終わるのですか?」と聞いていることになる。神の支配が始まる一九一四年は事物の体制の終わりの日の始まりだ。そこで、どういう「しるし」が起きるのか、と聞いているのだ。するとイエスはまず最初に偽預言者が現れるという。これでなぜ現代、オウム真理教のようなカルト教団が出てくるのか証人たちには説明がつく。終わりの日だからである。

最も重要なのは、イエスはここで大規模な戦争が起きると言っている。その後に食糧不足の飢饉や地震が続くという。一九一四年といえば、まさに第一次世界大戦が始まった年だ。しかもその後に食糧不足から地震まで起きている。やっぱりダニエルの預言の算出方法は正しかった！　ということになる。

そんなわけで、一九一四年から「終わりの日」に入っているので、ハルマゲドンはいつ来てもおかしくないという理屈が成り立つ。ここでもう一つ厄介なことが起きる。一九一四年にイエスが王として天で支配を開始した。すると天にいるサタンはどうなるのか？　天にはいられなくなるから地に追い出される。だから、ハルマゲドンが来るまでサタンの影響が地上では強くなる。

『こうして、大いなる龍、すなわち、初めからの蛇で、悪魔またサタンと呼ばれ、人の住む全地を惑わしている者は投げ落とされた。彼は地に投げ落とされ、その使いたちも共に投げ落とされた。』（啓示一二章九節）

『地と海にとっては災いである。悪魔が、自分の時の短いことを知り、大きな怒りを抱いてあなた方のところに下ったからである。』（啓示一二章一二節）

世の中は一九一四年を境に第一次世界大戦を始め、どんどんと状況が悪くなっているのだ。当然、9．11だって、3．11東日本大震災だって、福島の原発事故だって、終わりのしるしの証拠である。サブプライムで貧富の格差が広がるのも終わりの日だからだ。証人たちは大きな事件が起きるたびに、「ハルマゲドンは近い！」と言って伝道に力が入る。

さて、さらにこの話には続きがある。この一九一四年にいろいろな聖句を当てはめるとどういう訳だか不可思議な結論が導きだされる。一九一九年にエホバの証人がイエスによって、「真の宗教」として指名されたというのだ。ここでは聖句のウルトラC級な適用が出てくるので、この細かい理屈を説明できる信者も少ないだろう。とにかく、ものみの塔が神によって選ばれた唯一の真の組織となったのは一九一九年である。そしてその根拠は、一九一四年を元にしていると理解してもらえればよい。

脚注……

この一九一四年の算出方法は、初代会長のチャールズ・テイズ・ラッセルによって最初に提案された。しかし実は、この計算方法は彼が別のプロテスタント系の教会から教えてもらったものである。当時から世の終わりの時期を計算しようというブームがあったのだ。この教義の一番の弱点は、計算の起点となっているエルサレムの崩壊の年数である。ものみの塔では、紀元前六〇七年としているが、考古学的根拠は全くない（一般的には西暦前五八七年）。つまりこの起点がズレると、エホバの証人が一九一九年に神によって任命されたという根拠を失うことになる。また終わりの日の開始スケジュールもズレることになる。すると組織の預言は外れていたことになる。いずれにせよ、全く関係ない聖句をつなぎ合わせてかなりアクロバティックな理論を展開しているので、信者でなければどうでもいい話である。

クリスチャンとしての自覚が芽生える

ニューヨークに引っ越すまでは、集会とはつまらないものだと思っていた。特に一時間の公開講演は退屈きわまりなかった。いつも寝ていたので、親に叱られていた。しかしニューヨーク日本語会衆でベテル奉仕者の講演を聞き、開眼する。

「聖書からの講演って、こんなにおもしろく語れるものなのか！」

高校一年生の私にとっては強い印象を残した。今までここまで上手に講演の話ができる人に会ったことがないからだ。それからは集会に行って、聖書の話を聞くことに対するモチベーションが上がった。そして自分もあんなふうに上手に話せるようになれたらいいな、とも思った。

トーランスの時と違ってドロドロとした環境がなく、ベテル奉仕者などの模範生がいて、組織の素晴らしさを実感することができた。母親は社交的でいろいろなゲストを夕食に招待した。毎週末、我が家には多くの経験を持っている兄弟姉妹が訪れるようになった。聖書に精通していながら様々な宣教経験を持ち、気さくで楽しい人たちであった。この時期を通じて、自分も立派なクリスチャンになろうという自覚が目覚めていった。それからは進んで伝道に出るようにもなった。

父親は聖書の研究をしたり、していなかったり、だった。だがニューヨークにいた時は、近所にいた英語会衆の兄弟と研究をしていた。この兄弟はニューヨーク・フィルハーモニックに所属しており、彼はものみの塔のオーケストラの指揮者でもあった。また日本語会衆には、当時週刊誌で取り上げられていた国鉄の兄弟家族がいた。証人の活動を優先するために日本国有鉄道の九州総局長の辞令を辞退したので、注目されていた。こういった興味深い人たちが、我が家に出入りしていた。

高校一年生としての学校での生活はそれなりに楽しかった。成績が良かったので、先生たちからも優遇されていた。しかし証人以外の友達をあまり作らないようにしていた。作ったところで一緒に遊ぶことを親が許すわけがなかった。だからこの頃から社交的ではない内向的な絵描少年になっていく。学校では絵の上手なアジア人として知られていた。

もちろん胸がときめく素敵な同級生もいたが、デートできないと知っていたので、アプローチをかけることはなかった。この時に多くの欲求や願望を自分で意識的に抑え込んでいった。それでも自分は、真の組織に属しているのだから幸せであると信じて疑わなかった。

ウォークマン事件

トーランスで始まった親子の冷戦状態が過ぎ去ったわけではなかった。母親は、息子の生活からサタンを排除しようとして、常にレーダーを張って監視していた。私が何か問題を起こすと、母親は怒って私が持っている何かのせいにした。例えば伝道での態度が悪かったり、集会で寝てばかりいると、それは私がサタン的なものを所有しているからだという。その日も集会でトラブルが起きた。私が集会に「マクロス」のミニプラモデルを持っていったのが原因だ。友達はお互いみんな家の距離が離れていて、集会の時でないと会えない。それでオモチャやマンガを集会の第二会場と呼ばれる別室でこっそり交換していた。

「のりくんが、戦闘機のオモチャを集会に持ってきているわよ」

日本からの真面目な姉妹が母に告げ口をした。家に帰るなり母親は怒りだした。

「サタンみたいな絵ばっかり書いているからダメなのよ!」

そう言うと、部屋をひっくり返して私の画集をゴミ袋に入れてしまった。

友達の手紙を捨てられたのは仕方ないとしても、自分の画集だけは自分の命だ。でもその時は黙って何も言わなかった。対処法は心得ていた。ゴミ屋さんがゴミ袋を回収しに来るのは明日の朝だ。私は親が寝ると、懐中電灯を持って家から忍び出た。そして離れたガレージに入ると置いてあったゴミ袋を破って画集を回収した。

こんな具合だったから、自分の好きなテープやアニメ本は捨てられないように常に隠しておいた。スーパーの袋や靴箱に入れて、非常時スタンバイの状態だった。何かのトラブルが発生すると、まず母親が宣言する。

「もう許しません！　捨てます！」

そう言うと、母親はドカドカと下にゴミ袋をとりにいく。二階の私の部屋に戻ってくるまで約三〇秒。この間に捨てられてはならないものを避難させないといけない。宝物はいくつかの靴箱にまとめてあった。

(最近不穏な空気だから備えていてよかった)

そう思いながら宝物の箱をそのまま親の寝室のベッドの下に投げ込んだ。これであれば三〇秒で荷物を隠せる。親もまさか自分のベッドの下にあるとは想像しないだろう。

時々、平和状態が続いて油断していて宝物をまとめていない時がある。すると親のベッドの下に移す時間がない。そういう緊急事態の時は、二階の窓から外にむかって宝物を投げ出した。そして親が寝てからこっそり芝生の上の宝物を回収しにいっていた。

別にエロ本とかを隠していたわけではなく、カセットテープやウォークマンである。そしてある夜、このウォークマンが問題の発端となる。トーランスの時以来、母親は私が聞いているロックはサタンの音楽だと言って譲らなかった。だからそんな音楽を聴くために、ウォークマンを持つなんてもっての他だと言いはった。これだけは絶対に買ってもらえなかった。佐藤家ではお小遣い制がなかったので、毎日のランチ代（アメリカではその都度購入する）を食べないで貯めた。そしてやっと苦労してなんとか安いウォークマンを買ったのだ。でも当然これは内緒である。

ある夜、なんだったのか覚えていないが、また騒動が始まった。母親に突然部屋をひっくり返されたらウォークマンが見つかってしまった。

「なんなのよ‼　これは！！！」

母親はウォークマンを手にしながら悔しそうに怒っていた。そして目の前でウォークマンを捨てた。これを見た時に頭の中で線が切れた。

プツ。

怒りでもなんでもなく、「あ、この親はもうダメだ」という諦めだった。そこで次の日、母親が伝道に行っている間にメモを残して家出をした。メモにはこう書いた。

「疲れたので三日間お休みをいただきます」

弟は「のり、帰ってきなよ」と自転車で追いかけてきたが、「来るならついてこい」と言って飛び出した。

それから初めてニューヨークでバスに乗った。自分をかくまってくれそうな年上の姉妹のところに訪ねていった。向こうも驚いたが、事情を察して泊めてくれた。しかしこれが後で会衆をあげての大騒動となる。私をかくまってくれた姉妹は後に、「なぜ親にすぐ報告しなかったのか」と長老からかなり叱責された。今思えば彼女にはかわいそうなことをした。だが、彼女がとってくれた行動は正しかったと思っている。そうでなければ私は精神的に追い詰められていただろう。彼女が今でも元気にやっていればいいなと思う。

この姉妹が伝道に出ていっている間、私は一人でフラッシングの街を歩きながら楽しんでいた。つかの間の自分一人の時間だ。それと、同じ建物の見知らぬ白人のおばあさんが部屋にあげてくれた。豆スープをつくってくれて、昔のアルバム写真を見せてくれた。白黒写真には女優のように美しい彼女と、今は亡きダンナさんが写っていた。今はしわしわ顔のおばあさんを見ながら「時間って、不思議だよな」と考えていた。

一方、佐藤家では時間について考えているようなのん気な雰囲気ではなかった。かなりのドタバタ劇があった二日後に、父親が車で迎えにきた。家に帰ってみると、母親がげっそりとやつれてベッドで寝込んでいた。

「私は母親の資格がないから日本に帰ります」

とても悲しそうで無力な表情をしていた。それを見て少しかわいそうなことをしたかなと思った。

やがて母親も体力が回復すると、最初にこう言った。

「ウォークマン買いにいこうか」

「え？　いいの」

「うん、いいよ。あなたを親の決めた型に押し込もうとして失敗しちゃったね」

母親は気まずそうに笑った。そして翌日私と弟にウォークマンを買いに連れていってくれた。そのウォークマンはずっと大切に使っていた。

日本で初めてのクリスチャン生活

時は一九八八年、日本はバブルに向かってまっしぐら。一九八五年には二四〇円だったドルも一五〇円になっていた。通常、海外転勤は五年間と言われていたが、気が付くとアメリカに来て七年が経っていた。ここで驚きのアナウンスメントが出た。なんといよいよ日本に引き揚げるのだという。七年ぶりの日本での生活はどんなものかワクワクした。最後に日本で生活したのは九歳の時だ。

日本での学校に関してはいろいろと検討したのだが、祖父母の意向もあってアメリカンスクール（ASIJ）に入った。我が家にとっては高い出費ではあったが、一年後にこれが「吉」と出ることになる。

引っ越しによる環境変化には慣れていたが、毎回引っ越しによる授業のプログラムに関しては苦労した。なぜならアメリカでは学校区によって、授業内容の順番が違ったりするからだ。ニューヨークで習った前半が、アメリカンスクールに行ったら後半から扱う内容だったりした。つまり既に習った部分が重複して始まるのに、まったく習っていない半年間が抜け落ちるのである。これは年末の試験で苦労することになる。とはいえ、学校自体は楽しかった。でももちろん、恋愛はナシだ。

佐藤家（父親以外）にとっての関心事は、「初めての日本でのエホバの証人生活とはどんなものか」であった。トーランス会衆の時の熱血開拓者の姉妹たちのような人たちばかりなのだろうか。日本での伝道活動は車を使わないので、雪の日とかも大変だと聞いていた。果たしてやっていけるのであろうか。

七年ぶりに小金井に戻った時、街や家の大きさの感覚が変わっていた。大きいはずだと記憶していた道も小さくて、最初はタクシーで我が家を気付かずに通り過ぎた。家に着いたらすぐに地元の会衆の兄弟姉妹たちが挨拶をしにきた。アメリカから家族が引っ越してくると聞いていたので、珍しそうだった。そして掃除などをいろいろと手伝ってくれた。

私たちは武蔵境会衆という会衆に属することになった。各会衆は区域によって分けられており、住む区域によって属する会衆が変わってくる。同時に自分の住んでいる区域がその会衆の受け持つ伝道エリアとなる。王国会館は自転車で片道二〇分程。母親は車生活に慣れていたので、自転車で大通りを走るのは怖かったらしく軽自動車を購入した。私と弟は自転車で通っていたが、初めての自転車通いは楽しかった。親の車に乗らなくてもいいので寄り道もできる。普段の生活においても自由に行動できるようになった。

あのウォークマン事件以来、母親の態度もかなり軟化した。

「自分の理想の形に息子たちを押し込めることはできないという教訓を学んだのよ」とよく仲間の姉妹たちに話していた。それ以来マンガやテープを捨てられることはなくなった。また細かい規則も課さなくなったので、比較的自由な雰囲気であった。佐藤家の中では狂信的なムードがなくなっていた。それに家族全員で聖書という同じ関心事を持っていたので仲がよかった。父親はあいかわらず聖書とは関係ないという態度を貫いていたが、反対はしない、いわゆる「協力的な未信者さん」であった。

ママチャリを猛速で漕ぐ熱血兄弟

武蔵境に通い始めて程なくして、そこは雰囲気のいい会衆だということが分かった。四人の長老がいた。それぞれキャラの違うおもしろい構成であった。子供の時と違って高校生だったので、どういう長老と奉仕の僕がいて、どういった方針を持っているのかなど、会衆内の組織構成に注意を払うようになった。

会衆の責任者である主宰監督は山本兄弟といって、背の高い頼れる感じの兄弟であった。子供が五人いながら中央線沿いの二部屋のアパートで暮らしていた。これはアメリカの比較的広い家で生活していた自分にとっては、カルチャーショックだった。ここに七人住んでいるのか⁉ 一体どうやって寝ているのか⁉ しかしとても仲のいい家族でとても楽しそうに暮らしていた。後にこの山本兄弟がいろいろとかばってくれることになる。

奉仕監督は橋鍋兄弟といって、独身の熱血兄弟であった。奉仕監督というのは、会衆の伝道活動の責任者である。伝道するエリアを整理したり各グループに担当エリアを振り分けたりする。私は伝道者であったが、バプテスマを受けた兄弟ではなかったので、彼が私の聖書研究の司会をしてくれることになった。バイタリティーがすごく、いつもママチャリで猛スピードで移動する名物開拓者であった。日本の証人たちはだいたいこのママチャリを使っている。彼はこの自転車でスポーツ自転車も抜けると有名であった。開拓者は月九〇時間の奉仕時間を報告すればよいのだが、彼は個人的に好きで月一二〇時間入れていた。週三〇時間である。しかもこれは仕事以外の時間である。

証人たちの伝道はもちろん無償活動だからお金にはならない。入れる伝道時間が多いと、エホバのためにたくさんの犠牲を払ったとして評価されるだけである。主婦かリタイアした男性なら、月九〇時間という正規開拓の時間量はそれほど難しくない。毎日三時間奉仕に出れば達成される。日本人の会衆のような真面目な環境にいると、奉仕時間のプレッシャーがかかる。主婦で開拓奉仕をしていないと、「姉妹、開拓奉仕は楽しいわよ」とか頻繁に声をかけられた。

若い男性が開拓奉仕をやるには普通の正社員就職は無理だ。橋鍋兄弟は、新聞配達を朝四時からしていた。そうすれば八時からは伝道に出られる。「街路伝道」といって自主的に駅前や道で雑誌やビラを配る活動もする。あとは塾の講師や警備の仕事をしていた。また仕事が終わると、夜七時から一〇時くらいまで夜の伝道活動に出た。

「夜の方がみんな家にいるので会えますよ」

橋鍋兄弟は嬉しそうにそう言うと、ママチャリで夜の闇の中に消えていった。

若い開拓者の兄弟たちの多くはパートの仕事をしており、仕事のない日にまとめて八時間とか伝道時間を入れていた。朝九時から夜七時ぐらいまで奉仕をする。証人たちは律儀で休憩時間は奉仕時間から差っぴいて報告していた。

「今は公園で一五分お茶を飲んだから一五分引いておこうね」

兄弟姉妹はたびたびこういう会話をしていた。

橋鍋兄弟は複数のパートのかけもちと月一〇〇時間を超える奉仕活動で、朝から夜中まで忙しかった。彼のスケジュール表には朝から夜遅くまで予定が書き込まれていた。ただ、そこには移動時間が含まれていなかったので遅刻することで有名だった。そんな忙しい彼との聖書研究は、彼の伝道活動が終わる夜一〇時以降からであった。私への聖書研究の司会も伝導時間としてカウントできるので、彼にとっても助かることであった。夜、自転車で彼の家に行くと一緒に住んでいる兄弟たちがくつろいでいた。古い一軒家であったが同じようにパートしながら開拓をしている独身兄弟が一緒に住んでいた。

若い証人たちは低い収入で暮らすためによくパートナー生活をしている。そして質素な生活をしながら奉仕活動に専念することが美徳とされる風潮があった。兄弟姉妹の貧しい生活ぶりは、会衆の中では賞賛対象となった。

「あの兄弟は全時間の仕事（正社員就職）を断って質素な生活を送っているのよ」

「あの姉妹はお金がないけれど、農家の人たちから野菜をもらってちゃんと食べているんですって」

といった具合にである。仲間同士でもいかに質素にやりくりしているか、が自慢話となった。この橋鍋兄弟に関しては食費を節約するために、パン屋からパンの耳を安く購入して食べていた。これは信者の中でもちょっとした語り草であった。本人は自慢げに言っていた。

「バターで炒めて蜂蜜かけると、おいしいですよ」

将来は新聞配達をしろと言い出す母親

この質素な生活が模範的とされる風潮は、アメリカの会衆にはない文化だった。アメリカでの生活は同じような駐在員家族に囲まれていた。日本本社から給料をもらいながら、アメリカでの海外滞在手当てを受けていたので、比較的経済的なゆとりのある人たちであった。駐在員の奥様というのは優雅なもので、ビザ（アメリカの滞在許可）などの事情もあり、仕事ができない。だから基本的には社交と買い物しかすることがない。奥様同士でお茶をしたりテニスレッスンに興じたりするのが一般的だが、証人の奥様たちは毎日一緒に奉仕をするのが日課になっていた。

この時、東京に引っ越してきて初めて駐在員ではない家族と直に接することになった。私の父親のように大企業に勤めている程の収入がない世帯である。アメリカで私は一軒家に住んでいる環境があたりまえだと思っていた。それが日本では小さな二部屋しかないアパートに家族全員が住んでいる家庭が数多いことに驚いた。中には「どうせ佐藤姉妹にはない苦労だから分からないわよね」とやっかみ発言をするおばさん姉妹もいた。

証人たちはこの質素な生活を「簡素化」と呼んでいる。お金のかかる煩いの多い生活を簡素化して奉仕活動に専念するのが「霊的な人」と評されていた。逆にフルタイムの仕事を頑張ってお金儲けを目指す人は、「世的な人」というレッテルを貼られた。証人たちが好きなイエスの言葉がある。これは弟子になりたいと言ってきたお金持ちの若者に対して、イエスが述べた言葉である。

『あなたの持っている物をみな売って、貧しい人々に配りなさい。そうすれば、天に宝を持つようになるでしょう。それから、来て、わたしの追随者になりなさい。』

（ルカ一八章二二節）

この若者はこれを聞いて富を捨てることができなかった。それでがっかりして帰っていくというエピソードである。つまり地上で仕事をして宝を溜めてもどうせハルマゲドンで消えてしまう。であれば、伝道をしてエホバのために霊的な宝を積んだ方がいいですよ、ということ。実際問題、お金持ちが楽園に行くのは大変なことだと証人たちは考えている。なぜならイエスもそう言っているからだ。

『お金を持つ人々が神の王国に入って行くのは何と難しいことなのでしょう。実際、富んだ人が神の王国に入るよりは、らくだが縫い針の穴を通るほうが易しいのです。』（ルカ一八章二四、二五節）

しかしこれには天に宝を積む以上の要素がからんでいる。この世はサタンが支配する事物の体制である。従って、この世の人と同じように物質的な反映を求めると奉仕がおろそかになる。すると、サタンからの誘惑に屈してしまうというのだ。サタンは信者を信仰から引き離すためなら、お金も女性も誘惑の材料として与えると信じている。だからなるべく全時間の仕事から離れて、伝道時間を増やすことが命の守りだとされる。

そしてここで再び母親の理想主義と潔癖主義が頭をもたげることになる。会衆の開拓者の兄弟たちを見てこう言い始めた。

「あなたたちも、あの兄弟たちのように新聞配達をして正規開拓奉仕者になりなさい」

日傘、帽子、カバン、地味なスカートの伝道者

アメリカにいた時は伝道といっても、車で離れた日本人の家を探して訪ねていくだけだった。だから多くても一時間に六軒ぐらいしか訪問できない。移動時間は車の中で、

仲間と雑談で盛り上がっていた。一台に五名乗るので、二名ずつ交代で家のベルを押しにいく。すると多くても一時間に二、三軒しか訪問しなくてもいい。ところが日本での伝道となると、全ての家が日本人の家だ。つまり目に入るドアを全てノックしないといけない。これが大きいアパートになると、ドアが何十枚も並んでいる。私はそれらを見るたびに、軽い目まいがした。

伝道活動は次のように行われる。まず最初に「群れ」が取り決めた奉仕の会合というのがある。一つの会衆は通常二〇人ぐらいから成る群れに分けられる。そして、一丁目の群れとか、南二丁目の群れといった具合に名前がつく。そしてこの群れ単位で伝道活動が取り決められる。

各会衆に割り当てられている地域を「区域」と呼んでいる。どの会衆に属するかは住んでいる区域によって決まる。この会衆の区域は日本にある支部と幹部を通じて決められる。会衆の区域は長老たちによって群れごとの区域に分けられる。エホバの証人の王国会館に行くと大抵自分たちの区域の地図が貼ってある。そして色線で群れごとに区域が分けられている。奉仕監督はそれぞれの群れの担当兄弟に指示を出していく。

各群れの区域はブロック単位に分けられる。地図を各ブロックごとに切り抜いてカードに貼り付ける。これが伝道者たちに配られる「区域カード」である。このカードをもとに、伝道者たちは一軒ずつ家庭訪問をする。私もよくこのカードを作ったり整理する手伝いをした。

群れの担当司会者は、いくつかの正式な伝道のための会合時間を設ける。水曜と土曜の午前九時、木曜の午後一時、といった具合にだ。大抵は群れの成員の誰かの家で集合する。そして『日々の聖句』という出版物から今日の聖句を朗読する。それから確認事項や報告のやりとりをして解散する。メンバーの都合により誰の家も使えない時は、公園とかで集合することになる。よく公園で背広を着た人やカバンと日傘を持った女性が数名程固まっているが、それがそうだ。近所から見ると不気味だが、決して危険なわけではない。

証人たちは会合から解散すると、それぞれの自転車に乗って、自分に配られた区域カードのブロックまで移動する。伝道者の安全を取り計らって二人セットで行動するようになっている。小さな子供がいる場合は三名で移動だ。奉仕時間は、大抵二時間から三時間の単位で行われる。取り決めと言っても強制参加ではないので、その時に出たい人が出るといった感じだ。

この群れの取り決め以外で、伝道をしたい時は各人の自由である。自分と仲の良い仲間と好きな時間に待ち合わせて伝道に出る。若い証人たちは表立ってデートができないので、二人での伝道がカモフラージュになる時もある。「ゆっくり歩いている二人の婦人がいたらそれはエホバだ」と言われるが、それは彼女たちが会話をしながら歩いているからだ。一軒から一軒の合間に会話をしていると遅い歩きになってしまうのである。会話の弾まない人との伝道活動は少し辛い。

証人の男性の髪形は通常ショートカットなので、ロン毛の怪しい訪問販売とは一目で区別がつく。証人の姉妹たちは伝道スタイルと呼ばれる服装をしており、これもすぐに見分けがつく。長時間外に出ているので大抵日よけのツバが出ている帽子をかぶり、日傘を持っている。そして配布用の雑誌や出版物が入っている伝道カバンを必ず持っている。服装はこの世の人みたいに派手にならないように地味な色が好まれる。大抵、茶色系のズボッとした色気のない長いスカートをはいている。これを二〇代の姉妹がはいている時もあるので、さすがに悲しくなるファッションセンスではある。ただしお金持ちの多い会衆に行くと、服装が派手目だという評判が出る。

担当ブロックに着いたら、一軒目のベルを押す。初めての伝道者にとってはこれはとっても緊張する瞬間だ。しかしやがて慣れてくると無意識にできるようになる。通常の反応はインターホン越しに「忙しい」「興味ない」と断られて終わる。中には「もう来るな！」と怒鳴られる場合もあるが、証人たちは断られることには慣れている。もし家に誰もいなければ、それは「不在」と伝道カードに記録される。「犬が鎖に繋がれていないので注意」などの注意点が書かれることもある。

アメリカの日本語会衆では、伝道する区域範囲が時には車で二時間と広かった。訪ねる家が一軒一軒離れていたので、一軒ごとに記録する手作りのインデックスカードが用意されていた。電話帳で拾った住所に一枚のカードが割り当てられる。そして伝道者が家を訪問すると、日付とメモが書き込まれる。「五／六／一二　四〇代女性　聖書に興味あり。雑誌配布」といった具合だ。日本の場合は狭い区域を毎日回っているので、一軒ごとの記録は付けない。

伝道者は割り当てられた区域カードにあるブロック上の全軒の住民に会うまで回り続ける。だから「不在」と記録したところには、後日別の時間帯に訪ねていく。どうしても会えない時は、ビラか雑誌をポストにいれる。区域カードの網羅が終わったら、群れの司会者にカードを返す。これを毎日繰り返す。

羊と山羊を分ける業

伝道をしていると、中には関心を示してくれる好意的な人がいる。すると証人たちは「羊さんのようだ」といって喜ぶ。これはイエスが話した喩え話がもとになっている。「終わりの裁きの日に人々は羊のように従順なグループと山羊のように不従順なグループに分けられる」（マタイ二五章三一～三三節）というエピソードから来ているが、当然証人たちはこれを文字通りに解釈している。

証人たちにとって奉仕活動は、エホバとイエスのための代行作業である。イエスによって組織を通じてこの使命が与えられていると信じている。一九一四年にイエスが天で王国の支配を始めたので、今から来るハルマゲドンの裁きの日に備えて、救われる人を一人でも増やそうとしている。

『兄弟のうち最も小さな者の一人にしたのは、それだけわたしに対してしたのです。』（マタイ二五章四〇節）

この聖句があるがゆえに証人たちは家の人から侮辱されても傷つかない。証人たちの使命は、たくさんの山羊の中から少数の羊を探して、イエスのもとに導くことである。たとえ失礼極まりない人がいたとしても、その人がイエスの弟子（小さな者＝証人たち）にとった行動は、イエスに対してとった行動と見なされる。だから証人たちは家の人の失礼な言動を個人的に捉えることはない。家の人から侮辱されたら、「イエスに対して抵抗する山羊だから仕方ない」と考える。

逆に関心を示してくれる人が見つかると、「羊さんだわ！」と喜ぶ。もしあなたがエホバの証人に対応よく会話をしたり雑誌を受け取ったらそれは「再訪問」として記録される。これは各伝道者が自分用につける記録になる。再訪問は研究生候補になってしまう。いずれ聖書研究をしてもらえるようにその人を訪ねることになる。最初は雑誌を定期的に届けたりして会話の時間を増やしていく。もし相手が雑誌を読んでくれていたら書籍を読んでみるように勧める。あるいはそこで聖句を開いて読んだりして聖書に関する会話をする。

証人たちから見て紛らわしくて迷惑なのは、ただのおしゃべり好きなおばちゃんがいる家だ。聖書に興味はないのだが、相手の雑談だけを聞かされる。こういう時は会話を早く切り上げて次の家に行く。

元信者の立場として言えば、証人たちが家に来ることや記録をつけること自体に害はない。別に高いツボを売りつけにくるわけでもないし、強引に勧誘してくることもない。また、個人情報がよその業者に売り渡されることもない。だから彼らの伝道活動を恐れる必要はない。ただし、自分の身内が聖書研究を始めてしまったらそれは問題になる。外にいれば害のない人たちだが、自分の家庭に入り込まれると様々な問題が起きる。それに関してはこの本で語っている通りである。

もし絶対に証人たちに家に来てほしくなければ、「訪問拒否にしてくれ」とキツイ態度で直接強く言うといい。すると区域カードに「訪問拒否」と記録される。すると一年は家にやってこない。

いきなりのビンタ事件！

その日は雪が降る中での伝道であった。同じ年齢の高校生の伊藤兄弟と奉仕をしていた。二人で好きな趣味の話をしながら家を一軒ずつ回っていた。梅雨の伝道も雨で雑誌が濡れるので大変だが、雪の降る伝道はもっと辛い。まず三時間も歩けば、靴も靴下もぐじゅぐじゅに濡れる。冬風にさらされる身体は確実に芯まで冷える。そして手先は凍るぐらい寒い。手袋をするのだが家の戸口に来るとビラを出せるように手袋を毎回とる。手袋は外側の雪と内側の汗で濡れている。だから手袋をとると濡れた手が凍るような冷たい空気にさらされる。

伊藤兄弟と私は、担当ブロックのアパートを回っていた。すると伊藤兄弟が言った。

「ここの家、ちょっと頭のおかしい人が住んでいるから注意らしいよ」

「え、どうおかしいの」

「この前、姉妹たちが訪ねたらいきなり塩を投げられたって」

変な住民だと思ったがとりあえず私がベルを押した。すると中から二〇代の細身の若い男性が出てきた。乱暴な人には見えないタイプで、ソフトな口調で出てきた。それで雑誌を出して証言しようとした。その瞬間である。

バァチィン!!!

と大きな音がした。まさかのビンタである。気がついたら彼の平手が、私の頬を強く弾いていた。その瞬間何が起きたか分からなかったが、とにかく伊藤兄弟と二人でとっさに走って逃げた。後ろからは「もう来るんじゃねぇ!」という大声がしたが、そんなことはどうでもいい。とりあえず伝道者カードに「注意、頭のおかしい人」と記録しておいた。

毎回家を回っていると、いろいろな人がいることが分かる。小金井には大学生が住んでいるアパートがたくさんあった。マンガ雑誌が山のように玄関に積んであったりする。

中にはイジメにあっているのか、ベルを押すとドアの郵便受け口から外を覗き込んで黙っている若者もいた。他にも家を訪ねると家に上げてくれるのだが、自慢げに日本刀を振り回す危険なおじさんもいたりした。時には怒鳴ってくるおばさんもいたが、そういう人に限って「いいわよ、そこまで来るのなら一度くらい話を聞いてあげるわよ」と言ってくれたりした。

私が小金井の奉仕で思い出に残っているのは、ミュージシャンを目指して上京していた若いお兄さん。家に上げてくれてサックスを見せてくれた。私も音楽が好きだったので話がよく合った。彼は布団の訪問販売で生活費を稼いでいた。「おたくも聖書の訪問販売みたいなものでしょ。訪問販売ってのはこうやるんだよ」と言って、家の人と会話をする方法を教えてくれたりした。彼は聖書の話も聞いてくれたので再訪問をするようになった。そうしたら途中から彼と一緒に同棲している彼女も同席するようになった。彼女は実家から送られてきたお饅頭をくれたりした。このお姉さんは近くのデパートで働いていたので、お店で会うと声をかけてくれた。

ファッション母とカメラマン・オヤジの家族

日本での証人生活では、この家族の話を抜きには語れない。日本の証人たちはアメリカの証人に比べると保守的で地味である。もっというとクソ真面目である。いちいち

「それはクリスチャンらしくない」とか、「それは世的だからやめておいた方がいい」と小さなルールをつくってしまう。だから日本人の証人たちといると、窮屈になってしまう。

アメリカの証人たちの間では、しばしば大きなパーティーが問題となった。信者同士でも大勢集まるとアルコール問題が起きた。それで組織から「大きな集まりには注意しましょう」という指示がくる。すると真面目な日本人がそれをより厳密に当てはめてしまう。「二〇名以上いると大きい集まりになっちゃうのかな」とかいったことを真面目に話し始める。

私と同じ群れだったお母さん姉妹は涙ぐみながらよく話していた。

「私ものり兄弟のところみたいに子供を自由にさせてやればね。長老に派手だからと注意されて、うちのお兄ちゃんの赤いジャケットを捨てたのよね。そうしたらお兄ちゃん、怒ってそれ以来集会には来てないの」

「姉妹、うちのところもよ。長女がお化粧したいというから禁止したら、それ以来よ。ちゃんとあの時、上手く対応しておけば集会に来てくれていたのに」

こうして自分たちの子供が集会に来なくなった親たちは、良心の呵責を背負って生きていくことになる。研究生をどんなに育てても、自分の子供が楽園に入ることはないからだ。

こういった中で、同じ会衆で隣の群れにいた萩山家族は個性派であった。夫婦揃ってニューヨークに住んでいたことがあるので、私も馴染みやすかった。しかも萩山姉妹は、証人になる前はファッション業界にいたので、証人なのにファンキーだった。だから私のクリエイティブな感覚をおもしろがってくれた。ダンナさんはヒッピー出身のカメラマンだった。ただし、彼は宗教反対で、証人たちが大キライであった。奥さんが証人たちを家に連れてくるのをすごくイヤがっていた。とても頑固で一切証人たちの話に耳を傾けなかった。

証人たちはこのような人を「反対の未信者さん」と呼ぶ。逆にその未信者の家族が証人たちに対して好意的な場合は、「協力的な未信者さん」「理解のある未信者さん」と呼ばれることになる。萩山オヤジは、明らかに反対の未信者さんであった。これは証人たちからするとなるべく避けたい人種だ。しかし彼は、ニューヨーク帰りの私をおもしろがって相手をしてくれた。とても小さくてボロい小屋のようなところに家族五人で暮らしていたが、ドラマ「ひとつ屋根の下」のようで、いつも楽しい家庭だった。

エホバの証人であることで一ついいことがあるとしたら、それはいろいろな家族と仲良くなれることである。通常、あなたが普通に職場の同僚や友達から、家に食事においでと招待されることは滅多にないだろう。しかも向こうの親や兄弟と仲良く食事をすることはなおさらないだろう。しかし証人たちの世界は違う。会衆全体が家族のような共同体になるので、私はしょっちゅういろいろな家族の家で食事をふるまってもらっていた。また証人たちの子供は、お互い泊まりにいったりする。だから私はアメリカでも日本でも、様々な家庭の生活を直に見ることができた。今私が持っている人間観察力は、ここに由来していると言ってもいい。

さて、この萩山家の頑固オヤジは証人たちの話は嫌がったが、私が聖書の話をする分には拒絶しなかった。もちろん萩山姉妹が喜んだのは言うまでもない。この頃から私は対応の難しい反対者のご主人さんにでも証言をできるという評判が付き始める。どこの家庭でもほとんどのご主人さんが反対者だったので、会衆の姉妹たちからは重宝されることになる。

カラオケ禁止令？

スペースインベーダーが流行った時も、保守的な大人たちはゲーセンは不良の溜まり場だと言って反対した。証人たちも保守的なので、常に新しいものには顔をしかめる。八〇年代後半のカラオケボックスブームは当然証人たちの間でも議論の的となった。

協会は全ての細かいことに指示を出すわけではない。大きな指針や規定はブルックリン本部が発行する雑誌や出版物の中に明記されている。さらに細かい指示は「王国宣教」という信者向けのニュースレターの中に掲載され、集会で扱われる。その中には「過度に派手で肌の露出の高いドレスを大会や集会で着ないように」といった注意事項が含まれる。しかしブルックリン本部は、各地域のローカルな問題にまでは干渉してこない。

当時アメリカには、カラオケボックスがなかったので、これは日本支部の管轄の扱いとなる。しかしカラオケ自体が聖書に反する根拠はどこにもない。それで支部から各会衆にくる指示は、「世の人とカラオケに行って不道徳な行動に繋がらないように」、「若い信者同士で行ってクリスチャンらしくない騒ぎをしないように」といった内容に留まる。これらの指示をどう解釈して当てはめるかは各会衆の長老たちのさじ加減による。

会衆の中では長老は絶対権威である。なぜなら組織の本によると、「神⇓キリスト⇓協会⇓長老⇓奉仕の僕⇓成員」の順で組織ヒエラルキーが決まっているからである。これは神が決めた取り決めなので、長老の指示に従うのは絶対である。長老の指示に逆らうのは、協会と神に逆らうのと同義語である。特に長老たちの中でも会衆全体の責任者に任命される、「主宰監督」の発言は絶対だ。仮に主宰監督の指示が間違っていたとしても、それに従わないといけない。間違いはいずれ協会を通じて、神によって正される。その時に責任を問われるのは長老である。信者の務めは、その時の長老からの指示を守って従順な態度を示すことだと教えられる。

よって各会衆によっては、長老によって定められた非公式の規則がたくさんできることとなる。ある会衆に行けば、赤い服は派手だからダメだとか、兄弟ならストライプのYシャツは派手だから相応しくないといったルールが布かれる。それを破っても制裁を加えられることはないのだが、長老から横に連れていかれて、「少し気をつけた方がいいですよ」と注意される。

そして武蔵境会衆では、若者がカラオケに行っていいかいけないかが議論の対象となった。ある長老は、奉仕の僕の兄弟が同伴であればいいのではと発言する。しかし別の長老は、「カラオケは全く相応しくない」と反対見解を示す。この場合はグレイゾーンになるので、自由派の若者たちはカラオケに行ったりする。すると保守的な若者が保守派の長老に告げ口をする。こうなるとちょっとした不和が会衆内に生じたりする。当然私は自由派だったので、この問題のターゲットにしばしばされていた。こういったグレイな問題を扱う場合、必ずこの聖句が引き合いに出される。

『信じるこれら小さな者の一人をつまずかせるのがだれであっても、その者は、ろばの回すような臼石を首にかけられて海に投げ込まれてしまったとすれば、そのほうが良いのです。』(マルコ九章四二節)

「のり兄弟、もし私たちの言動が仲間の信者をつまずかせるのであれば、やらない方がいいですね。もし仲間がつまずいたらイエスは臼石をかけられた方がいいと書いてあります」

これをまともに適用していくと何に対してもつまずく信者がいるので、結局会衆全体が保守的な方に傾かざるをえなくなる。これは言ったもん勝ちで、ある姉妹が、「私はあの姉妹の服装につまずきました」と長老に言えば、それは問題として扱わざるをえなくなる。私も何かとこれで足を引っ張られて常に苦労をしてきた。

「のり兄弟のシャツの色は、クリスチャンに相応しくないのでは」

「のり兄弟が若い子を連れてカラオケに行ったけれど、つまずきのもととならないか」

「のり兄弟が見たという映画は、他の人の良心に配慮していない」

などなどとキリがなくなる。本当はすぐにつまずく方の信仰が弱いからそうなるのである。信仰の弱い信者に合わせるという理屈はおかしい、と当初から思っていた。企業でいえば「一番売上げの低い営業マンの成績にみんなで合わせよう」、学校でいえば「成績の悪い子に合わせよう」と言っているようなものだ。そんな時には私の返し聖句なるものがあった。


『ある人は何でも食べてよいとの信仰を持っているのに対し、弱い人は野菜を食べます。食べる者は食べない者を見下げてはならず、食べない者は食べる者を裁いてはなりません。』（ローマ一四章二節）

このような議論は聖書の時代からあったらしく、今でも同じである。会衆の中には私の言動をよく思わない長老夫婦がいた。会衆の中で長老夫婦に目をつけられるといろいろな嫌がらせを受ける。今でいうパワハラだ。しかし主宰監督の山本兄弟の方が政治力があったので、何かと仲裁に入って助けてくれた。彼には今でも感謝している。私の母親も毎回私のトラブルを見てヒヤヒヤしていたが、そこは大目に見ていてくれた。

証人たちは何か問題が起きれば、全て出版物に書いてある記事か聖句を開いてケリをつける。全てのルールは出版物と聖書で明確に決められる。私も世の中が全てそうであれば、国家間の問題も裁判問題もなくなるだろうな、と思ったこともある。なんであれ、証人たちは真面目に全ての根拠のよりどころを聖書に見出す。ある意味、本当に真面目なクリスチャンであることは間違いない。

第4章　信者としてのアイデンティティ

自分の意志か？　神の意志か？

日本でずっと生活をすると思っていたが、わずか一年後に突如また父親の海外転勤が決まる。しかも場所はハワイだ。ハワイは全く想定外であったので、自分もかなり驚いた。「なんでハワイ⁇」といった感じだった。こうして佐藤家は一九八九年にハワイに引っ越した。私にはニューヨーク、日本に引き続いて三つ目の高校になった。

九歳からほぼ毎年学校が変わっていたので、新しい環境に対する順応性はある方だ。友達の作り方もすぐに分かる。その場の雰囲気にも溶け込める。ただしハワイの学校だけは私は最初から最後まで好きになれなかった。それはあまりにも田舎すぎて授業のテンションも低すぎたからだ。ハワイの高校は青空学校みたいな建物で、生徒も裸足かサンダルが多かった。先生の授業のレベルも低く、勉強をしているのがアホらしくなるような独自の緩い空気があった。私はよく一人で校庭のベンチでボケーッとウォークマンを聞きながら寝そべっていた。初めて人生の挫折感というか、敗北感を感じるようになった。

もう高校三年生になったので、将来の進路を考えないといけない。そしてこの頃から母親の「新聞配達をして開拓者になれ」という望みは、私にとって大きなジレンマをもたらすことになる。まず私は伝道がそんなに好きではなかった。というか、本当に好きではなかった。もともと人見知りをする性格なので、毎回知らない人に声をかけるのは苦痛だ。そして何よりも単調な繰り返し行動が死ぬほどイヤだった。

父親はあたりまえなのだが、「大学に行け」と言っていた。母親は「大学に行ったら霊性が下がるから行くな」と言う。だから大学のためのSATの模擬試験も受ける必要はないと言って、車で連れていくのを拒んだ。ものみの塔の出版物には原則的に大学は「ノー」とハッキリとは言っていない。しかししきりと、「世の終わりは近いので学歴やキャリアを築くのは無意味だ」と強調していた。大会とかでも本部や支部の幹部がこのように演壇から話す。

「みなさん、もし今から落ちると分かっている飛行機に乗っているとしましょう。その時はファーストクラスとエコノミークラスのどっちに乗っても意味がないですね。もうじき終わるこの事物の体制の中で、ファーストクラスを目指すのはなんと無意味なことでしょう」

私の周りの信者も力を込めて語っていた。

「のりくん、この世はタイタニックと同じだよ。もうじき沈むんだよ。のりくんが目指したいものもどうせ一緒に沈むのは明白じゃない」

私個人としては当時、画家、イラストレーター、マンガ家のいずれかになりたいと強く思っていた。漠然とニューヨークでアンディー・ウォーホルのような生活がしたいと思っていた。だから正直なところ、普通の大学より美大に進みたかった。もしニューヨークの高校か日本のアメリカンスクールにいたら、ハーバードかイエールみたいなところを目指してやる！　と思っていただろう。しかしハワイで一年過ごすうちに、あくせくと学問をするのがアホらしくなってしまった。だったら貧乏でもいいから絵描きになってやる！　と思うようになった。高校でコンテストに提出したイラストが賞をとって、奨学金を出してくれるという美大もあった。しかしその美大はアメリカ本土にあり、寮生活になるので母親は懸念していた。証人の親は、子供が大学の寮に行くのをとても不安がる。親元を離れると集会や伝道をさぼるのではないか。アルコールやタバコに手を出すのではないか。最悪、世の女の子と不道徳な問題を起こしてしまうのではないか。

父親は「美大は大学じゃない」という理由で反対した。母親は何を勘違いしたのか、「美大であれば、手に職がつくから開拓奉仕にいいかもしれない」と言い出した。結局、意見は親子三人で食い違い、私は考えるのが面倒くさくなった。どっちみち真剣に議論したところで、どうせ世の終わりは来るのだ。それに私にはずっと気がかりだった聖句があった。

『だれでもわたしに付いて来たいと思うなら、その人は自分を捨て、自分の苦しみの杭を取り上げて、絶えずわたしのあとに従いなさい。だれでも自分の魂を救おうと思う者はそれを失うからです。しかし、だれでもわたしのために自分の魂を失う者はそれを見いだすのです。というのは、全世界をかち得ても、それによって自分の魂を失うなら、その人にとって何の益になるでしょうか。』（マタイ一六章二四～二六節）

私は聖書は信じていたし、イエスの存在も信じていた。だからイエスの追随者になりたいと思っていた。だがイエスの言葉には、「自分を捨てろ」と書いてある。組織は常に、「クリスチャンには自己犠牲が求められる」と説いていた。するとここで最大の質問を突きつけられる。

「自分の意志を優先させるのか？　それとも、神の意志を優先させるのか？」

ベルリンの壁崩壊！　いよいよハルマゲドンか!?

誰もが予期していなかったニュースが世界中を駆け巡った。一九八九年一一月にベルリンの壁が崩れたのだ！　突如アメリカとソ連の間にあった冷戦ムードが崩れた。そして世界はこれから平和になるかもという雰囲気になった。これはエホバの証人にとってはますます終わりが近くなった、という警告のしるしになる。読者もご存じのとおり、マタイにあるイエスの預言では、終わりの日のしるしには戦争が多くなると書かれてある。だから証人たちは戦争が新しく勃発すると、「ハルマゲドンが近くなったわよ」とざわめきたつ。

しかしここでもう一つの聖句が登場する。

『エホバの日がまさに夜の盗人のように来ることを、あなた方自身がよく知っているからです。人々が、「平和だ、安全だ」と言っているその時、突然の滅びが、ちょうど妊娠している女に苦しみの劇痛が臨むように、彼らに突如として臨みます。』

（テサロニケ第一　五章二、三節）

全く矛盾するのだが、人々が「平和だ、安全だ」と言いはじめて油断している時にも、ハルマゲドンが来るよ！　と言っているのだ。つまり証人たちは戦争が始まっても終わっても、「やっぱり予告どおりハルマゲドンが近い！」と騒ぐことになる。戦争、平和、どっちに転んでも預言が外れようがない仕組みになっている。こうして証人たちは全てに当たる預言に対して信仰を深めていく。

この時の私も、ベルリンのニュースを聞いて強く決意することになる。

「いよいよ世が終わる。もっと伝道活動に励まなければ」

日系のおじいちゃん、おばあちゃんに囲まれて

自分の意志か？　神の意志か？　ずっとこの質問は高校の最後の一年間、頭の中でつきまとっていた。そしてかなり悩んだあげく決断した。「神の意志」を取る。神の意志を取るとは組織の意志を取るという意味でもある。だから大学には行かないで開拓者になろうと決意した。あれほど伝道がイヤだったのだが、ハワイの日本語会衆に来てそれは少し変わった。まず一つは車での伝道だったので、日本の伝道ほどきつくなかったこと。それとホノルル日本語会衆の風土もあった。

この会衆の信者の大半は日系一世であった。彼らは戦前の一九二〇年代初期にハワイに移住してきた人たちである。特に当時貧しかった山口県と沖縄県からの移民が多い。彼らは「アメリカに行けばお金がもらえる」と聞いて大きな船でまとめてやってきた。極端な話では、ある移民者は兄弟揃って同じ港から別々の船に乗ったが、片方はハワイ行きで片方はブラジル行きだった、という話もある。彼ら移民者を待ち受けていたのは砂糖キビ畑での過酷な労働であった。最初は多くの男性が移民してきたので、後に写真一枚で日本から会ったことのない花嫁を呼び寄せる。それはピクチャー・ブライド（写

真花嫁）と呼ばれていた。お互いハワイで実際に会ったら写真と実物が全く違ってショックだったというエピソードもたくさんある。

日本語会衆は、高齢者である兄弟姉妹から構成されていた。私が引っ越してきた時は、平均年齢が六〇歳以上だった。伝道していても、相手もみんなおじいちゃんおばあちゃんである。五〇歳なんて若者扱いだから一九歳の私なんて孫もいいところだ。だからみんなとても親切だった。日本の会衆のような緊迫感がなく、ゆったりとしてほがらかであった。

彼らは戦時中には財産を没収されて強制キャンプで過ごした。しかしアメリカのために役に立って、アメリカにおける日系人の立場を向上させようと努力してきた人たちだ。とても素朴な人たちでそこから多くを学んだ。

こういう環境だったから、開拓奉仕もできるのではないかと思った。とはいえ伝道は本当に好きではなかったので、どうしたら伝道をしないで熱心なクリスチャンになれるかを一生懸命考えた。そして出した結論が、「ニューヨーク本部での活動」であった。ニューヨークにいた時には司会者のスティーブもベテル奉仕者だったので、なんだか自分もなれるような気がした。しかしここで重要なことに気がついた。自分はまだバプテスマを受けていなかったのだ。

私のバプテスマ、弟のバプテスマ、衝撃のバプテスマ

証人たちの世界では、自らエホバの証人になった人を「一世」と呼ぶ。私の母親がそれにあたる。そして一世の子供は「二世」と呼ばれる。「この兄弟は二世で」と言って紹介されたら「親から証人である」という意味である。アメリカでは証人の歴史が長いので、「三世」も決して珍しくはない。しかし日本では戦後から始まっているので、「三世」というと、「おお～すごい」となる。そして私は当然この二世のカテゴリに入る。

二世はバプテスマを受けていなくても親がそうなので、信者と同じ扱いを受ける。だから私も、「兄弟」扱いをされてきたが、どこかでバプテスマを躊躇していた。もし受けるのであれば、一生を神に捧げるぐらいの決意が必要だと思っていた。一般的には、二世の子供は一二～一六歳の間にバプテスマを受ける。一九歳の私が受けていないのは遅いので母親も気を揉んでいた。

「バプテスマ受けることにしたよ」

その言葉を聞いて、母親はとても嬉しそうだった。父親の反応は、「おお、そうか」だった。それから私のバプテスマの討議が始まった。私がバプテスマを受けたのは一九九〇年の八月のことだ。高校を六月に卒業（アメリカだから）した夏休みのことである。バプテスマは我が家にあったプールで行われた。

さすがに私も緊張した。ここで一生が決まるのである。アーティストになりたいとい

う強い願望もあった。しかし私は神の存在を深く愛していたので、将来稼ぐであろう何十億円のお金を天に寄付したと思えばいいと考えた。そしてそれは、神のためであれば惜しくないとも考えた。そしてプールに入ると係りの兄弟が私の体を水の中に沈めた。全体が冷たい水に囲まれたと思うと、ザバッと水の上に引き上げられた。

水から上がると信者仲間がみんな揃って、盛大な拍手で迎え入れてくれた。当時日本から留学で来ていた二人の友達もとても喜んでくれた。この時に彼らが水中カメラで撮ってくれたバプテスマの水中写真は今でもアルバムにある。たぶんバプテスマの水中写真を持っているのは、私ぐらいなものだろう。そして母親はといえば、今までのクリスチャンとしての子育てがやっと実を結んだので、とても感動して泣いていた。

これには続きがある。その年は別の時に弟もバプテスマを受けた。これだけでも母親はハッピーであった。ところがここで衝撃的な出来事が起きた。事もあろうに父親がバプテスマを受けたのだ!! 周りも驚いたが、私たち家族が一番驚いた。

「えー! ずっと拒否していたのに突然バプテスマ!」

「まー、お前たち子供もみんな受けたからな」

そう言ってまさかのバプテスマが発生した。この年、私と弟、父親の三人がバプテスマを受けて正式な成員になったのだ。母親はこのうえなく幸せそうであった。家族全員が成員になると、「神権家族」と呼ばれる。どの奥さん姉妹たちも、自分の夫に信者になってもらって、神権家族になるのが夢であった。そして妹はまだ小さかったので残っていたが、とりあえず佐藤家は神権家族の仲間入りを果たしたのだった。

夕食はティファニーで

バプテスマ後、さっそく会衆の長老に聞いた。

「ベテルに申し込みたいけれど、どうしたらいいですか？」

「正規開拓奉仕をまず一年間やらないと、申し込む資格がないですよ」

「じゃあ、正規に申し込みます」

「あ、でもその前に、三ヶ月の補助開拓をやってください。それからです」

（あちゃー、三ヶ月伝道が延びちゃったよ）

そう思いながら補助開拓奉仕を申し込んだ。そこから私の開拓奉仕が始まった。手順どおり、補助開拓を三ヶ月して、長老の承認を得てから正規開拓者になった。このニュースは日本とニューヨークの友達にも伝わり大変驚かれた。

「いつも問題を起こしていたのり兄弟が、開拓奉仕を始めたらしい」

日本やニューヨークの友達から「おめでとう」の手紙が来た。

とはいえ、仕事もやらなくてはならなかった。そこでワイキキにある宝石店のティファニーで販売員をパートでやらせてもらった。当時はバブルの真っ只中で、ティファニーには店内狭しと大勢の日本からの客が押し寄せていた。カウンターに立っているだけで、「オープンハート」に羽がついているように売れた。この頃からビジネス的なマインドがあったのか、毎日お店の売上額と自分の売上額を手帳につけていた。そして私の売上がその日の売上の何割を占めていたか計算していた。伝道で人に物を勧めるのは慣れていたので、ティファニーでもかなり優秀なセールスマンだったと思う。私の場合は、腕時計を売るのが特に上手であった。

毎日午前中奉仕に出て、午後からティファニーに直行した。そして夕飯は、いつも外で買ってきたファストフードを店内にある従業員の部屋で食べていた。販売員には中年の女性が多かったのだが、いつもテーブルに女性週刊誌が置いてあった。なんでおばちゃんたちはこんなにゴシップが好きなのだろうか？　と不思議に思いつつ、雑誌を読みながら食べていた。

証人たちは毎週集会で正装するので、兄弟であればスーツとネクタイは重要だ。私と弟は二人ともティファニーにいたので、通りに並ぶ他のブランドの店員と友達になっていった。そしてお互い自分たちのブランドの社割で買った品を交換しあった。私の持っているスーツも、今思えば結構バブっていた。

この時期のハワイはとても楽しかった。バブルの恩恵を受けて、日本からは猛烈な勢いで旅行者がハワイに押し寄せてきた。それは証人たちの世界も同じで、ホノルル日本語会衆には大勢の兄弟姉妹が訪れた。私はここで様々な友達をつくることになる。日本のいろいろな所から来ていたので、一気に友達が日本全国に増えた。だから日本に行くと、新幹線で日本全国の兄弟姉妹の家を泊まり歩いていた。それだけで一年間暮らしていけるんじゃないの？　と笑われたほどだ。ちなみにこの時期に、将来結婚することになる素敵な姉妹と知り合って、文通が始まったことも付け加えておく。

証人の活動を指揮する、地域監督と巡回監督

ベテルへの道のりは決して楽ではない。日本では多くの兄弟が日本支部に志願するが、倍率が高いので何年待っても入れない。ましてやアメリカの本部であれば、夢のまた夢だ。特にブルックリン本部には、アメリカ永住権を持っていないと申請すらできない。幸い私は永住権を持っていたので、申し込み書を出せた。申請書はまず会衆の長老によって受けとられる。そしてそれは推薦状と共に「巡回監督」に渡され、「地域監督」と共に本部に提出される。そこで定員数の枠があれば、巡回監督経由で返事が戻される。

ものみの塔の組織はヒエラルキーが極めてよく組織されている。まず会衆があって、その会衆は五つぐらいの「群れ」に分けられている。会衆には主宰監督、奉仕監督、そして書記の三名の責任者がいる。書記とは会衆の秘書のような立場だ。例えば私が引っ越す時には、今いる会衆と引っ越し先の会衆の書記二人がやりとりをする。各伝道者は「伝道者記録カード」というものを持っている。ここにはいつバプテスマを受けたとかいった個人情報が書かれている。もしトラブルを起こせば、その記録もここに残る。成

員が引っ越す時は、この伝道者記録カードが会衆の書記から書記に送られることになる。だから向こうの会衆もどういう成員が引っ越してくるのか事前に把握できる。

次にこの会衆は約二〇の会衆単位で、「巡回区」を構成する。一つの巡回区には、会衆（一〇〇人）×二〇会衆、で約二〇〇〇人の成員がいることになる。この巡回区の範囲で行われる年二回の大会を「巡回大会」と呼ぶ。アメリカや日本では設備が整っているので、証人たちが自分の巡回大会を行うホールを持っていることも珍しくない。

そしてこの巡回区の責任者が「巡回監督」と呼ばれている。巡回監督は一年かけて一週間ごとに受け持ちの会衆を回る。巡回監督はいわゆる現場からのニーズを引き上げて支部に報告したり助言を与える。

車は協会から与えられるが自分の住むところを持たない。その週に訪問する会衆の信者の家に泊めてもらうのだ。地元の成員からすると、巡回監督のような偉い人が泊まりにきてくれるのは、「特権」とされる。巡回監督が会衆にやってくると、みんな直接話を聞きたいので、自分の家に食事の招待をしたいと申し出る。私の母親もよく巡回監督を家に招待していた。巡回監督は組織の動向にも詳しかったし、何よりも話が上手だったので興味深かった。

次にこの複数の巡回区を束ねたものを、「地域」と呼ぶ。年に一度の「地域大会」には約三万～四万人が来る。そしてこの地域を担当する「地域監督」がいる。これらの地域監督と巡回監督を指名して管理するのが神奈川県海老名市にある「海老名支部」である。さらに各国の支部はいくつかの国ごとに分けられて、「地帯監督」のもとにおかれる。この地帯監督はアメリカのブルックリン本部によって監督されている。

一般の信者が目にするのは、せいぜい地域監督までである。といっても大会の演壇上で講演をしているところを見るぐらいだ。日常生活の中で直接会えるのは、年に二回会衆にやってくる巡回監督ぐらいまでである。そしてこれらの監督ヒエラルキーとは別の存在で、信者が憧れるポジションがあった。ベテル奉仕者である。

ブルックリン本部から返事が来た

一九九〇年の八月にバプテスマを受けて、九月から補助開拓（月六〇時間以上）を始めた。三ヶ月たって正規開拓（月九〇時間以上）を申し込む。長老にベテルへの申し込み書を出したいと言ったら、少し早かったので驚いたようだったが、ハワイ独自ののんびりとした感じで「ま、出してみましょうか」で通してくれた。しかし平均三年待ちらしい、と言われていたので、三年間は開拓奉仕をするつもりでいた。

日本からは毎週旅行者が来て新しい友達が増えるし、ハワイの会衆の成員もみんないい人たちだったので楽しく過ごしていた。そしていつの間にか画家になりたいという願望もなくなっていくようであった。その時、文通していた姉妹と結婚して、このまま開拓奉仕で終わってもいいかなと思っていた。

証人の二世たちは基本的にキャリアを目指すことができない。目指せるのは奉仕ぐらいである。従って人生において布教活動以外には目標がない状態になる。すると他にすることがないので、結婚しようかなというムードになる。だから二世の結婚年齢は比較的早い。日本での都会のキャリア組は結婚が遅くなるが、郊外の地元ヤンキーは結婚が早いのと同じような理屈だ。よく、「証人は結婚しないとセックスできないから早く結婚をする」と言われるがそうではないと思う。それもないとは言わないが、単純に結婚以外にすることがないのである。

とにかく私は、ハワイで平和で平凡な毎日を送っていた。そんな時のことである。確か一九九一年に入って五月の頭だ。正規開拓を始めてから半年経った時である。会衆の長老が来て、「のり兄弟、本部から返事が来ていますよ」と嬉しそうに言って封筒を渡してくれた。まさかと思ったが、開いたら七月一日付で本部に出頭しろと書いてある。

ええええーーーっ！！！！！

これには本当にぶったまげた。バプテスマを受けて一年も経っていなかったし、申し込みも半年前に出したばかりだ。開拓奉仕だってまだ一年経っていない。後になって分かったのだが開拓奉仕を一年やっていなくても、バプテスマを受けて一年経っていれば本部に入る資格が得られる。それにしても、バプテスマから一〇ヶ月でベテル本部に出頭だから異例のスピードだ。会衆の長老ものすごく喜んでくれた。一番喜んでくれたのは母親である。「ヤッター!」といってお互い抱き合って喜んだものだ。

第５章　激動の活動時代

124コロンビア・ハイツ

一九九一年の七月、一九歳の終わりの夏。私は蒸し暑い夏の中、トランク一つでマンハッタンの向かいにあるイースト川沿いのブルックリンに立っていた。本部に新しく入居するために最初に手続きをするのが、124コロンビア・ハイツ通りにある本部の建物だ。ものみの塔協会がペンシルベニア州から拠点をニューヨークに移した際に、一番最初に購入したのがこのレンガ造りの建物である。胸は期待に溢れていた。ついにエホバの証人の中心地に来ることができたのだ。しかもみんなが憧れるベテル本部での生活である！

この当時の本部はブルックリン橋沿いにある建物を中心として、印刷工場や流通センターなどの建物をいくつも所有していた。ブルックリン本部には三〇〇〇名の全時間奉仕者が奉仕していた。受付の感じの良い兄弟が証人特有のスマイルで出迎えてくれ、必要な紙と鍵を渡してくれた。私の部屋は、「タワーズ」と名のついた住居施設の部屋であった。ルームメイトはジョンという年上の白人の兄弟であった。草食系のとてもソフトな感じの兄弟だ。執筆部門で奉仕をしていたので本部の中でもエリートとされる部署であった。

ベテルの住居は様々な建物から成っているので、新しい古い、広い狭い、景色がいい悪い、場所がいい悪い、など様々な条件の部屋がある。これらの部屋は公平に「シニオリティー」（年功序列）によって優先権が決定される。このシニオリティーなるものは、軍隊と全く同じ形式である。ただし年功序列の年数が開拓奉仕、ベテル奉仕を含む「全時間奉仕の年数」によって決定される。そんなわけで私はシニオリティーはゼロ年である。しかし幸いなことにルームメイトが一〇年以上の資格を持っていたのできれいで景色のよい部屋を割り当てられた。ただし後に、このタワーズは若い奉仕者たちから「リタイヤホーム」と呼ばれていることを知る。

ベテルという名前は、創世記二八章一九節の聖句に基づいており、ヤコブがエホバの幻を見た場所を「ベテル（神の家）」と名づけたことに由来する。ベテルは各国にあり、日本であれば海老名支部がそれにあたる。ブルックリンは世界中の支部を見守っており、六〇〇〇万人（当時）の信者の活動の中心となっていた。ここで信者のための書籍や雑誌の執筆が行われている。全ての大会のプログラム、大会での聖書劇の脚本もここで用意される。

初めての朝ごはんは印象的だった。階段を下りて食堂に行くと、何百人という奉仕者がそこにいる。一〇人ずつ座るテーブルが配置されており、ウェイター部門の兄弟たちが食べ物を運んでいる。食事をする前には、スピーカーを通じて司会者が祈りをする。私はソロモンの神殿に入ったかのような感覚を持った。みんなが神聖な奉仕を捧げるために集まっているのである。そして聖書の記述にあるとおり、組織的に物事は運営されていた。

私と同じ日付で入居した同期は、約二〇名。最初の数日間はずっと本部の見学や様々なレクチャーを受ける。そしてそれからそれぞれに配属の部署が言い渡される。私は見学をしながら絶対に工場では奉仕をしたくないと思っていた。本部のコンピューター部門がおもしろそうだなと思っていた。しかし言い渡されたのは「印刷工場部門」であった。たぶんこれが私の最初の試練であろう。

製本工場に配属

私が配置されたのは、製本部門の3－4。ブルックリンの製本工場は、十字路を挟んだ四つの建物からできていた。そのうち私は三番目の建物の四階の製本部門に配属されたことになる。工場も製本も初めてなので、何が起きるか分からず緊張した。最初に配属されたのは、ライン5という製本ラインであった。「ライン」とは印刷されてきた紙の束に、本のカバーをつける一連の機械のことである。製本ラインは基本的には五台の大きな機械から成り立っている。各ラインには一人ずつ担当者が任命される。私が受け持ったのは「プレス」といって本の背骨にくぼみを入れる機械だ。ライン5はスミス社の古い製本ラインであった。そのため各機械の間に人が立って本を一冊ずつ移動させないといけなかった。

これが私にとっては苦痛を極める業務になった。二時間ごとに配置転換をするのだが、この間に三〇〇〇冊の本を一つ一つ手で移動させないといけない。しかも機械のタイミングに合わせないといけないので気を抜けない。これを毎日やるのである。土曜は午前中は仕事があり、休みは日曜だけだ。証人は祭日を祝わないので、祝日の休みというものが存在しなかった。あるとすれば、年に一〇日間取れる有給休暇であった。付け加えておくが、あくまでも奉仕なので、お金は月一万円支給される程度である。

真夏の暑い工場でも冷房がなかったので、汗だくの中、仕事を続けた。しかも製本ラインの音がとても大きかったので、耳栓をしていなければいられない。慣れない体力作業なので、最初の一ヶ月は部屋に戻ったら夕食も食べないで、そのまま朝まで寝ることも多かった。そしてある日、製本の流れ作業をしていてついにキレてしまった。流れ出てくる本に自分の動作が追いつかずに、フラストレーションが限界にきて、本を壁に思いっきり投げつけた。メンバーはすぐに機械を止めて、「大丈夫か?」と声をかけてきた。

たぶん底を打ったからだろうか、三ヶ月経ってだんだんと仕事に慣れはじめた。機械よりも作業が速くなったので余裕で取り組めるようになった。一緒に奉仕していたメンバーは、製本部の中でも特にユニークなメンバーが集まっていた。大きな機械の中でみんなでビートルズを合唱したり、声を張り上げてしりとりゲームみたいなことをした。ちょうど楽しくなってきた頃に、フロアの監督に呼ばれて「明日からライン3に配属」だと言い渡された。

ライン3は同じフロアにあったが、当時最新鋭のフレッチャ社の製本ラインだったのでワクワクした。一番よかったのは全自動で機械と機械の間に立つ必要がなくなったこと。私は引き続きプレス機械の担当だったので、この新しい機械のメンテを習った。毎朝八時にロッカーで着替えてフロアに入ると自分の担当の機械の所へ行く。そして各人が自分の機械に油を差したりグリースを注入する。プレスは稼働部分が多かったので何十箇所も油を差してチェックする。そして合図と共に機械のスイッチを入れる。スイッチを入れると機械の稼働音が一斉に始まる。これはある意味気持ちがよかった。この製本ラインは一日にマックス二万冊、一時間で二五〇〇冊、一分で四一冊の製本が可能だ。私はこの出てくる本を箱に入れるのが得意で、一〇〇冊入る箱に本を一〇冊ずつの束で放り込んでいくことができた。

ライン3のメンバーはとても仲がよく、みんなクリエイティブなセンスの持ち主であった。それでよく五人でアイディアを出し合って、様々な遊びを考え出した。そんなわけで、フロア全体の人気者でもあった。メンバー同士で、たびたび本を入れるダンボール箱を組み立てるスピードを競いあったが、私はかなり強かった。また機械のヒーターの上にパンを置いてトーストを作ったり、アイスクリームサンデーを作ったりした。今でも、あのノリの良いアメリカンな工場の雰囲気は懐かしく思う。

ベテル奉仕者の一日

ベテル奉仕者の一日は早い。朝の七時には正装して下の食堂に下りないといけない。たくさんある食堂のうち、自分の割り当てられている食堂に行く。すると一〇人ずつ座るテーブルが並んでいる。席も決まっており、朝は必ず決まった席に着く。テーブルの端の誕生日席には、「テーブルヘッド」という人が割り当てられる。毎朝メンバーの様子を確認して、みんなの体調や仕事の調子にも気を配る。

大きい食堂だと一〇〇〇人以上座っているので、食べ物を組織だって配るためにウェイター部門というのがある。また料理をするキッチン部門もある。多くのウェイター兄弟たちが忙しそうに動き回っている。

テレビ画面に司会者が映し出されて「今日の聖句」を読む。続いて三人の兄弟姉妹が順番で聖句に対するコメントを述べる。それからお祈りをして、朝ごはんを食べる。私は朝はテンションが低いので、テーブルメンバーから話しかけられるのがどうも苦手だった。一五分経つと感謝の祈りを捧げてみなそれぞれの部署に散る。食堂から工場までは徒歩一〇分だったので急ぎ足で歩く。そしてロッカーに入って着替えると、八時に開始のベルが鳴る。

一二時からはお昼ごはんで再び食堂に集まる。今度は好きなテーブルに座れるので、友達と一緒に座る。ベテルのランチは豪勢でとてもおいしかった。ちなみにこれらの食材は、コストを抑えるために農場部門というのがある。ブルックリンから二時間以上離れたところに農場があり、そこで肉から野菜、チーズまで作っていた。また常に食材を安く仕入れるために、購入部門もある。昼ごはんも二〇分で終わり、あわただしく職場に戻る。オフィスで仕事をしている人は着替えなくていいので楽なのだが、工場部門は着替えないといけないので何かと急ぐ。

午後の仕事は一七時に終わる。私はプレスの機械のギアの油を全部ふき取る。体中が油だらけになるので、シャワーを浴びて着替える。そして食堂に夜ごはんを食べにいく。この一連の動作は一八時までには終わるのだが、週に二回は夜一九時からある地元の集会に行くので、常に忙しい。平日集会のない夜は集会で扱う資料の予習などに費やされる。土曜日は半日仕事で、午後は自由に使える。日曜日は一日休みだが、公開講演の集会と伝道に費やされる。地元の会衆のメンバーと時間を過ごせるので楽しい。このスケジュールが毎週、毎月、毎年続くことになる。

ベテルでの生活は規律正しく、いろいろなルールがある。まず朝起きたら、ベッドのシーツの畳み方まで規則がある。シーツの畳み方や交換方法は軍隊方式と同じだと、軍出身の人に笑われたことがある。また机や棚の上には物を二つ以上置いてはならないというルールもある。これらは全てハウスキーピング部門の兄弟姉妹たちが、スムーズに掃除できるようにするためである。部屋やトイレに至るまで掃除方法に手順がある。後にベテルに入った弟はこの部署だったので、どうやって布一枚で効率よく複数のトイレを掃除するか教えてくれた。こういった生活もすぐに慣れて、快適に思うから不思議なものだ。

ベテルにいて三〇〇〇人の奉仕者と共に生活していると、世界全体には証人たちしかいないという錯覚にとらわれる。果たして証人でない人が世の中にいるのだろうか？当時はむしろ街で見かける他の人たちが特殊な人たちに思えていた。

ニューヨーク日本語会衆

ニューヨークに戻ってきたということは、私が高校一年の時にいた、懐かしいニューヨーク日本語会衆に戻ることを意味していた。ここには前からの仲良しがいたので、再び会えるのが嬉しかった。向こうは向こうで、まさか問題児の私がバプテスマを受けてベテルに入るとは想像もしていなかった。だから興奮して迎えてくれた。私が前回いた時は四〇人ほどの会衆だが、今回は一二〇人ぐらいの大きな会衆になっていた。バブル時期で、日本からの駐在員が多かったからだ。しかも日本語会衆は多くの研究生を生み出していたので、巡回監督から見ても、模範生であると評価されていた。

当時の日本語会衆には勢いがあった。二世の若者が大勢いて、ハワイの平均六〇歳の会衆とは大違いであった。また、トーランス会衆の狂信的な雰囲気とは違って、明るいポジティブなイケイケのムードがあった。何よりも当時のメンバーが豪華だった。高齢の長老であるバリー兄弟は、もともとは日本での宣教者出身で、「統治体」という委員会で執筆部門を担当しており、六〇〇万人を動かしている組織のナンバー2のポジションにいた。まさに上の上といった兄弟である。

私のベテル入りと同じ時期に、日本の海老名支部に派遣されていたマーク夫妻が本部に呼び戻されていた。日本の支部員であったのと、地域大会で重要な講演をしていたため、日本の証人たちの間では有名であった。さらに海老名ベテルから派遣されている夫婦も幾名かいた。そのうちの一人は元日本支部員の調整者の弟兄弟であった。日本のエホバの証人の間では名の知られた面子が勢ぞろいといった感じであった。

そしてベテル奉仕者が合計一〇名程属していたので、日本語会衆は熱気に溢れていた。成員の姉妹たちも二人に一人が開拓奉仕者で、楽しくやっていた。週末も奉仕が終わると必ずどこかの家のバーベキューに招待された。毎週末どこかで交わり（パーティー）があった。そして同じ年齢の若者が大勢いたので、みんなでよく車で移動していろいろな所に遊びにいった。

私はマーク夫妻と同じ群れになったので、毎週行動を共にしていた。彼らが宣教者だった時の様々な話をしてくれたので、私も組織の中心で活躍しているような気分になった。また時々バリー夫妻が私たちと同じ車に乗って集会に行くことがあった。この状況を小金井の会衆の長老が聞いたら、腰を抜かすだろうなと思った。

この時程に、エホバの証人でいて良かったと思ったことはないだろう。神の組織の中で自分はしっかりと進歩しているように思えた。組織に対して信頼を置いていたし、プライドもあった。そして何よりも自分は、エホバとイエスに貢献していると強く感じていた。

エホバの証人とセレブ

ここでエホバの証人とセレブリティの話をしておく。証人たちの間では噂が広まるのがとても速い。特にどの芸能人がエホバの証人になったかという話は、速く広まる。一番有名なのはマイケル・ジャクソンである。彼の母親がそうだったので、子供の時に彼は証人二世として育てられた。アルバム「スリラー」で絶頂だった時も、集会で割り当ての講演を果たすためにジェット機で駆けつけたというエピソードが語られている。ただし、「スリラー」のビデオがオカルト的でクリスチャンらしくない、として問題になった。アルバム「デンジャラス」の頃から、マイケル・ジャクソンが組織を離れてイスラム教徒になったらしいという噂が流れる。

そのため、証人たちの間では背教者であるマイケルの音楽を聴くのは危険だという話になった。この頃にマイケルが主導でUSA for Africaというチャリティー企画を行っていた。たくさんの著名な歌手が集まってビデオに登場していた。この時に彼らが歌っていた歌詞に、「石をパンに変えていこう」というフレーズがある。これが証人たちの中では問題視された。サタンがイエスを試した時に、「石をパンに変えろ」といって、イエスはそれを退けたからだ。イエスと真反対のことをマイケルは歌っていると、証人たちは批判した。

アメリカではケビン・コスナーの奥さんが証人になったが、コスナーは反対者であることで有名。そして反エホバの証人として映画「パーフェクト・ワールド」をつくったとされている。この映画は証人二世の子供が犯罪人に誘拐されたところから始まる。だから証人たちはコスナーを敵視している。

ミュージシャンでいうと、ジョージ・ベンソンも証人である。私の弟がアトランタで同じ会衆だったので確かである。そしてファンクの神様と呼ばれるラリー・グラハムも家族ぐるみで証人である。私は実際に彼らと地中海クルーズの旅行に行ったことがある。そしてあのプリンスも数年前からエホバの証人である。後にロスの会衆で彼と握手をしたので本当だ。

日本で一番有名なのはたぶん、矢野顕子さんだろう。彼女とはニューヨークで同じ会衆だったが、日本から旅行者が来ると、みんな彼女の周りに群がった。彼女の家に泊まりにいくと、坂本龍一さんが家にいたりした。龍一さんは過去に聖書研究をしていたが、映画「ラストエンペラー」のサントラでアカデミー賞を受賞した頃から、勉強をやめてしまった。証人たちに言わせれば、「サタンがアカデミー賞を与えて邪魔して信仰から逸らせてしまった」という話になる。今思えば彼が取った行動はサタンの邪魔どころか至極当然である。

またマンガ『クレヨンしんちゃん』の臼井儀人さんも途中からエホバの証人になった。マンガの描写が少し過激だったので信者の中では「それはデマではないか」という噂も流れたぐらいだ。だが、私は彼とも一緒に旅行をしたことがあるのでデマではないと保証する。ただ最後の方、彼はクリスチャンであることに大きな葛藤を感じている様子だった。自分の創作とクリスチャンの指針に摩擦が起きるとクリエーターは苦しむことになる。彼の登山事故の知らせを聞いた時は驚いた。

他にも有名なテレビキャスターの奥さんもエホバの証人であるといった話がある。雑誌に登場する売れっ子メイクアップアーティストも証人の一人だ。いずれにせよ証人たちの中ではこの類の話がすぐに広まる。

フェアに言うと、ものみの塔は有名人である信者を看板に使わないという態度を貫いている。有名人ではなく聖書で人に関心を持ってもらうべきだという姿勢だ。組織はどの著名人が証人になったかは告知しない。だから、どの有名人が証人になったのかを確実に確かめる方法は、実際に会わない限りない。それとは反対に、多くのミュージシャンが属していると噂される教団は有名人を看板に立てている。私の知り合いのセレブが教えてくれた。

「のりちゃん、あそこの教団の人からお金をあげるから広告塔にならないか、って連絡がきたよ」

どちらの教団がいいか議論をするつもりはさらさらないが、どちらがピュアかは言えると思う。

ダヴィディアンとオウムによるカルト問題爆発

私がベテルに入っている間に、二つの大きなカルト事件があった。まず最初は一九九三年四月にテキサス、ウェーコで起きた「ブランチ・ダヴィディアン」の事件だ。デービッド・コレシュという教祖が一二〇人の信者と共に拠点に立てこもった。警察の調査では、教祖が信者である一四歳以下の少女たちに性関係を強要しているとの疑惑がかけられていた。またこの教団は終わりの日を信じており、武装していたので政府によって目をつけられることになる。ＢＡＴＦ（Bureau of Alcohol, Tobacco and Firearms）とＦＢＩに五一日間包囲されたが、教団は強硬に抵抗し続けた。そして最後は教祖と子供を含む八〇人が火事の中で焼け死んでいった。

この時にはFBIによる過剰な対応が非難されたと同時に、カルト教団に注目が向けられた。もちろんこれはベテル内でも話題になった。終わりの日なので、聖書に書いてある「偽キリスト」（マタイ二四章五節、二四節）が現れたと話し合っていた。誰もが自分の教団に当てはまるとは考えない。たぶんデービッドも同じことを、他の教団に関して言っていたはずである。

ここで興味深い点は、デービッドは「ブランチ・ダヴィディアン」という教団に属していたことだ。この教団はデービッドとの関係を事件後に否定しているが、親元の宗教にあたる。この名前は「ダビデの枝」という意味であり、聖書に出てくるダビデ王の子孫だという意味を含んでいる。この教団は一九五五年に設立されているが、ルーツを追っていくと、「セブンスデー・アドベンテスト教会」に行き着く。この教会は一九世紀に始まっており、バプテスト派から派生しているプロテスタント系である。セブンスデーが掲げている「世の終わりが近い」を含む多くの教義は、エホバの証人と同じである。

それもそのはずである。実はものみの塔の創始者であるチャールズ・ラッセルは、もともとはセブンスデーから感化されて、ものみの塔の教義を構築したからだ。エホバの証人とブランチ・ダヴィディアンは遠い親戚にあたる教団同士といってもいい。そしてこの事件は、終わりの日を信じている教団が極端に暴走する可能性を秘めていることを表す事件となった。

次に起きた大きなカルト事件は、一九九五年三月のオウム真理教による地下鉄サリン事件である。この報道はベテルにて部屋のテレビで盛んに流れていたので、鮮明に覚えている。ベテル奉仕者は口々に言っていた。

「本当に終わりの日のしるしだ」

「ハルマゲドンの前触れだ」

「反キリストだ」

会衆の証人たちの間でも、この話で持ちきりだった。

「カルト教団は危険よね。サタンは本当に人を惑わすわ」

「その点、私たちはエホバと組織によって守られているから感謝しないと」

「親族がオウムみたいな教団に入ったら最悪よね」

「サタンは本当に恐ろしいわ」

中でも証人たちが特に不思議に思ったのはこれだ。

「あの出家信者たちはどうして気がつかないのかな?」

「ニュースを見れば、自分たちの教団がおかしいと分からないの?」

ちなみにニュースでは、オウムがロシアでも信者を獲得していると報道していた。一般の方は「なぜロシア?」と思われたかもしれない。この頃、ロシアは共産主義崩壊により宗教の規制緩和が起きていた。ロシアの人々はずっと宗教を信奉できなかった反動で、宗教に流れ込んだ。同じ時期に、ロシアでは証人たちの組織も急成長していた。アメリカや日本の大勢の伝道者が、ロシアでの宣教活動を志願した。

オウムの事件は証人たちにいくつかの疑問をもたらした。なぜオウム信者たちが親族の強い反対にもかかわらず出家をしたのか？　社会から糾弾されているにもかかわらず、なぜ信者として留まっているのか？　そしてこんな感じでしめくくっていた。

「サタンの宗教に入って惑わされると、分からなくなるんだね」

一番の問題は、自分たち自身が、外からそう見られていることに気がついていないことだ。だから私には分かる。洗脳されている側には、「洗脳されている」という自覚が全くない。他のカルト教団を見て、「自分たちはカルト教団でなくて良かった」と強く思うのだ。鏡を見て我が身を直せという言葉はカルト教団には通用しない。鏡を見てもうっとりするだけなのだ。興味深いことに、エホバの証人もオウム真理教も「真理」という言葉を使っている。「真理、真実、本当の答え」といった言葉を使う団体は、宗教にかかわらず、ビジネス・セミナーでも、自己啓発本でも、臭いと思った方がいい。

エホバの証人に教祖はいるのか？

証人たちが自分たちのことをカルトだと思っていない一番の理由は、「私たちには教祖がいないから」である。通常の教団には代表的な教祖がいるので、指をさしやすい。しかし、ものみの塔協会にはそれがないのである。この事実が、教団を理性ある団体によって運営されている組織に見せている。

　ものみの塔本部には「統治体」と呼ばれる委員会がある。この統治体が組織の全ての教義と取り決めを決定していることになっている。だから出版物や大会や集会での内容は、この統治体によって決められている。つまり一人の狂信的な教祖によってでなく、理性をもったグループによって秩序正しく組織が運営されていることになる。しかも複数の成員から成り立っているので、一人がサタンによって惑わされたとしても、組織的にリスクヘッジが効くと安心している。しかし言葉を変えると、委員会内での多数決によって組織が運営されているに過ぎない。

　統治体は「油そそがれた者」たちによって構成されている。実は前述の教祖デービッド・コレシュも、自分が油そそがれた者であると主張している。これは聖書に由来するが、古代イスラエルでダビデやソロモン王が神によって王に任命された時に、頭に油を注がれた儀式に由来する。

　ここから教義上少しややこしくなる。エホバの証人は地上の楽園は信じており、霊魂不滅は信じていない。ところが一四万四〇〇〇人のクリスチャンだけは、特別にエホバによって選ばれ、天国で永遠に生きていると信じている。ここで既に霊魂不滅だということになるので話が大きく矛盾する。だがそういう教理だから仕方がない。ややこしい話を端折ると、統治体に任命されるためには、この特別な天に復活できるメンバーになっていないといけない。どうしたらこのメンバーに入れるかの基準は極めて曖昧で、実は明確な定義がされていない。

もののみの塔に限らずキリスト教そのものは霊能者の存在を信じていない。聖書が霊能者は悪霊に憑かれているので殺すべきだと命じているからだ。ヘブライ語聖書にはこう書いてある。

『あなたの中に、自分の息子や娘に火の中を通らせる者、占いに頼る者、魔術を行なう者、吉凶の兆しを求める者、呪術を行なう者、また、まじないで他の人を縛る者、霊媒に相談する者、出来事の職業的予告者、死者に問い尋ねる者などがいてはいけない。』(申命記一八章一〇、一一節)

中世では魔女狩りが行われ、何万人もの人々が疑惑をかけられて死刑に処せられたという話がある。証人たちは、他の教団で霊感を受けてメッセージを伝えている教祖を「悪霊の仕業だ」として糾弾する。では統治体は、一体どうやって神とイエスから組織に対する指令を受け取るのか。答えは「話し合いと祈りによって聖霊の力を受ける」ことによってである。

要は言葉遊びをしているだけで、統治体は自分たちも霊感を受けていると言っているのだ。当然、神からメッセージを直接受け取ったと主張するノア、アブラハム、モーセ、イエスも霊感の強い人だったことになる。霊感が強いということは霊能者だということになる。ここで信者たちは聖書の規則にのっとって、モーセやイエスを死刑にするべきだとでも言うのだろうか。

話を再び統治体に戻す。証人の組織がどうして今のような組織になったのかを理解するためには、まず教団の歴祖を軽く知っていただく必要がある。若干長い説明なので、教団の歴史に興味のない方は飛ばしていただいて結構である。

もともとは神秘主義者であった創始者

ものみの塔聖書冊子協会は一八八四年にチャールズ・ラッセルによって、「シオンのものみの塔冊子協会」としてペンシルベニア州で創設された教団である。今ある「ものみの塔」誌は、一八七九年に創刊されている。この教団が設立された時期と場所は、教団を理解するうえで欠かせない。まず最初に場所から話すが、これはアメリカの起源まで遡ることになる。

アメリカ国家の基盤を築いたのは、一六二〇年にイギリスからメイフラワー号という船に乗ってやってきた人たちである。彼らは「ピューリタン」と呼ばれていた。Puritanには、“pure”という言葉が含まれており、「純粋・清い」という意味である。つまり、純粋な理想主義と潔癖主義を持っていた人たちである。どことなく私の母親と似ていなくもない。

この純粋主義者はイギリスの教会に対して、「教会から不純物を除くべきだ」とプロテスト（抗議）した。だから彼らはプロテスタントと呼ばれている。あまりにもうるさく抗議したので、イギリス国王から迫害された。それで信仰の自由を求めてアメリカにやってきた。だからアメリカは、もともとＷＡＳＰと呼ばれている人種によって構成されている。プロテスタントは親であるカトリックから派生しているのだが、「バチカンによってイエスの教えは汚されている」と考えている。

地図を広げてみてほしい。メイフラワーが着いたのは、マサチューセッツ州のプリマスというところである。ボストンの近くにあり、ニューヨークより北の海岸線に位置している。この海岸線はアメリカの東海岸である。従って、アメリカでは東海岸に熱心なピューリタンの歴史が根付いていることになる。特にこの影響は、ニューヨークに隣接しているペンシルベニア州に残っている。今でもここの住民の七割は、プロテスタント系でカトリックは三割弱だ。

この州の中には、アーミッシュと言われる二〇万人からなる集団がある。彼らは証人たち以上にストイックな原理主義者で、聖書の教えをもっと厳密に当てはめている。聖書が禁じている「偶像崇拝」にあたらないようにとカメラを禁じている。未だに馬車を使っており、数多くの厳しい規則が存在する。化粧は禁止、派手な服は禁止、賛美歌以外の音楽を聴いてはいけない、聖書以外は読書をしてはいけない、大学などの義務教育を受けてはいけない。あれ、あれ？　どこかで聞いたような話ではなかろうか。そう、聖書を文字通り当てはめようとすると、このような解釈に行き着いてしまうのである。本書での私の母親の狂信的な言動は、証人だけに起因するものではない。

補足だが、アーミッシュはドイツ系の移民でドイツ人的な厳格気質の人たちである。ブルックリン本部でも、模範的とされるキッチリとした性格の兄弟たちは、大抵ドイツ系の血筋を持っていた。元日本支部員で本部に呼び戻されたマーク兄弟も、ドイツ系だ。真面目に全部突き詰めるという点では日本人とものすごく似ている。だから戦時中に、ナチスと日本軍が同じようなスタイルに走ったのもうなずける。日本の証人たちも同じくストイックに聖書と教団の規則を守ろうとする。

もう一つ。クエーカーという原理主義者団体も、同じペンシルベニア州に根を張っている。アメリカではオートミールのブランドの名前とパッケージにも使われているぐらいだ。このようにペンシルベニア州は、もともと原理主義者の基盤のある場所であった。協会の創始者であるチャールズ・ラッセルの親も、同州で育っている。ラッセルの親は、スコットランド系の長老派教会の信者であった。

そして一八〇〇年代においてこの地域で「イエス再臨主義」（イエスが終わりの日に再びやってくる）という宗教ブームが起きた。この時期に多くの原理主義者が、終わりの日が近づいたことを唱えていた。ラッセルもその一人だった。

多くの資料を調べて総合的に判断すると、私は彼は一種の神秘主義者ではなかったのかと見ている。今のようなものみの塔組織を想定して教団を始めたわけではない。自由にいろいろな角度から聖書を分析しようとしていただけである。ラッセルは、ピラミッドなどの神秘主義も取り入れて、聖書の預言を解き明かそうとしていた。彼の記した本のカバーには、エジプトの太陽神のアイコンが使われていた。

これは協会が絶対に触れないのだが、ラッセルはフリーメーソンに属していた可能性が非常に高い。初期のものみの塔のロゴ自体がフリーメーソンのロッジと同様のものである。初期のものみの塔の雑誌には、フリーメーソンの三二階級に属するテンプル騎士団のアイコンが載せられている。

協会の『ふれ告げる』という本を見ると、ラッセルの墓の写真が出てくる。出版物が見せていないのはラッセルの墓の横にある記念碑である。この記念碑は大きなピラミッドの形をしており、ものみの塔のロゴマーク（初期の十字架シンボル）が入っている。またこの墓は、「Scottish Rite Valley of Pittsburgh」というフリーメーソンの建物の敷地内に置かれていることも付け加えておく。

さらに初期の教団の名前がこれを物語っている。英語では「Zion's Watch Tower Society」と表記されている。最初の「シオン」とはシオニズム運動を表している。この頃、聖書の預言にある神の王国を人間の力で回復させようという動きがあった。聖書でいう神の王国とは、文字通りには「ユダヤ人の国」ということになる。それでユダヤ人の国をパレスチナに創設しようとしていたロスチャイルドが、ラッセルと連絡をとり合っていたという記録がある。ちなみに戦後一九四八年に国家、イスラエルが誕生したのは、この時からずっと長く続いていたシオニズム運動の結果である。

長い話を一言でまとめると、ものみの塔の創始者はプロテスタントの影響を受け継いだ神秘主義者でしかなかったということである。今流に言えば、プロテスタント出身のスピリチュアル系の精神世界が好きな人だったということになる。

ものみの塔が今のような形態になったのは、二代目会長であるジョゼフ・フランクリン・ラザフォードの時からである。彼は一九〇七年から組織の本部で法律顧問として働いていた。現在体系化されている組織の枠組みは彼によって編み出されたといってもよい。強引な手腕で会長の座を手に入れると大きな組織改変を行った。当時の信者の中には、彼の新しい方針はラッセルの教えを捻じ曲げているとして、抗議するものも大勢いた。それでアメリカには現在に至るまで、ラッセルの教えを守り続けている「ラッセル派」の聖書研究者たちがいる。彼らから見ると、エホバの証人こそがサタンに惑わされて背教していった団体となる。

ラザフォードに関しては、アルコール、豪勢な浪費ぶり、女性関係など様々なスキャンダルの記録が残っている。もっと細かく知りたい人はネットで検索をしてみるとよい。いずれにせよ今の組織と教義の基盤は、ラザフォード時代につくりあげられた。そして三代目の会長ネイサン・ノアの時代である一九七二年に、前述の統治体という委員会が設置されるようになる。一九七七年からはフレデリック・フランズが四代目会長となり、統治体グループを率いていた。彼の甥にあたるレイモンド・フランズは、同じ統治体グループであったが、後に背教者として排斥された。

名物ツアーガイドになる

話を私のベテル生活に戻す。製本部門のある工場ビル棟で私は奉仕をしていた。この頃はバブルの余波で、日本からの多くの証人たちが本部を一度は見ようと押しかけてきていた。アメリカ本土の信者に次いで、日本からの信者が最も多くブルックリン本部に訪れてきていた。隣国のカナダやメキシコからの来訪者よりも多かったのだ。本部の成員たちも、日本人は遠くから大勢で来るので、熱心で素晴らしい信者だと褒めていた。

施設の案内係は、その建物で働いている奉仕者が順番に持ち回りでしていた。私は工場棟では唯一日本語を話せる奉仕者だったので、日本人の旅行者が来るたびにツアーガイドをやっていた。日本からの来訪者が多かったので、一日平均二件のガイドをこなしていた。多い時は一日四件のガイドということも珍しくなかった。一つのツアーが約九〇分かかるので、製本作業よりもツアーガイド時間の方が次第に増えていった。製本フロアにツアーグループを連れていくと、同じ製本ラインの仲間が訪問者を笑わせたりして喜ばせてくれた。工場の中は騒音が非常に大きかったのだが、この中で一五人ぐらいのグループに聞こえるように話さないといけない。現在、私のビジネスでのプレゼンの時に「佐藤さんは声の通りがいい」と言われるが、それはこの時からである。

製本部門に配属されて一年が経った時に、フロアの監督に呼び出された。次は発送部門に配属だと告げられた。私は製本部門が大好きだったので、少しがっかりした。しかしこの時に学んだことがある。ハワイの開拓奉仕の時も製本部門の時もそうなのだが、神様は大抵先に難しい課題をぶつけてくる。そしてそれを乗り越えて楽しくなった時に、また次の新しい課題を与える。これは今でも私の中で生きている教訓である。だから後に何度も、仕事で困難な場面に直面したが、決して逃げないで自分が納得できる成果を出せるように心がけるようになった。

発送部門は、工場とは歩いて三〇分程離れている所にあった。ここには、アメリカ全国にある一万以上の会衆に向けて出版物を発送する流通センターがあった。私が配属されたのは、二キロ以上の長さを持つベルトコンベアがある発送仕分けセンターだ。工場ではないので、ここで働いている奉仕者は全体的におとなしい人が多かった。工場は荒っぽくて大胆な気質の奉仕者が多かったので、正直トーンダウンした新しい部署でおもしろくなかった。何よりも発送仕分けは細かくて、大変な作業であった。一日中、ピックリストと呼ばれる会衆からの注文リストを見ながら、注文の本や雑誌を各カートに入れていく。そしてそれらを様々なサイズの箱に梱包して発送する作業もあった。

私が周りから注目されたのは梱包の速さであった。各オーダーごとに取り分けられた本の山を見るだけで、必要な箱のサイズと数が分かった。あとはテトリスのように様々な本をいろいろな組み合わせで箱の中に入れていく。箱スペースの効率のいい詰め方とスピードに関しては定評があった。その日に自分が梱包して送り出した総量が一日の最後に出るのだが、私が毎回記録を保持していた。

しかし業務が終わると人がいないフロアで、一人で座りこんでしまった。自由の女神が見える水平線の夕日の景色が綺麗であった。私は自分が工場で製本していた本を手に取りながらよく思った。

「オレはあの楽しい工場でこの本を製本していたんだよな。なんで今こんなにつまらない部署にいるのだろう」

発送部門のあるビルにも大勢の旅行者が押し寄せていたので、引き続きツアーガイドは頻繁にしていた。最初の頃はツアーガイドが楽しかったのだが、だんだんとこれを苦痛に感じる自分がいた。日本からの兄弟姉妹は受動的なのだ。だから毎回こちらでテンションを上げて、盛り上げていかないといけない。ディズニーランドのジャングルクルーズのお兄さんみたいな感じだ。それと比較して、陽気な黒人やラテン系のグループを受け持つと、何もしなくても勝手に盛り上がる。なぜ日本人はこんなにサービスされないとダメなんだ？　それともう一つ気が付いてしまったことがあった。日本から来る旅行者には精神的に病んでいる人が多いという事実だった。これは後にハワイで私のジレンマの元となる。

日本語会衆でトラブル炎上

二三歳当時の私は、正直、生意気であった。自信過剰であったし、自分がエリートであるかのような勘違いを後押しする環境もあった。当時の私に会ったことがある人は、「無敵の顔をしていた」と評している。

まずブルックリン・ベテル奉仕者であるというステータスがあった。日本の地元では、ベテル奉仕者に会えるということはまずない。しかも海老名支部のベテルよりも格の響きは上だ。だから日本の地方からの旅行者に会うと、上目遣いで握手をされる。そして旅行者からは、帰国後に多くの感謝の手紙や贈り物が送られてきた。

また集会に行けば、元日本支部幹部のマーク兄弟の申し子みたいに周りから見られていた。そして統治体のバリー兄弟とも一緒にいたので、周りから見ると豪勢だった。それと私が演壇から話す講話は毎回評判であった。神権宣教学校の司会者は、海老名支部から来ていた評価のとても厳しい長老だった。組織の聖書朗読のテープの声は彼である。この兄弟が「佐藤兄弟の講話には太鼓判を押す」と演壇から言ってくれたので、周りは「おおー」といった感じだった。そんなわけで、自分では「クリスチャンは謙虚であるべきである」と唱えながら言動は思い上がっていた。あの頃は自分自身がステータス主義に走っていった。

そしてこの態度が、後に会衆の主宰監督夫婦とぶつかる直接の原因になる。これは会衆では大きな問題となった。なぜならまだ奉仕の僕にもなっていない私が、長老にたてついたからである。ぶつかった原因はいろいろなのだが、簡単に言うと意見の相違である。主宰監督自身は、もともとアメリカ人気質の大らかで気さくな人であった。しかし彼の奥さん姉妹が極端に神経質な気質で、主導権を握らないと気がすまないタイプだった。ちなみにこういう性格の組み合わせは、アメリカ人の白人夫婦に多い。よくハリウッド映画でも白人の女性が怒鳴っているシーンが出てくる。なぜそうなるのかは未だもって私には謎である。

私は奥さん姉妹の方とぶつかってしまった。周りは「とりあえず流しておきなさい」とアドバイスをくれたが、私は若かったので流すことができなかった。神の組織なのだから、ここは肩書きや政治力ではなく正義が通るべきであると考えた。それからその長老夫妻と他の長老たちを巻き込んでの大きなトラブルに発展する。

集会の終わりに司会者が、「長老たちは第二会場に集まってください」とアナウンスする。心の中では「あちゃー、オレのことになるや」と分かる。そしてしばらくすると、「佐藤兄弟、第二会場に来てください」と言われる。その時も長老が五名ほど座っていた。主宰監督は、私が彼の妻と口論になったので怒っている。マーク兄弟が重たいムードの中で口を開く。

「佐藤兄弟、話では兄弟の方から、姉妹とご家族を攻撃したという話を聞きましたが」

「私は攻撃していません。向こうの方から親子揃って身に覚えのない言いがかりをつけてきただけです」

「兄弟、不当に思えたとしても相手は長老の家族ですよ。失礼だとは思いませんか？」

別の兄弟が横から意見を挟む。私は彼を見て言う。

「長老の妻である立場の人が、私のような一般成員に不当な意見を押し付ける方が失礼だと思いますが」

この時点で主宰監督は、「それみたことか！」と顔を上げて首を横に振る。

マーク兄弟はいつも冷静だ。だから「一緒に役に立つ聖句を読みましょう」と言って聖書を読み上げた。要は聖句を使って、私が会衆の秩序を乱しているという主張だった。

「秩序を乱しているのは私ではないと思いますが。コリント第一の一四章三四節には『女は会衆の中では黙っていなさい』とありますね。もし言いたいことがあるなら『家でそれぞれ自分の夫に質問しなさい。女が会衆の中で話すのは恥ずべきことだからです』と指示しています。彼女が長老である夫を飛び越えて、私に助言をしに来るのは秩序を乱す行為だと思いますが」

ここで長老たちは黙ってお互いに顔を見合わせる。まずいなといった顔だ。彼らもその姉妹の強い言動に関して、それぞれの群れの成員からクレームをたびたび受けていた。

「むしろイゼベルのような態度は、注意するようにとパウロも諭しています。彼女の態度を注意するのは、長老たちの務めだと思いますが。会衆内の秩序を監督してほしいとお願いしたいのは、こっちの方です。そのためなら私はなんでも協力します」しばらく長老たちでぶつぶつ話し合いをして、「今日は帰っていい」ということになった。

帰り道にマーク兄弟は非常に不機嫌であった。

「あなたのように聖句を開いて、私に反論をしてくるような人はいなかったよ」

それはそうだろう。なんと言っても日本人の信者には白人コンプレックスがあるし、ましてや元宣教者に反論する者は皆無であった。

この問題はだんだんとエスカレートしていった。会衆の中には、私の言い分に正当さがあると感じていた成員も多かった。長老たちも相手に問題があることは承知していた。ただ立場上、私の方に譲歩してほしいと思っていた。しかし私が集会に行くと、彼女の方から毎週私に口論をふっかけてくる。いろいろな容疑をかけてくるのだ。黙っていると、「やったと認めるのね」と責めてくる。やっていないと否定すると、「反省していないから自覚がない」と怒られる。イエスと言ってもノーと言っても攻撃される。まるで怒っている時の母親と議論しているみたいだ。

やがて私の主張の議論を巡って、会衆のムードが分裂しそうになった。私は毎週第二会場で複数の長老たちを相手に、聖書を開きながら自分の主張を自己弁護した。私の主張に間違いがあるのであれば聖句から証明してみろ、という感じだ。当然ストレスは自分にも蓄積されていき、毎日腹痛のため正露丸を飲んでいた。腹痛のためベテル内のクリニックに行ったら盲腸と診断された。そして毎日シャワーに入るたびに驚く程大量の鼻血が出てきていた。そして最後に、全てが終わる事態を迎えた。

審理委員会にかけられる

エホバの証人は聖書に基づいて、ものすごく厳格な道徳的規則を布いている。婚前交渉はおろかキスもご法度である。デートも、「結婚前提の関係でないとダメ」だとされている。こっそりデートをしたとして、もし成員に見られて長老の耳に入るとそれは問題になる。しかも証人たちの人口密度は高いので、街ですれ違う確率が高い。男女で遊ぶ時は必ず二人きりでなく、複数でないといけない。また結婚していない男女が、車で前列に二人並んで座るな、とも指示される。

このような厳しいルールはあるが、やはり人間なので、頻繁に規則破りの事故が発生する。そして私がその一人になってしまった。模範的なベテル奉仕者であるはずなのに、である。過去にセックスには到らなかったのだが、不適切な性行為に及んでしまったことがあった。私はそれをどこかでうやむやに流していた。しかし心のどこかで良心が痛んでいた。

カトリック教会では、告解という儀式がある。神父の前で罪を告白すると許されるという取り決めだ。よく映画で狭い箱の中に入ってしゃべっているシーンがそれにあたる。

エホバの証人は、この儀式を卑下している。

「カトリックみたいに神父さんに懺悔するだけで罪が許されるなんて、ありえないね」

ところが証人たちにも告解と同じ取り決めが実は存在する。「審理委員会」と呼ばれるものである。

証人が罪を犯した時、それを誰にも言わないで内緒にしておくと、裁きの日にイエスによって滅ぼされると説かれる。またそれは罪を会衆の中に持ち込むため、会衆全体の霊性を下げる要因になると言われている。その根拠は、ヨシュア七章に出てくるアカンの記録にある。アカンという人物がエホバに背いてこっそり盗みを働いた。それが原因でユダヤ人全員が、連帯責任を負わされて戦争でこてんぱんにやられてしまう。だから会衆の中に、罪の隠しごとがあってはならないと教えられる。信者が背教したと思われる仲間を通報するのも同じ理由からだ。

性行為の規則破りは、長老に告白すると必ず審理委員会にかけられる。ここでバツの判定が出ると最悪の場合教団から「排斥」される。これは信者にとっては、社会的抹殺に等しい行為である。これだけは最も恐れられている。自分の子供が排斥された母親は、絶望の淵に突き落とされる。私の場合、排斥にはならなくても、ベテルから出なくてはならないことは確実であった。

排斥の可能性とベテルから出なくてはいけないことを考えると、母親の悲しむ顔は見たくなかった。それで過去のミスは、自分の心の中にだけ秘めていた。しかしあることをきっかけに、やはりちゃんと清算しなくてはならないと決意する。将来自分は長老になって、巡回監督になりたいと本気で思っていた。だから今のうちに、きちんと疑惑のある罪は清めなければならないと考えた。それで母親には正直にことを話して、審理委員会に申し出ると伝えた。

当然自分の属する会衆の長老たちとは険悪の仲にあったので、この人たちに審理にかけられてはとんでもないことになると思った。幸いベテル奉仕者は、同じベテルの長老を指名することができた。審理委員会では細かい討議のやりとりが発生する。

私は三人の長老の前で質問をされる。

「姉妹と不適切な行為に及んだのはいつですか？」

「どのような状況でそれは起きましたか？」

「お互いそのようなことを事前に計画していましたか？」

「アルコールはどれくらい飲んでいましたか？」

「どのような不適切な行為をしたか、具体的に教えてください」

「どちらから進んでやりましたか？　相手はすぐに合意しましたか？」

「そのようなことは、何度くらい発生しましたか？」

延々と質問は続く。同じ規則違反行為でも、当事者の状況と動機によって判決が変わってくる。

日本ではこの審理委員会がしばしば問題視される。証人たちの厳しい道徳規律ゆえに、委員を担当する長老は、しばしば欲求不満の場合があるからだ。例えば長老が二世で四〇歳なのに独身だったとすると、当然その長老はセックスをしたことがないことになる。またエロ本やビデオは一切禁止なので、ムッツリスケベ状態にならざるをえない。すると審議される側が姉妹の場合、興味本位で性行為に関する質問を根掘葉掘聞いてくる。これは当然姉妹にとっては最も恥ずかしい状況で、セクハラまがいの行為になる場合がある。このようなクレームはたびたびネットに出てくる。

幸い私の場合は良い委員会に恵まれたので、私の立場を配慮して気を使ってくれた。言い渡された判決は予想通り、「ベテルを出る」であった。排斥にいたるレベルではないと判断され、排斥は免れた。ただし、「叱責」の判定となった。叱責というのは排斥にはならなかったが、組織上全ての「特権」を剝奪されるという意味である。「特権」には、ベテル奉仕、開拓者のステータス、普段、集会で行う演壇からの講演や注解まで含まれる。つまり全ての肩書き、権限、役割を定められた期間剝奪されるという謹慎処分だ。通常は半年から一年かけてこの特権が戻されていく。叱責の処置は会衆で発表されることはないので、事情を知っている人しか分からない処置となる。

一方、排斥というのはもっと大変である。罪を犯したのに悔い改めていない、と判断されると排斥になる。例えば不道徳な規則破りを二度繰り返すとそうなる。この場合は、会衆の演壇から誰々が排斥されたと発表される。この間は当然ながら、全ての特権は剝奪される。さらに会衆の成員は排斥者とは言葉を交わしてはならないのである。自分の子が排斥された場合は、親はその子供との最小限の会話は許される。しかし聖書や霊的な事柄に関しては一切話してはならない。排斥者と聖書の話をすると信者に悪影響を及ぼすとみられるからだ。

排斥から復帰するまでは、通常最低一年かかる。復帰できるかどうかは同じ会衆の長老団が話し合って決める。アメリカであれば大らかなので一年以内に復帰できる。しかし日本の保守的な長老団だと、意地悪をされて二年以上かかったりするケースも多い。この排斥期間、排斥者は黙々と誰にも挨拶をされない状態で集会に通い続けて改心の態度を証明する。もし信者が排斥者にこっそり連絡をとっているのがバレたら、その信者も審理委員会にかけられてしまう。

排斥は公の見せしめみたいなもので、教団の共同体における社会的な制裁処置とも言える。一方教団の方は、「会衆を腐敗の影響から守り、排斥者に心から悔い改める機会を与えるので、エホバによる愛の取り決めである」と説く。排斥者が復帰した時は、仲間信者も本人も泣いて喜び、「エホバと組織の愛のおかげで更生できた」と感謝することになる。

ニューヨークに別れを告げる

私はベテルにいた時、毎朝食堂の建物から発送部門までイースト川沿いを歩くのが好きだった。このプロムナードという川沿いの歩道は、映画のロケーションにもよく使われている。冬は冷たい風が川沿いに吹き付けるので誰も歩いていなかった。しかし私は毎朝一人で強い海風に吹かれながら歩いていた。太陽は自分の後ろから昇り、赤紫の朝日が向かいのマンハッタンのビルに反射する。しかしビル群の後ろの雲色はまだ深い紺色だ。そんな薄暗さの中で、マンハッタン全体が真っ赤に燃えているかのような圧巻となる光景であった。まるでこれから始まる一日のエネルギーを充電しているかのように、眩しく輝いていた。私はこの光景を見ながら歩いた。

ベテルで審理委員会の判決を受けた夜は、マンハッタンの夜景を見にいった。ついにこの夜景ともさよならになる。私は審理委員会の結果を、日本語会衆の長老に報告しにいった。長老たちの反応は極めて優しかった。私の方はもはや主宰監督を相手にケンカする力もなかったし、する気もなかった。全て自分の傲慢さが問題を引き起こしたと思ったので、素直に謝った。ここで今までの問題は一件落着となり、水に流されることとなった。同じベテル奉仕で、私が高校生の時の司会者であったスティーブも最後まで慰めてくれた。

ベテルを出てハワイに戻ることを決めてからは、会衆の仲間がたくさんのお別れパーティーを開いてくれた。坂本姉妹（矢野顕子さん）の家で、子供が計画してくれた盛大なパーティーの写真は今でもアルバムの中にある。こうして私は、三年半のベテル生活とニューヨークに別れを告げた。二四歳の時のことである。

もしこの一連の騒動で個人的に学んだことがあるとしたら、二つだ。一つは、ステータス主義は無意味なだけでなくむしろ害である、ということ。二つ目は、正義を通すだけが全てではない、ということだ。この二つは今の自分の価値観形成に大きな影響を与えている。

そして実はもう一つ心に決めたことがあった。実は小金井の会衆の時も、長老の奥さん姉妹と揉めてかなりのトラブルになったことがある。そして今回も同じく、会衆の長老の奥さんと揉めて一連の問題が起きた。長老の妻というのは、夫の立場ゆえに会衆内でも発言力と政治力がある。そして私は毎回会衆ででしゃばろうとする（向こうから見たら逆だろうが……）長老の夫人姉妹から反感を買いトラブルに巻き込まれていた。それは私が媚を売らないで、ズバズバ言い返していたからである。すると必ず夫である長老兄弟が出てきて、そこから問題がさらに広がる。たびたび長老の奥さんで苦労していた私は、もう一つ重要なことを決めていた。

「将来、自分が長老になった時には、成員に対して摩擦を起こすような姉妹とだけは絶対に結婚しない」と。

第6章　芽生える疑問

ハワイで一休み

私は肩を落としてハワイの実家に戻ることになった。不名誉の帰宅である。しかし母親は、「罪をエホバの前で清めることの方が大事だから」と慰めてくれた。そしてホノルル日本語会衆も、あの懐かしいほんわかした雰囲気で私を迎え入れてくれた。叱責期間であったので割り当てはできなかったが、何かと長老たちが配慮してくれた。彼らの心使いには、今でも感謝している。

ホノルルの会衆はニューヨークに行く前と比べて年齢が若返っていた。小学生の子供が増えていたのでよく一緒に遊びにいった。またポールという関西弁を話す白人の兄弟がいて、彼とはとても仲良くなった。ニューヨークでの激動の三年半から、ハワイは私に休息の時間を与えてくれたように思う。

ハワイに戻ったら父親は、衝撃のバプテスマから、今度は衝撃の長老になっていた。

これで私の母親は長老の奥さん姉妹になったわけだ。妹も一〇代になっていたのでバプテスマを受けて姉妹になっていた。弟はしばらくしてベテルを出て、ニューヨークでいろいろな仕事をして食いつないでいた。

ハワイに帰って一年経った時に長老に呼ばれて、叱責期間は終了したと告げられた。それからしばらくして奉仕の僕に任命された。再び演壇から講演の割り当てなどを扱うようになった。また長老の一人が私にバプテスマの係をやらないかと言ってくれた。普通は長老が扱うものなので、それを私にオファーしてくれたのが嬉しかった。またハワイにもベテルの支部があったので、支部に遊びにいくと元ベテル奉仕者ということで何かと親切にしてくれた。

会衆に英語の巡回監督と地域監督が訪れた時には、私が同時通訳の特権をもらっていた。通常は講演者が英語で一文章単位でポーズして通訳者が一文章訳す。しかし私は同時通訳が得意だったので、講演者の話を止めることなく、そのまま同じペースで追いかけていけた。これは監督からもかわいがられる要因になった。そしていろいろと重要な特権に推薦してくれたりした。ハワイに大きな王国会館が建設された時は式典の冊子のデザインもした。

結婚、セックスの仕方が分からない

二五歳になった時、ずっと文通をしていた日本の姉妹と結婚した。インターネットが使われるぎりぎり前なので、たぶん最後の文通世代だと思う。今考えると早い結婚だが、証人たちの中ではそんなに特別早い方ではなかった。前述したように、二世たちは大学も一般の企業就職も追い求めるなと教育される。そのため大半の二世は目指すキャリアがない。また低賃金のパートに就くので、家賃などを削減するために同性の仲間同士で、パートナー生活を組んで生活している。そうすると自然な選択は結婚となる。全く余談だが、アメリカでは兄弟二人がペアで家を借りようとすると、ゲイだと思われて貸してもらえない珍事件が時々発生する。

私は実家を出て、ワイキキから一五分程離れている小さなアパートで夫婦生活を始めた。証人の夫婦は週三回は一緒に集会に行くし、毎週共に伝道にも出る。だから世間一般の夫婦よりは仲がいいかもしれない。だがここにきて証人ならではのハプニングが起きた。証人たちは婚前交渉が禁止されているので、私はそれまでセックスをしたことがなかった。またアダルトビデオも禁止だったので、まともに見たことがなかった。それで夫婦揃って、セックスの仕方がよく分からなかった。かといって、信者仲間がセックスの話を具体的にしてくれる訳ではない。だから最初の数ヶ月は、セックスを敢行できず、試行錯誤が続いた。

私がセックスに関してちゃんと調べて詳しくなったのは、宗教をやめてからだ。証人である間は、セックスとは何かを追求することができない。性の快楽主義は倒錯行為で、クリスチャンに反すると教え込まれているからだ。だから証人の姉妹たちの中で、オーガズムをちゃんと感じている人はあまりいないと思う。頭のどこかで罪悪感を持たされるからだ。

ベテルを出る時にベテルの長老たちは、ベテルを出てもずっと全時間の奉仕を続けるように励ましてくれた。ベテルでは、たくさんの熱心な信者の仲間に囲まれているので守りの城壁のようである。しかし外に出ると、世の人たちの中の少数派となる。戦場でいえば、前線にいる歩兵のようなものだ。世の人からの影響も、サタンの誘惑も強くなる。だから開拓奉仕などに携わり、伝道時間を多く保つように薦められる。私はベテルで模範となる多くの幹部を見ていたので、組織により貢献していきたいと思っていた。巡回監督になるには時間はかかるかもしれないが、早く結婚して共に会衆に仕えようと思っていた。

私は日本でもニューヨークの会衆でも長老の奥さんとトラブルを起こし苦労してきた。この時の教訓があるので、自分が長老になった時は絶対に問題を起こさない姉妹を奥さんにすると決めていた。また、会衆内では常に内輪での小さなイザコザがある。原因は大したことではないのだが、いつも同じ信者仲間が狭い日常の中で毎日同じ行動を繰り返していると、些細なイザコザが起きる。

「姉妹に前日、伝道でこんな失礼なことを言われたの」

「あの姉妹は、王国会館の掃除当番とかには出てこないのよね」

「あそこの夫婦は、服装がちょっと派手よね」

小さな石でも靴の中に入っていれば不快感があるのと同じだ。そしてこれはたくさんの内輪の噂話に繋がる。しかし、証人たちの話す話題が、「エホバからの祝福」「終わりの日」「サタンの邪魔」以外ないのだから仕方ない。狭い共同体の中では、仲間の細かい言動が気に障りやすくなる。

さらに姉妹たちの中には、病的に神経質な人やうつの人が多かった。常に長老たちに相談してまわる、依存心の異様に強い人も多かった。また、通常ありえないような強烈な癖を持った人もいた。組織では「クリスチャン愛で仲間の不完全さを覆いましょう」とたびたび強調していた。全ての仲間をイエスがしたように愛しましょう、ということだ。だから私は、会衆内の全ての人を、偏見なしで受け入れないといけないと信じていた。しかしあまりの非常識さに、呆れることもたびたびあった。今となっては、カルト教団だからこそ、異常な人が多くて当たり前の話だ。しかし当時は、そういうものだと思って現状を受け入れるしかなかった。

ただ自分はそういった、会衆内の小競り合いの話題に絡めとられない人を妻にしたいと考えていた。また私を不愉快にさせた長老の奥さんたちは共通して情緒不安定だった。だから「感情の波が安定している人」が私にとって一番の条件であった。そして私がずっと文通を続けていた姉妹は、常に感情が安定していた。長い文通の中で、一度も会衆や信者に対するグチが出てきたことがなかった。それで彼女と結婚するのは、将来自分が受け持つ会衆にとってもいいことだと思った。

結婚式はホノルルの日本語会衆の仲間が、手作りの結婚式を計画してくれた。ニューヨークからも仲の良かった友達が集まってくれて、楽しい思い出になった。

二五歳で手に職ナシ、学歴ナシ

結婚したので、今回は生活費を稼ぐために、正社員の仕事を探した。しかし、本部での製本工場や流通センターの腕を発揮できる仕事なんて、ある訳がない。そのうえ、高卒で何もスキルを持っていない。コンピューターも、当時は高価だったので、触ったことがなかった。かといって、ブティックの販売員をやりたいとは思わなかった。

最終的には、父親に紹介してもらった小さなデザイン事務所で、丁稚奉公から始めた。そこでグラフィックデザインを実地で教えてもらい、後に正社員として採用された。マックのスイッチのつけ方から教えてもらったぐらいなので、この時の社長さんには今でも感謝している。とはいえ当時は本当に駆け出しの小さなデザイン事務所だったので、給料が低いのが難点だった。

ここで、証人の二世たちの一般的な仕事と、経済状況を話しておく。通常の二世は、大学に行かずに開拓奉仕を始めるので、大抵パートの仕事に就く。日本であれば、新聞配達かダスキンが当時は多かった。なぜダスキンかというと、掃除の仕事時間は融通が利くので、伝道との時間調整がしやすかったからである。またダスキンの会長は、道徳観の強い宗教に入っていたので、企業方針と仕事環境が保守的な証人たちの肌に合っていたと思われる。

また二世たちが憧れて目指すのが、時給の高い「手に職のある」仕事であった。職業訓練学校に入って電気技師になったり、大工の兄弟について手に職をつけた兄弟もいた。これらは自分のペースで仕事が請け負えるメリットがあった。また建築に関係する職人だと、地元で王国会館が建てられる時に、建設の奉仕者として選任されることは名誉でもあった。

また証人たちの間では有名な、海老名ベテル出身の兄弟が立ち上げたエンジニア会社があった。東京の若い兄弟が、「プログラムの仕事です」と言えば、大抵ここの社員であった。

二世の中では少数なのだが、大学を出て、大手の企業に就職する若者もいる。通常は父親が未信者で、「父親の意向を受けて」という建前がつく。中には自ら強く目指していく者もいるが、ほぼ、会衆や身内からの抵抗にあう。

「世の終わりに大学なんて行って霊性が下がるのよ」

「最近集会とか伝道に来てないけれども、世の誘惑に負けちゃっているね」

「世の中でお金儲けしても、どうせ世の終わりなのにね」

「あの兄弟は大手の企業に就職して、世の女性と結婚しちゃったのよ。サタンは怖いわね」

大体こんな感じで会衆内で批判をされる。教団は表立って大学に反対はしないが、なるべくなら、「全時間の仕事」ではなく、「全時間の奉仕」の道に進むようにアドバイスしている。これが二世の道徳の守りに繋がると、真剣に思っているからだ。

これを反映してか、若い証人たちの収入は全般的に低い。ニューヨーク・タイムズ（二〇一一年五月一三日 Faith, Education and Income）の記事が、それを示している。いろいろな宗教別に、信者の大学編入率と年収率の表がある。抜粋するとこんな感じだ。

- 短大を含む大学を出た比率で言うと、ヒンズー教徒が八四％と最も多く、ユダヤ教徒八三％、仏教徒七四％、カトリック教徒四七％と続く。ところがエホバの証人は列挙されている宗教のうちで三一％と最下位である。
- 世帯収入が年収五万ドル（約四〇〇万円）を超える率で見ると、ヒンズー教徒八〇％、ユダヤ教徒八一％、仏教徒五六％、カトリック教徒四九％となる。そしてエホバの証人は三五％で最下位となる。
- 年収一〇万ドル（約八〇〇万円）で見ると、ヒンズー教徒四八％、ユダヤ教徒三五％、仏教徒二六％、カトリック教徒一〇％、そしてエホバの証人はわずか三％となる。

編集者からこの表が送られてきた時、「なぜエホバの証人の年収が最下位なのかとても不思議なのですが」と質問があった。しかし私から見ると、「ああ、やっぱりね」という感じなのである。

海外に出たがる熱心な二世たち

それでは二世が貧乏でもいいからと言って、全時間奉仕を目指すと、どういう路線があるのだろうか。まず若いうちから開拓奉仕を続けると、早く奉仕の僕や長老になれる。また前述したとおり、ベテル奉仕はみんなの憧れである。また、「ギレアデ学校」という超花形な宣教者用のプログラムもある。これはエリートの中のエリートなので、大半の二世には無理だ。そして巡回監督、地域監督も特権ではあるが、こちらも同じく枠が極めて限られている。

別の選択肢としては、ＲＢＣ（Regional Building Committee）といって、その地域の地区建設委員会に入るというのもある。無給ではあるが、王国会館などの建設メンバーになれるので、ちょっとした名誉になる。伝道活動にあまり出なくても、ＲＢＣであれば組織のためであるからと面目が保てる。ただしこれには、建設工事や技師のスキルが必要になる。大抵、これに参加している兄弟は収入が少ないので、実家で親と暮らしたりして生活援助を受けている。しかし組織のために働いているからと、親も仲間も名誉だとして、何の疑いも持たない。

一昔前までは、協会に申請して「未割り当て区域」に送り込まれるのが、特権であった。都会では証人たちの数が多いため、伝道区域は完全に網羅されている。すると、新しい研究生を探すのは非常に困難となる。それで、まだ信者がいない「未割り当て区域」の地方へ派遣されることを望んでいた。信者が少ない土地に行くことを、「必要の大きな地」での奉仕と呼ぶ。ただし、日本も証人たちの数が増えて、今はこういった未割り当ての区域はなくなってしまった。

信者たちが増えると、国内の中で伝道を行っていても飽和状態なので成果が出てこない。これはアメリカでも日本でも一緒だ。そうすると、せっかく熱意を持っていても研究生が増えないし、地元の区域を回っていても、おもしろくない。会衆規模も若い研究生が増えないので、むしろ高齢化していく。すると若者は、組織の拡大に貢献している実感が持てない。また先進国では、生活費も高いのでバイトで食いつなぐのも大変である。

それで海外の「必要の大きな地」に、目を向けることになる。発展途上国は常に人口が増えており証人たちの数も少ない。そこに住めば生活費もかなり下がるし、組織拡大の貢献に預かることができる。そんな理由で、アメリカや日本の熱心な二世が、突然エクアドル、ボリビアといったような普段、耳にしない中央・南アメリカに飛び立つことになる。近年まで宗教団体が入り込むことがほぼ不可能だった、中国やロシアも人気がある。ロシアで開拓奉仕をするというだけで、親も仲間も「偉いわね」と賞賛する。しかし実態は、自国での生活から目を背けた現実逃避にしかならない。数年後に自国に戻った時には、引き続き賃金の低いパートでどうやって全時間奉仕を続けるかで悩むことになる。

なお、最後に付け加えておくと、証人の親たちは、自分の娘がこういった特権を持っている兄弟と結婚すると喜ぶ。特にベテル奉仕者や巡回監督と結婚できた姉妹は、羨望の目で見られる。ニューヨーク本部にいた統治体の息子兄弟たちも大抵、美人姉妹と結婚していた。この世ではお金持ちがモテて、あちらの世界では特権持ちがモテるのだ。

一九九五年の教義変更ショック

一九九二年、第四代会長であったフレデリック・フランズ兄弟が亡くなった。当時ベテルにいた私は、その知らせを製本部門で聞いた。後に会長の座は、ミルトン・ヘンシエル兄弟に引き継がれた。九〇年代には、重要な教義変更が二つあった。私がハワイにいた時だ。

一つは、九二年に大学を含む高等教育が正式に解禁になったことだ。九二年一一月一日号の「ものみの塔」誌で、「高等教育に関して厳密な規則を設けるべきではなく、高等教育に進む若者を批判してはならない」と書いてあった。これを見た時、私はダマされたような感じに陥った。

「えー⁉ 今さら言うなよ」

なんとも言えない感じだった。組織は時代のニーズに合わせてというが、真理に時代のニーズは関係ないのではなかったのか？ 時代によって、真理と霊性の基準は変わるのか？ といぶかしんだ。いちいち、協会の教義変更に自分の人生が振り回されてはたまらないと思った。

二つ目の教義変更は、これよりもかなり深刻であった。問題の記事は九五年一一月一日号の「ものみの塔」誌の研究記事。

読者のために簡単に説明すると、それまではハルマゲドンは一九一四年から「一世代」という期間が終わる前に来ると教えられてきた。

『これらのすべての事が起こるまで、この世代は決して過ぎ去りません。』（マタイ二四章三四節）

この聖句の「世代」が、何年間を指しているのかが問題だった。それで組織は、一世代を人の寿命だと解釈した。通常の人の寿命は八〇歳位なので、一九一四年から数えて二〇〇〇年までには世が終わるという見解を出していた。ところが九五年の教義変更では、「世代とは人の年齢ではなく、ただの象徴的な時間の区切りの単位である」という説明になった。これでハルマゲドンは、いつ来るのか分からない状態になってしまった。でも記事では、「そんなに遠い未来ではないから、引き続き、気をひきしめて！」というふうに締めくくっていた。

ハルマゲドンのデッドラインが、大幅に引き延ばされたのだ。これは信者の間に動揺を与えた。しかし会衆の中では、そのことに関して話し合えない重たい空気があった。これを議論すると、組織に対する反対意見を述べることになるからだ。ハルマゲドンの緊急性を布教していた伝道者たちは、何のために伝道活動を行っているのか分からなくなった。この頃から、日本の組織でも八〇年代の熱狂時代に比べて緩くなった。時期がちょうど、一般の「ゆとり教育」と重なるので、世界の波がそうであったのだろう。

私は一人でこの教義変更を考えていて、どうにも腑に落ちなかった。預言の解釈を変えたのは、百歩譲って仕方ないとしよう。それはそれでいいとして、一体なぜこの組織は謝罪の言葉一つも述べられないのかが不愉快だった。協会が悪だと糾弾している一般的な教会ですら、教義変更をする際には謝罪の声明文を出している。しかし、ものみの塔にはそれができない。

一言、「すみません、私たちの勘違いでした」と言ってくれれば、快く受け入れた。それなのに、出版物を見ると、「一部の信者の中にはそのように考えていた人達もいましたが……」と他人事のように書いてある。「そのように考える人がいたのは、お前がそう指示したからだろう！」と腹が立ってきた。教義変更に対してではなく、マナーがなっていないことに対してイライラした。

それだけではない。過去に排斥された背教者たちの主張は大抵、後の教義変更によって正しかったことが証明されていた。であれば、彼らは一体何の根拠で背教者とされたのであろうか？　教義変更によって、過去の背教者の義の方が勝っていたことになる。少なくともカトリック教会は、ガリレオの異端審問判決に対して、謝罪の声明文を発表している。私はものみの塔協会にも、謝罪するべき多くの理由があると思った。

芽生えてくる小さな疑問の塊

私の疑問は、ここからさらに増えていくことになる。私は、集会と伝道の時間以外はデザインの仕事に没頭した。集会も伝道もない時は、朝八時から夜中過ぎまでデザイン事務所でマックとにらめっこをしていた。隣には出版会社があり、そこの社員とも行き来があった。ベテルを出てきた私にとってはこの会社が初めて「世の人」（証人以外の人）と仕事をする経験だ。最初は、世の影響を受けやしないだろうかと内心緊張していた。

ところが、しばらく仕事をしていくうちに、彼らも証人たちと同じ「人間」だと気付くようになる。むしろ、そこらへんの証人たちよりも、礼儀も作法も考え方もしっかりとしていた。そこで疑問が出てくる。

（この人たちがサタンに惑わされている人たちなら、もっと悪いはずではなかろうか？）

証人たちは、「サタンも狡猾だから、それが罠だ」と言う。しかしどうしても、世の人がクリスチャンより神の目から見て劣っている、という考え方には納得できなかった。

ホノルル日本語会衆は、私がベテルに行く前とは違って、成員が大きく増えていた。平均年齢六〇歳ではなく、若い人が、日本から多く引っ越してきていた。そして個性的な性格を持った人が多かった。個性的といえば聞こえはいいが、アクが強くて常識を逸脱している言動の人が多数いた。ある長老は、何かと周りの信者に細かいイチャモンをつけていた。母親にそれをどう思うか聞いてみた。

「もし間違いがあればエホバが正されるから、あなたは疑問をはさんだらダメよ。組織に対する従順が命よ。長老はエホバによって任命されているのだから」

私はニューヨークの件で火傷をしたので、いずれにせよ深入りはしないでおこうと決めていた。しかし伝道に行くたびに、狂信的なことを話し続ける姉妹たちの会話にも辟易していた。なんでもエホバか、サタンか、世の終わりで括ってしまう会話は、異常だと思った。

そのうち会衆の中のおばちゃん姉妹たちの間で、派閥のようなものが出てきた。どの交わり（パーティー）に誰が呼ばれた、呼ばれなかったというような話をしょっちゅうしていた。仲間外れがよく起きて、しばしばハジかれた姉妹が、伝道中に泣いたりしていた。これがクリスチャン愛の態度か？　と内心思っていた。

さらに仕事仲間と夜一緒に食事をしたりする機会が増えて、「乾杯」の場面に遭遇するようになった。ここ数年間ベテルにいて、そういう場面はなかったので、すっかり忘れていた。当然「クリスチャンだから乾杯はできないです」と断る。すると周りは、こっちに対して気を使う。そこで考え始める。なぜ乾杯はいけないのだ？

出版物を見ると、聖句の裏づけはないのだが、「乾杯は、異教徒の魔よけの習慣から来ているから、よくない」としか書いてない。でも証人たちが集会でつけているネクタイだって、もともとはヨーロッパで兵士が魔よけにつけていたスカーフが起源だ。なぜ乾杯はダメで、ネクタイは良いのだ？　もっと言うと結婚指輪だって異教徒の習慣ではないのか？

そこでさらに出版物を調べてみると、「ネクタイは現代社会において正装と見なされているので、クリスチャンも、正装にネクタイを利用すべき」と書いてある。また結婚指輪に関しては、「社会的に結婚していることの印なので、世の人からの不道徳な誘いから身を守るために」指輪は適切であるという見解になっている。

ちょっと待てよ。これはなんだかおかしくないか？　乾杯は世の習慣だからやるなと言っているのに、ネクタイと結婚指輪は社会の習慣だからやれと言っている。これは私にとっては腑に落ちないことだった。しかも考え始めるとまだ出てくる。なぜ誕生日がいけないのだ？　クリスマスがローマの太陽崇拝の一二月二五日とイエスの誕生日を合わせたのは、歴史的事実だから分かる。しかしなぜ、誕生日なのだ？　あらためて組織の出版物を調べてみる。

組織の見解では、「誕生日が聖書に出てくるのは二つの悪い事例しかない」と言っている。創世記四〇章のヨセフの話だ。ファラオの誕生日の時に、一人の囚人が死刑になった。もう一つは、マタイ一四章のバプテストのヨハネの話。ヘロデの誕生日の時にヨハネは死刑になってしまった。つまり聖書には悪い事例しか載っていないので、クリスチャンはするべきではないという説明。

しかしヨブ一章四節では、ヨブの子供たちは『自分の日に各々の家で宴会を催し』と書いてある。これって、誕生日のことではないのだろうか？　ユダヤ人も誕生日を祝っていたのではないか？

しかし組織はさらにダメ押しで、伝道七章一節の『死ぬ日は生まれる日に勝る』という聖句を持ってくる。誕生日より死ぬ日の方が重要であると。だからイエスは自分の誕生日ではなく、死を祝うように最後の晩餐を決めたという。しかし聖書をよく読むと、イエスが生まれる時の方が、死ぬ時よりも盛大であった。馬小屋で生まれた時には大勢のみ使いが賛美にやってきた(ルカ二章一三節)。それに対して杭の上で死んだ時は、み使いが現れなかった。あのみ使いたちはイエスの誕生日を盛大に祝っていたはずだ。

こうして、私の小さな謎は増えていった。母親はあいかわらず、「分からないことはエホバを従順に待ちましょう」と言う。父親に話したら、「だから組織もいいかげんなんだよ。ほどほどにやっておきなさい」と言ったので驚いた。長老の発言がそれでいいのか？

なぜかうつ病が多い日本からの旅行者

証人たちは旅行先でも、必ず集会に行く。だから旅行者の多いハワイにある日本語会衆には、多くの日本各地からの仲間が訪れる。私が妻に会ったのも、ハワイの会衆で、だ。毎週集会には一〇人近くの旅行者が訪れる。気の合いそうな旅行者であれば、そのまま一緒に食事にいったりした。こうして友達は増え続けた。その中でも特に仲良くなったのは女優Nの実家の家族であった。家族はNが世の誘惑に負けて、真理を捨ててモデルになったことを心配していた。

毎月ハワイに仕事でやってくるジャンボを操縦するパイロットの兄弟もいた。来るたびにおいしいところに連れていってくれたので、楽しみであった。毎週友達が増えるので、楽しくはあった。しかし途中から、旅行に来る人たちの種類が変わりつつあることに気付く。ある時期から急に病気の人が多く訪れるようになった。ちょうどこの頃、「目ざめよ！」誌でもうつ病や慢性疲労症候群に関して扱うことが多くなってきた。たぶん、組織もそういう信者が増えているという報告を、巡回監督たちから寄せられていたのだろう。

集会で出会った旅行者をよくホテルまで送迎していた。すると大抵、顔付きの沈んだ人がいて、「実は私うつ病なんです」とか、「慢性疲労症候群なんです」と言うようになった。他にも膠原病やハウスアレルギー（一切の化学物質を受け付けない）や様々な不思議な病気を訴える人がいて、病院でも原因が分からないと言われ、医者に療養を勧められてハワイに来ていた。みんな、病人だったから弱くて信者になったのではなく、信者になってから発病している人たちであった。

個人的には、うつ病に関しては苦い経験があった。私が高校生だった時に、淡い恋心を抱いた姉妹が重度のうつ病になっていた。最初はうつ病が何か分からず、相手の理解不能な言動に驚いたし、傷ついたりもした。それ以来、うつ病とは関わりたくないとしか思っていなかった。そしてここにきて、日本から精神を患った病患者が毎週来るのである。送迎をするたびにだんだんイヤな気分になっていった。なぜ幸せになるはずの組織にいて、うつ病になるのかが理解不能だった。日本の会衆で、なぜそんなに精神病患者を大量生産しているのか理解できない。私はこのことをよく妻にこぼしていた。

「幸福をもたらす神の組織ではないのか？　であれば、なぜこんなに精神病患者が多いんだろう」

しかし後に、日本に引っ越して、この実態をまの当たりにすることになる。

ゲイ・ミュージックで悩む

デザインの仕事も三年間やり、腕も上がってきて、数々の賞を取るようにもなってきた。すると高校生の時に封印していた私のクリエイティブ魂が、再び頭をもたげてきた。しかし自分は、エホバの証人としての強い倫理観を持っていた。ゆえに、自分がサタンの世の中のど真ん中に行って、クリエイティブ活動をするのは許されないことだと思っていた。しかも何をしたところで、世の終わりは来る。自分の労力の全てをエホバに捧げなくてはならない。

私はもともと映画と音楽が大好きだった。ベテル本部にいる時は、厳しい規則下にあったが、ハワイでは勝手に自分の中で規制緩和をしていた。R指定だった、「マトリックス」も見にいっていた。音楽もCDをいろいろと買っていた。だが必ず、クリスチャンとしての良心に引っかかるものがあった。

証人たちは音楽の選定に関してうるさい。何しろ、サタンの娯楽産業から音楽が出てくるのだから、道徳的に退廃しないよう気を付けないといけないと言う。マイケル・ジャクソンも証人だったが、サタンにとりこまれて真理を捨ててしまった。マドンナとプリンスを見れば、彼らがサタンの道具となって、性の不道徳を世にばらまいているのは一目瞭然である。証人たちはそう受け取るのだ。

九〇年代は、ちょうどグランジやラップが、強くなってきた頃である。この世的な反逆的な音楽は、NGとされた。出エジプト三二章にあるモーセの話も、根拠に引き出された。モーセが十戒を受け取って山を下りてきたら反抗的な民が金の子牛を囲んで、「騒がしい音楽」でお祭をしていたという。だから騒がしいヘビーメタルやグランジは、当然アウトである。ベテルでは、聞いてはならないアーティストがリストアップされ、発表された。そこにはニルヴァーナや数多くのラップ・アーティストも含まれていた。また、これらのCDを持っているのが見つかった奉仕者は、ベテルを追い出された。

ここまでうるさいと、公式に聞ける音楽はかなり限られてくる。矢野顕子みたいに証人だと分かっている人の音楽は、安全だとされる。一昔前までは、日本の二世たちの間では、エホバの証人ではないがさだまさしが人気であった。たぶん彼の素朴なアコースティックギターと、ソフトな感じが健全で無害に見えたからだろう。大抵、二世が遊びで集まると、必ず一人は自称「自分はイケてる」兄弟がおり、アコースティックギターを持参してさだまさしを歌っていた。私はシンセが好きだったのだが、保守的な兄弟たちからは、「そんな世的な楽器」と注意されていた。テクノとかハウスの印象が派手で、この世的だったからだ。

証人たちの間で、ユーミンの曲はサタンだから気を付けろ、という話になっていた。彼女は霊感で作曲しているので悪霊の影響を受けている音楽だ、という理由からだ。証人とは関係ない彼女から見たら、迷惑だから放っておいてくれと言いたくなる話だろう。他にもユーリズミックスなど霊感で作曲していると明言しているアーティストはアウトである。エリック・サティや喜多郎のように、作曲に霊の力が働いているとされるアーティストも危険視されている。当然、世の宗教色の強いアヴェ・マリアのような曲はご法度だ。冬にクリスマスの歌を口ずさんでしまったら、長老から注意を受けるのは間違いない。

この音楽に関して、私を非常に悩ますもう一つの事柄があった。証人たちにとってゲイは不道徳の最たるものである。だからそんな不道徳な人が創る音楽は、不道徳である、というレッテルを貼られる。また歌詞も、クリスチャンから見て不適切な内容になるので罪になるという。困ったことに、私が大好きだったエレクトロ音楽の多くは、ゲイ・アーティストによるものだった。しかし私にはどうしても、ペット・ショップ・ボーイズ、ジョージ・マイケル、ボーイ・ジョージの音楽がサタンのものだとは思えなかった。そこで、こういう音楽を好む自分は、霊的でないのではなかろうか、とかなり深く悩むハメになる。自分の嗜好や感性に問題があると思い込まされてきた。

組織の幹部は、クラシックのような健全な音楽を聴きなさいと言っていた。しかし私には、これも謎であった。私の知っている限り、モーツァルトは女好きで不道徳であった。ゲイはダメだけど、女にだらしないモーツァルトの作曲する音楽は良しとする理屈が分からなかった。しかし、こういったことが次第に私の中に大きな葛藤をもたらすようになった。

マルチの本社はユタ州？

証人をしていると、必ず誰しも一度は、マルチ・ネットワーク・ビジネスの勧誘を受ける。マルチに関しては、ネズミ講だとかそうでないという議論があるが、私はどっちでもいいと思っている。ただし、マルチ形式のフォーマットが宗教に近いことは否めない。そしてこれは私にとって、自分が属している組織に対して抱いた初期の疑念のきっかけとなった。

証人の多くは週三回の集会と伝道時間をこなすためにパートの仕事に就いている。時間を調整できていい収入になる仕事はそうそうない。それで数多くの証人たちがマルチ販売に走る。最初は会衆の姉妹たちが同情を示して商品を買ってくれるので、商売を始めやすい。私も多数のマルチ販売をやらないかと勧められた。

当初は収入の足しになると思い、加入して実際に販売もしてみた。しかし商品の売り方や会員の増やし方の仕組みが、証人たちの仕組みに似ていることに気が付いた。

「あれ、これは商品を売るだけでなく、売る会員を増やさないといけないんだ」

なんか証人たちみたいだ。聖書を自分が勉強するだけではなく、自分も研究生を増やしていかないといけない。そしてその研究生もやがて自分の弟子を増やさないといけない。まるでマルチのヒエラルキーそのものだ。次に気になったのは、彼らの商品の売り方であった。

「このシャンプーを使えば絶対にハゲない」

「このサプリは他のマルチとは違うのよ。他社のは効かないわよ」

「このビジネスを通じて素晴らしい仲間が増えます」

うん? うん? なんか証人たちの主張に似ていないか?

「クリスチャンになれば絶対に幸せになれますよ」

「他の宗教はまがい物ですよ」

「素晴らしい信者の仲間が増えますよ」

両者には共通した宗教特有の三つの要素が含まれている。

一、絶対性(これが絶対の宗教・商品よ!)
二、純粋性(私たちの教義・商品は以外は信用できない!)
三、選民性(私たちの教団・商品は選ばれている!)

極端に言えば、ナチスもこの三つの要素を持っている。自分たちによるヨーロッパ支配は絶対に必要、ゲルマン族の血は純粋である、ゆえに自分たちは統治する権利がある。程度を軽くすればマーケティングにおけるブランディング方法もこの法則にのっとっている。この商品は絶対に必要で、ブランドには歴史があり、これを持っている人は選ばれた人たちとなる。

そしてこの三つの法則に加えて、宗教とマルチには四つ目の条件が備わる。

四、布教性（弟子をつくろう！）

つまり「自分たちはこの真理・商品を広めて、弟子をつくっていきましょう」ということ。ただ受け入れるだけではなく、それをさらに広める人を自分の下につけていかないといけない。この四つの点で、私はマルチは証人たちと変わらないと思った。

クリスチャンにとってマルチ活動がぶつかるのは、「選民性」の部分だ。マルチに入ると、「いい仲間」を選ぶ基準が「モノを買ってくれる人」になる。実際問題、日本の会衆でも、信者の中でマルチの仲間同士が固まるようになって、問題が起きた。彼らは会衆内の絆よりも、マルチ会員同士の絆を優先した。これがエスカレートして、排斥問題に発展したところもあるくらいだ。

証人たちはもともと、根が真面目に「絶対性」と「純粋性」を信じやすい素質を持っている。だからマルチは彼らにとって、肌に合う商売であることには間違いない。また、証人たちは宗教活動を行っているだけに、プチ教祖タイプの兄弟が数多くいる。一般人でもマルチでも活躍している人には、同じような教祖的なカリスマ性を備えている人が多い。ビジネス商談をしていても、マルチをしている人は一発で分かる。独自の教祖オーラを放っているからだ。このタイプは、ビジネスコンサルにも多く見られる。

私はさらに自分が加入していたマルチ団体のパンフレット・キットを見ていて、不思議に思った。世界中の会員と家族になれるといった謳い文句が並んでいる。そしていろいろな人種の会員が、笑顔で写真に登場する。

「なんか、ものみの塔の伝道パンフレットみたいだな……」

写真のトーンがそっくりなのだ。しかも複数のマルチ団体を調べたが、みんな設立ストーリーが同じ方式になっている。団体のトップの人の写真は、証人たちのようにきちんとしたスーツを着て、大きな笑顔で写っている。そして大抵、自分の家族の身に起きた不幸物語が書いてある。自分の母親や子供が病気になったというものだ。そしてそれを治すために自分の商品を開発した、というお涙頂戴の切り口。

「なんでみんな同じような物語なんだ？　こういうシナリオのフォーマットを裏で売っている奴（作家）がいるのか？」

そしてマルチ会員が、いかにビジネスを通じて人生が改善されたかを証言している。貧乏生活から抜け出して、今は家族でクルーズ生活にいける、といった内容だ。

「真理のおかげで、不幸を脱出できたという証人たちの話に近いぞ」

次に私が不思議に思ったのは、複数のマルチ団体の商品パッケージがみんな同じプラスチックの入れ物に入っていたこと。自分はデザイナーだったので、この視点から見ると実に不可解な話だ。通常はブランディング上、企業はそれぞれパッケージのデザインや素材を変えるはずだ。

「もしかしてマルチはみんな実は同じ工場でつくっているのでは？　そしてブランドラベルだけを変えて売っているんじゃないか？」

そう思ってネットで調べた。そうしたら私が加入していたマルチも含め、大手の何社かは本社がユタ州にあった。

「ユタ州？　モルモンの州じゃないか‼」

これには驚いた。モルモン教徒の布教活動は、エホバの証人の形態に非常に似ている。マルチの会員の組織構成も証人たちのそれに酷似している。モルモンとマルチは繋がりが深いかもしれないと思った。

「モルモンが、自分たちの生計手段のために生み出した仕組みでは？」

そう考えると、腑に落ちる。もっとも、未だに本当にモルモン教徒がマルチの仕組みを開発したかどうかは分からない。いずれにしても、マルチ共同体と宗教共同体の親和性が高いのに変わりはない。

またマルチの人たちは、自分たちは広告宣伝を打っていないし、流通にもお金をかけていないことを高らかに話していた。その分、原価にお金をかけているので市販よりも良い商品を提供できるという主張だ。だから私が属していたマルチ団体が、ヨットレースに協賛していると聞いて、なんだそれは？　と思った。さらに日経新聞に自分たちの広告が載った、といって喜んでいる会員を見て不信感を持った。広告費を削って原価に回しているんじゃなかったの？

後日、私が属していたマルチの大きなイベントに行ってみた。証人たちの地域大会と雰囲気が全く変わらないので驚いた。講演者の煽り方といい、そこに来ている人たちの反応は宗教信者そのものであった。その時に私はマルチからは手を引いた。私は一つの宗教を抱えるだけでも苦労している。ここにきて二つの宗教を抱えるのは無理だと思ったからだ。ただこの時にある疑問が頭の中をかすめた。

「もしかして、ものみの塔もマルチの一種？」

貧乏生活に嫌気がさして

デザインの仕事を四年していたが、給料はずっと低かった。税金を差し引いたら日本円で手取り一四万円だったように思う。結婚している主婦が伝道をしないで、仕事をするのは望ましくないという暗黙の了解が組織の中にはあった。だから私の妻も、専業主婦として正規開拓奉仕をしていた。家賃が八万円だったので、月六万円を夫婦二人で切り詰めていた。食費は月二万円と決めていた。生活費をやりくりするためにガス代、電気代などを全て現金で各封筒に分けて、少ない残金をいつも確認していた。

私が働いていたのは小さい会社だったので、彼らの売上を見れば、彼らも精一杯であることが分かる。つくづくグラフィックデザインは理不尽な職業だと思うようになった。もともと下請け業者なので、代理店に大きなマージンをとられるうえに、納期もギリギリだ。毎回予算と期日のしわ寄せをかぶるのは代理店ではなく、デザイン事務所である。しかも自分の作品ではなく、クライアントのための作品である。もともと自分はアーティスト志向だったので、自分の作品をつくってみたいという思いが強くなっていた。

それでデザイン事務所を辞めて、フリーランスになった。だが生活は貧乏をさらに極めた。母親は、「今生活が苦しいのは、全てエホバへの犠牲だから善いことなのよ」と言って時々差し入れをくれた。しかし彼女には貧乏生活がどういうものか全く分かっていない。

私は頻繁に伝道に出て、毎回群れの仲間のために運転をしていた。ガソリン代もかさむが、お金がいつも足りない。だから洗車もできずに、ガソリンスタンドで紙ナプキンを濡らして車を拭いていた。伝道では小刻みにハンドルを切るので、タイヤがダメになる。そしてある日、タイヤがパンクした。しかも皮肉なことに同じ時期に、家にあったＰＣのモニターが煙を吹いてショートし、ハードディスクも故障した。

ここで完全に頭にきた。とにかくお金がない！　そして伝道に行けばもっとお金がなくなる。エホバからの祝福があるというが、お金が空から降ってくるわけではない。しかも今の超貧乏の結果は、組織に全てを捧げてきたからだとも言える。一体エホバは何をやっているんだ！　と腹立たしかった。しかしもっと腹が立ったのは、母親に対してである。「貧乏もエホバのためよ」と言いながら彼女は頻繁に旅行をしていた。あっちの家はお金に困っていないのである。こっちは苦労しているのだが、向こうはのうのうと暮らしていることが頭にきた。親は好き勝手に方針を指導するが、結果、割りを食うのは母親でなく私である。この時に一つ決めたことがある。

「今後絶対に母親のいうことは聞かない」

第7章　アイデンティティとの闘い

日本での初めての仕事

貧乏生活が続き、私は本当に悩んで真剣に考えた。結果、こういう考えにたどり着いた。「りんご畑に行けばりんごはたくさんある。じゃあ、お金を生み出すところに行けばお金はたくさんあるはずだ」。ただ当時はデザインしかしたことがなかったので、ビジネスの世界のことが全く分からなかった。それで漠然と、「お金を生み出す業種は営業と呼ばれるものだろう」と考えた。それで友達に営業の仕事はないか聞いてまわった。そうしたら長年の友達の兄弟が、「日本の医療業界だけど営業だったらある」と言ってきた。

ここで家族会議である。父親は、ちゃんと稼げるのであれば、どこでも良いという意見だった。母親は、ハワイの日本語会衆は日本語を話す兄弟が少ないので、必要が大きいから留まった方がいいと主張した。しかし私は母親のいうことは聞かないと決めていた。だからなんであれ、絶対に日本に行くと強行突破した。

夫婦で横浜の東戸塚に引っ越したのは一九九九年の冬で、二八歳の時だった。ハワイの会衆に長期滞在していた姉妹の家を貸してもらうことが、引っ越すギリギリ三日前に決まった。日本での生活は高校生以来なので、不思議な感覚だった。近所の商店街を歩いていたら、安っぽいプラスチックの花が電柱に刺してあるのが気になった。どう見てもセンスが悪すぎる。さらに寂しい音をしたクリスマスの曲が流れていたので、ますますわびしくなったのを覚えている。

引っ越して最初に顔を出したのは、近所にあった権太坂会衆である。駅伝の名所である通りにあった。この時に初めて、タイチと名乗る若い兄弟が握手をしてきた。証人たちは挨拶に必ず握手をする。これはアメリカからの宣教者たちが初期に持ち込んだ習慣である。彼と握手した瞬間に、彼とは仲良くなると思った。そして後に、彼との友達関係はいろいろな意味を持つようになってくる。

会衆は一〇〇名くらいで活気があった。ハワイよりも平均年齢が若くて、若者の数が多かった。また日本の会衆には珍しく長老の数も多かった。地元の地域でも、権太坂はとてもいい雰囲気の会衆だと評判が良かった。長老たちもいろいろと融通を図ってくれた。

それから日本での奉仕活動だ。これだけは何度やってもイヤであった。アメリカと違って、とにかく目に入るドアが全て訪問対象だ。巨大マンションに並ぶドアの行列にはいつ見ても卒倒しそうになる。でも、伝道者たちはたんたんと一軒ずつ呼び鈴を押していく。

日本では、オウムの事件があってから宗教団体に対する警戒心が強くなった。それで、いかに宗教色を消して伝道するかが課題であった。ここで説明しておくと、証人たちは自分が宗教をやっているとは本気で思っていない。宗教はサタンのまやかしの道具であって、自分たちはそういう宗教とは一線を引いていると信じている。ではなんなのか？と聞かれると、「聖書を勉強しているだけです」と言う。これは営業トークでもなんでもなく、本心からそう思っているのだ。

一番新しくて一番古い組織？

ものみの塔とは何か？　宗教法人として登記しているが、自分たちは決して宗教ではないと考えている。証人がそう考える根拠はいくつかある。まずここの話には、啓示一七章から一八章の預言に登場する「野獣」と「娼婦」が関係する。長い話を短くすると、キリスト教原理主義者の解釈では、野獣は国際連合、娼婦は世の中の宗教となっている。そしてこの娼婦は、別名「バビロン」と呼ばれている。

バビロンは古代中東に実在した都市である。聖書の説明（クリスチャンの解釈）では、サタンが人々をエホバへの真の崇拝から引き離すために、バビロンで宗教を大量生産したとする。そして今存在する宗教は、起源を辿ると、全てバビロンに行き着く。数多くの宗教のルーツがバビロンに繋がっているという見解は、実際歴史的にも正しい。だが困ったことに、クリスチャンたちはこの歴史的史実を根拠に、全ての宗教をサタン扱いする。これは他のプロテスタント系の教会も同じように主張している。映画「オーメン2」でも、悪魔と結び付けて、古代遺跡でバビロンの娼婦の像が出てくる。

ものみの塔から見ると、カトリック教会も仏教も神道も全てバビロン扱いだ。だが自分たちの教団だけは、バビロンに起源を持つ宗教とは関係なく、真の崇拝を推進しているという。「真の崇拝」なのだから、それだけで宗教だ。しかし、彼らはそう考えない。あくまでも聖書研究会なのである。だから、「エホバの証人は宗教ですか?」と聞くと、「宗教ではありません。聖書を勉強しているだけです」と答える。

さて、ここから理論は飛躍する。ものみの塔は、一九世紀の終わりにできた比較的新しい組織ではある。しかし彼らは一番古い組織であるとも主張する。なぜなら真の神の組織は聖書のアブラハムから始まっていると考えるからだ。その後も真の崇拝の信者は、イサク、ダビデ、ダニエル、イエス、パウロから現代のものみの塔信者まで脈々と続いていると唱える。証人たちはノア、アブラハム、ダビデも自分たちの仲間、同じ信者であると信じている。だから楽園でアブラハムやモーセに会えるのを本気で楽しみにしている。ベテルでも司会者が、「楽園に行ったらノアにインタビューができますね」とか話していた。

古代から続く一番古い組織でありながら、一九一九年にイエスによって指名された真の組織。エホバを崇拝するが決して宗教ではない組織。あくまでも神とイエスを信じているただの聖書の研究会グループである。

さらにもう一つ、ものみの塔を宗教に見えにくくしている要素がある。ものみの塔は偶像崇拝を行っていない。

『あなたは自分のために、上は天にあるもの、下は地にあるもの、また地の下の水の中にあるものに似せたいかなる彫刻像や形も作ってはならない。それに身をかがめてはならず、さそわれてそれに仕えてもならない。』（出エジプト二〇章四、五節）

カトリック教会に入ると、聖堂に十字架やマリアの像がたくさん置いてある。証人たちはそれを「偶像崇拝だ」と言って蔑む。証人たちの大会ホールや集会所には一切宗教グッズを置いていない。ただ大きな部屋にマイクスタンドしかない。よってますます宗教の臭いがしないように感じてしまう。

これらの理由から、証人たちはそこらへんの宗教と一緒にされるとムキになる。しかし考えれば考えるほど、ものみの塔はプロテスタント系である。実際に組織の出版物にも、初代会長ラッセルはプロテスタント系の宗派から聖書を学んだと書いてある。私はこの話を妻の兄に話した。彼は海老名支部のベテル長老である。するとムッとした顔を険しくして言った。

「証人たちは、プロテスタントとかとは全く関係ないでしょ」

「でも、プロテスタントから最初の教理をラッセル兄弟はもらっているじゃん」

「うちは宗教じゃないでしょ。真の神を崇拝しているだけの組織でしょ。何言っているの」


そこで議論は終わりだ。これは信者の時から私も、理解しかねるロジックであった。何かを崇拝しているのであれば、それは宗教と呼ぶのではないだろうか。なんであれ、私は組織はプロテスタントの末裔という結論を自分で持つことにした。でも私の頭の中には、新たな疑問が出てくる。

「もし証人たちがプロテスタント系列であるならば、ものみの塔自身も、バビロンに起源を持つ宗教の一つにならないか?」

お腹の中の息子からのメッセージ

当時、私の職場は表参道にあったので、住んでいた東戸塚から通うと、片道一時間四五分であった。問題は帰り道であった。週に二回、夜の集会があるのだが、七時に着こうと思ったら、ほぼ不可能である。それで、だんだんと集会に遅刻して行くようになった。集会が終わる九時に会場に着くということもしばしばあった。

さすがに七時に横浜は無理だったので、最初は職場からより近い英語会衆に行ってもいいかと思った。ところが英語会衆には、多くの日本人の兄弟姉妹が属していた。彼らは英語を母国語としないのだが、成員の少ない英語信者を助けるために来ていた。英語会衆に志願する証人たちが多かったので、わざわざ組織に申請を出して審査を受けなければならなかった。彼らはそれにパスしたので、妙に特権意識が高かった。私の方が彼らより英語を話せるのだが、「組織から任命されましたか?」とか聞いてくる。彼らの、地元の日本語の会衆より偉いんだという態度が鼻についたので、英語会衆はその場でパスした。

話を戻すと、私はたびたび集会に遅刻することになった。それでも、権太坂会衆には一世の兄弟が多かったので、サラリーマンが多く、私の遅刻には目をつぶってくれた。

ここで一世の兄弟に関して説明する。一般的には最初に主婦である妻が教団に入信することが多い。そして私の母親がしたように、自分の夫にも聖書研究をしつこく勧めることになる。人によってアプローチ方法は違うのだが、勧誘のノウハウが信者同士で共有される。

トイレやテーブルの上に教団の雑誌を置いておき、さりげなく夫が自分から読むようにする。夫の通勤鞄に雑誌を入れておく。お弁当に聖句を書いたメモを入れておく。そして家に証人たちを招待して友達になってもらう。などなど方法はたくさんある。彼女たちはこれを「証言」と呼んでいる。通常これを五年間やられると、大抵の旦那は態度が軟化して、聖書を勉強してもいいかと思うようになる。私の父親も一〇年かかったが、佐藤姉妹の努力は実ったわけだ。

こうして大人になって自らバプテスマを受けた人は、一世と呼ばれる。一世の兄弟は通常、どこかの企業に勤めているので、サラリーマンをそのまま続ける。中には本当に真面目な一世兄弟もいて、勤めていた会社を辞めてパートになってしまう人もいる。当然彼の親族は反対するが、それはサタンの罠でしかないから無視される。ニューヨークで私が仲良くしていた研究生であったご主人は、日本に引っ越してバプテスマを受けた。そして彼は銀行員を辞めて、経済的に不安定な八百屋さんに勤めてしまった。私も彼によく聖書から話をしていたので、今となっては若干責任を感じる。このように人の人生を狂わせるわけだから、証人たちも罪な宗教である。

話を私の遅刻話に戻すと、長老たちはうるさく言わなかった。だが私の母親はうるさく電話をハワイから掛けてきた。

「仕事よりも霊性の方が大事なのよ。仕事を変えて集会にちゃんと行きなさい」

別に母親が特殊なわけではなく、二世の親によく見られる普通の光景だ。

「行ってるから大丈夫」

「ちゃんと三つの集会に出ているの？　仕事ばかりしているみたいだけど」

「考えたんだけどさ、週に三回も集会ある方が悪いと思うよ」

「はあ？」

「だってさ、週三回の集会って、組織が決めたんだよね。聖書には、週三回集まれとは書いてないよね」

「何言っているの。組織の命令はエホバの命令でしょ」

「いやいや、それって初代会長のラッセル兄弟がそう言い始めたんだよ」

「もちろん、そうかもしれないけど」

「あの兄弟は、実業家の息子で資産家だったんだよ。しかもペンシルベニアの田舎でしょ？　通勤もしてなかったし、交通渋滞もなかったと思うんだよね」

「だからどうだっていうの？」

「彼はヒマだったから、週三回集会開こうって言いだしたんだよ。金持ちの道楽だってば」

「どういう屁理屈よ」

「だってここはペンシルベニアじゃないんだから、都内で集会に全部行ける仕事なんてないでしょ」

「だったらパートでいいじゃないの。生活費足りなければ援助するから。命の方が大切でしょ。終わりの日なのよ」

「いや、終わりは当面来ないと思うから仕事はちゃんと続けます」

「組織はすぐにでも来るって言っているでしょ！」

「組織は九五年の教義変更で、いつ来るか分からないって言っているよ」

「なんであなたはそんなに霊的なことに関心がないの」

「集会とか伝道みたいな物理的な行為が霊性を決めるとは思っていないから」

「組織に従うことが霊性の守りなのよ！」

「じゃあ、そこまで言うんだったら、自分がスーパーでレジ打ったら。銀行員の奥様はノンキでいいよね」

「霊的なことが第一でしょ。一体何をベテルで学んだの」

「ごめん、ベテルを出て生活して学んだのは、僕の貧乏とエホバは関係ないということ。そして集会三回と僕の霊性も関係ないから。仕事は続けるから放っておいて」

「あなたはエホバが助けてくれるって信じていないの？　集会に欠かさず行くのがエホバのご意志なんだから。信仰していけばエホバが必ず助けてくださるのよ」

皮肉なことに程なくして、エホバのご意志ではどうにもならないことが起きた。私の妻が妊娠したのだ。問題は医者に切迫流産だと診断されて家から出るなと告げられたこと。結果的に一年間、妻は伝道にも集会にも行くことができなくなった。彼女は私と違って、集会や伝道をずっと真面目にやっていた。そんな彼女が物理的に集会に行けなくなったわけだ。その状況を見て、母親の言葉は間違っていると思った。エホバのご意志が「必ず集会に行くこと」であれば、妻が集会に行けなくなる訳がないからだ。他の信者なら、それはサタンの邪魔と言うかもしれないが、私は自分の妻の妊娠がサタンからのものであるとは考えられなかった。

この時から私も妻も心のどこかで、「どうやら神のご意志は全てに働くわけではない」と思うようになった。この時に妻が集会に行けなくなったことは、数年後に私たち夫婦が、宗教の洗脳から抜けるのに橋渡しをするものとなった。今思えば、この時から私たちの息子はメッセージを送っていたのかもしれない。

エホバは本当に家庭を幸せにしてくれるのか？

日本に引っ越してから、高校時代の小金井の萩山姉妹の家に遊びに行った。あいかわらず賑やかな家族であった。そして頑固オヤジはあいかわらず頑固であった。ところが、姉妹が嬉しそうに写真を持ってきた。そこには、頑固オヤジが集会場で家族と一緒に写真に写っていた。写真は証人たちが一年に一度祝う記念式の集まりだ。

「パパが記念式に来てくれたのよ」

「えー！　オヤジが記念式に行ったの？」

これには驚いた。遂に彼も集会に行く気になってくれたのか、と私も少し嬉しかった。しかし萩山姉妹のクリスチャン信条は、夫婦間での不和の要因をいくつか作り出していた。

「彼はクリスチャンじゃないから、理解しないでしょ。でも、こっちはエホバのご意志だから仕方ないじゃないの」

運転しながら彼女はそう言ったが、私は考えさせられた。エホバは家庭を幸せにしてくれないのか?

それからしばらくして、権太坂会衆の三角さんという姉妹が私のもとにやってきた。自分の主人に話をしてもらえないか、とのことだった。彼女のご主人は反対者の未信者であった。三角姉妹は熱心だったので、娘の教育方針に関してご主人と意見が大きく対立していた。

証人たちの見解では、「たとえ未信者であっても、妻は夫の指示に従うべき」となっている。ところが、これには一つだけ条件がある。「エホバの指示と食い違わなければ」である。大抵、未信者の方針は証人の教義とは相反するのだ。そこで最終的には主人の言うことよりも「エホバのご意志」が優先されることになる。三角姉妹は娘の教育方針に関して、夫の考えよりも、組織の指針が優先されるべきだと考えていた。それは証人からすればごく当然のことだ。

言うまでもなく、彼女の夫はものすごく腹を立てていた。そして長老たちとの一切の話の場に応じようとしなかった。でも私であれば、彼は会ってくれるだろうと思っての相談であった。

「証人大反対で、とても難しい主人なので、なんとかお願いします」

私はおそるおそる三角さんを訪ねていった。実際に会うと、普通の良識ある感じの良いご主人だった。

「証人からの話は絶対に聞きたくないが、特別にあなたの話は一度だけ聞いてあげるから」

そう言って一時間程話し合ってくれた。その時私は、三角さん（ご主人）はとてもまっとうな人である、という印象を持った。結局、ご主人は「証人たちの欲求には絶対に折れない」という結論をくった。しかし私はその帰り道に、再び疑問をいだいた。

「あのようにまともなダンナさんとの結婚生活に不和を起こすなんて、エホバの真理とは一体何なのだ？」

それからしばらくして、ご主人は信条の違いに耐えられないと言って妻と離婚して家を出ていった。そして母親と娘が取り残された。会衆の成員は、「世の男性は身勝手よね」と彼女を励ました。それから彼女は、生活のために介護士を始めるようになった。母親が家にいる時間が少なくなったので、娘は孤独感を深めていった。何よりも夫婦の不和を母親のせいにしていたので、怒っていた。そして三角姉妹は、以前は伝道に出られた時間も、介護の仕事にあてざるをえなくなった。エホバのご意志は彼女が離婚をして、伝道時間を減らすことだったのだろうか？　これを見ていて考えさせられた。

「もしこの奥さんが証人になっていなければ、普通に幸せな家庭をキープできていたのではないだろうか？」

狭い門と組織拡大の矛盾

一〇年ぶりに武蔵境の集会に行ってみた。そして驚いた。昔活気のあった会衆が高齢化しており、辛気臭いどんよりとした空気が流れていた。王国会館に入って、「え⁈」と一瞬足が立ちすくんだ。

「どう見ても神の幸せな民には見えないぞ。どこかのカルト教団っぽいぞ」

昔いた子供たちは大きくなり、みんな違う会衆に出ていっていた。残っているのは親だけだ。しかし区域の飽和化で新しい研究生が見つからないので、若い世代が増えない。すると会衆は、一気に高齢化し過疎状態になる。これは私にまた疑問を投げつけた。

「伝道して信者を増やすのがエホバのご意志であれば、なぜ研究生が増えないんだ」

証人たちは成員が増加すると、「会衆がエホバによって祝福されている」と喜ぶ。そして研究生が全く増えないと、「サタンからの邪魔よ。耐えましょうね」と励ましあう。そうすると、次の素朴な疑問が出てくる。

「サタンが邪魔をして成員が増えない会衆がある。ということは、この区域ではエホバがサタンに負けていることになるのか？」

そうでなければ、エホバは一体どういう基準で、「この会衆は祝福して成員を増やして」「この会衆はサタンに邪魔をさせて減らそう」と決めるのだろうか？　これは私の中で大きな謎となる。他の信者に聞くと「それはエホバに委ねられているから分かりませんね」としか返ってこない。

もう一つ根本的なパラドックスがあった。証人たちは伝道して信者を全世界に増やすために活動している。信者が増えればとても喜ぶ。だがもし、世界中の人がみんな信者になったら、聖書との矛盾が生じてしまう。

『狭い門を通って入りなさい。滅びに至る道は広くて大きく、それを通って入って行く人は多いからです。一方、命に至る門は狭く、その道は狭められており、それを見いだす人は少ないのです』（マタイ七章一三、一四節）

組織の解釈では、人類のほとんどは滅びへの広い道を歩いているという。だから信者の多いカトリック教徒や仏教徒は滅びに至る広い門を通るという。証人たちは人数が少ないので、狭い門を通っていることになる。つまり真の組織である根拠が「信者が少ないから」なのである。ということは、証人たちの数は増えるべきではなく減るべきなのだ。理屈で言えば、証人たちより少ないオウム教団の方が狭い門だ。狭い門と成員拡大のための伝道活動は矛盾していると思った。

二〇一〇年の統計では、エホバの証人の数は世界中で約七五〇万人である。日本国内では二二万人弱の信者がおり、会衆の数は三一一八となっている。この二二万人という数字は、他の教団にありがちな、籍を入れているだけの信者数とは意味合いが異なっている。成員のほぼ全員がアクティブな伝道者であることが義務付けられているからだ。この統計は毎月必ず伝道と集会に出ている信者の人数である。日本の人口比率からすると数え方によるが五〇〇〜六〇〇人に一人となる。ただし都会のような人口密度の高いところでは二〇〇〜三〇〇人に一人になるとも言われている。ハワイでは一時期一五〇人に一人と言われていた。こうなると必ず街のどこに行っても証人たちに会う。

証人たちの人数が増えてくると、新しい研究生を見つけることは困難になる。だから毎日の伝道が単調なベル押し作業で終わってしまう。近年は、セキュリティ付きのマンションが増えたため、一軒一軒回りにくくなっている。また生活の多様化により、留守の家が増えた。こうして救いの道は、より狭くなっていくのである。

協会への寄付に関して

私は集会で王国会館に行くと、広場にある寄付箱に千円札を折りたたんで入れる。証人たちの寄付は完全に自発的なもので、強制的に強要されることはない。王国会館に行くと二つの種類の寄付箱がある。信者はどちらの寄付箱に寄付を入れても良い。

まず一つ目の種類の寄付は、地元の活動のための寄付である。集会場である王国会館には大きく分けて二つの種類がある。一つは借りている物件。この家賃はその会衆の成員の寄付によって賄われる。もう一つは組織が所有する王国会館。この場合は家賃の名目でローン分割が支部に払われる。いずれの場合にせよ、一つの会衆だけで賄うのは大変なので、通常二つから四つの会衆で会場を時間で分けてシェアをする。また家賃の他に、光熱費を含む地元での活動のために使われる。集会で毎月掛かった経費額と集まった寄付が発表される。会衆によっては寄付額が足りずに、長老が自発的に差額を埋める場合もある。

二つ目の種類の寄付は、直接協会（支部）に送られるものである。証人たちが伝道で配る出版物は自発的な寄付によって賄われる。以前は安いけれど価格が決められていた。しかしフランスで「売っているのであれば税金をとる」という問題が起きたため、価格制度は撤去された。証人たちは王国会館のカウンターで注文した書籍を受け取る時に、寄付箱に自発的に寄付を入れる。

他のキリスト教会では寄付を入れる網が回される。小銭を入れられないように網の下に穴がついていたり、寄付した人の名前と額が多い順にパンフレットに出たりする所もある。そんなことから証人たちは、世の教会は寄付を強制的に集める金欲にまみれた教団だと顔をしかめる。

とはいえアメリカでは、しばしば協会に対する金儲け体質が非難される。ものみの塔の出版物では土地、財産贈与、株式、生命保険金の受け取りも寄付として受け付けますよと告知している。また数多くの不動産を売買しており、株による運用も行っている。

少し前は、協会が軍事産業とタバコ産業の株を保有している資料がネットで流出して問題になった。信者たちは、「組織からそんな話は聞いたことないから信じない」と答えるが、そんな不利な情報を組織が信者に教える訳がないだろう。

ベテル奉仕者の生活も、この協会への寄付によって賄われている。ベテル奉仕者は住むところと食べ物は提供されるが、それ以外は全て自分持ちであった。アメリカで本部から支給される手当ては月に約一万円だった。ほぼ何もできない額である。集会に行くための交通費で半分なくなり、あとの半分は消耗品でなくなる。だからベテルにいた時はマクドナルドに行くこと自体が贅沢であった。本当にお金がなかったので、よくフライドポテト一つだけを頼んで二人で分けていた。

ベテルに住んでいない地域監督や巡回監督も、たいした額はもらっていない。会衆や各成員からもらうお小遣いを足しにしているぐらいで、決して贅沢はしていない。

統治体に関しても、彼らに支給される額は通常のベテル奉仕者と変わらない。ただ統治体になると、協会から普通のエコノミー車を一台支給される。私はバリー兄弟を含めた他の統治体の兄弟を近くで見ていたが、いたって普通のベテル奉仕者の生活であった。時々、「ものみの塔も幹部が金儲けをするために、信者から寄付を吸い上げている」という批判を聞くが、これは若干疑問である。確かに二代目のラザフォード会長の時には彼がかなり浪費したという資料が残っており、ネットでもたくさん出回っている。しかし他の歴代の会長が私腹を肥やした話や証拠は出てきていない。

協会は個人の資産よりは、教団としての所有に熱を入れているのだと思う。ニューヨークでもベテル奉仕者のための工場施設や農場を建設するのに熱心だ。また自分たちの巡回大会ホールを建設したりしている。しかし決して他の新興宗教のように豪華な建物ではない。極めてシンプルで機能的なつくりだ。

血を流す輸血問題

憲法は信条の自由を保障している。しかし、この自由をどこまで保障するかに関して、宗教と社会の間でしばしば摩擦が起きる。アメリカでは過去に、証人たちが伝道で勝手に家を回ることができるかどうかで裁判沙汰になった。興味深いことに証人たちの数多くの裁判での勝利は、結果的に他の教団にも恩恵をもたらしてきた。なぜなら証人たちの勝ち取った判決のおかげで、他の教団の宗教活動も信仰の自由として保障されるようになったからだ。宗教からすれば勝利だが、無宗教の人から見れば迷惑な話だから、複雑な心境になる。

日本においては、一九九一年に神戸の高専で、剣道を拒んだ五人の生徒にからんで裁判が起きた。学校側が生徒を退学処分にしたため生徒側が告訴した経緯がある。また隣の韓国では、証人の若者たちは徴兵制度とぶつかってしまうことになる。その時は国が規定する処罰を受け入れる。

たぶん日本で一番問題となったのは、一九八五年に勃発した、輸血問題だろう。四〇歳以上の人でないと覚えていないと思うが、「大ちゃん事件」として知られる事件が起きた。この輸血事件がメディアでも大きく報道され、ビートたけし主演のドラマにもなった。

神奈川県川崎市高津区の交差点で、小学五年生の少年、大ちゃんが自転車に乗ったままダンプカーに巻き込まれた。大ちゃんは病院に運ばれたが、輸血を施さないと死んでしまうと医者は宣言した。しかしエホバの証人であった両親は、信仰上の理由で子供への輸血を拒否した。大ちゃん本人は「生きたい」と言いながら戻らぬ人となってしまった、と報道された。この事件の詳細に関しては大泉実成の著書『説得――エホバの証人と輸血拒否事件』に鮮明に記されている。

証人たちはこのバッシング報道を、「捻じ曲げられている」と話し合っていた。病院側が輸血をすることにこだわって、何時間も少年を放置したから亡くなったという。私は当時中学生だったが、未成年だったので、自分も同じ立場に立たされる可能性があることを承知していた。母親や姉妹たちからは、「輸血は絶対に避けないと、エホバに忌み嫌われるからね」と告げられた。

病院側としては、輸血をしなかったがゆえに患者を死なせて訴えられることを恐れる。そこで組織が用意したのは「輸血拒否カード」である。当時は、年に一度奉仕会でカードが配られ、みんなでその場でサインをした。私も自分でサインしたカードを持っていた。カードには「輸血をしないで死んだとしても病院を訴えない」といった主旨が書いてある。現在は強制的に組織的にサインさせられたと言われないように、集会でみんなでサインすることはなくなった。だが家でサインしているので、信者はみんなこのカードを所持している。

組織に輸血禁止の教義が導入されたのは、一九四五年である。左記の聖句が元になっている。

『生きている動く生き物はすべてあなた方のための食物としてよい。緑の草木の場合のように、わたしはそれを皆あなた方に確かに与える。ただし、その魂つまりその血を伴う肉を食べてはならない。』（創世記九章三、四節）

『偶像に犠牲としてささげられた物と血と絞め殺されたものと淫行を避けていることです。』（使徒一五章二九節）

旧約聖書と新約聖書の両方に「血を避けろ」と述べられているので、これは現代でも適用されると考える。だから血抜きをしていない肉は食べない。証人たちが鯨の肉を食べない理由はここにある。当然、すっぽんの血を飲むこともない。ユダヤ教徒もこの教えを現代でも守っており、特定の方法で血抜きをした「コーシャ・フード」認定の肉しか食べない。証人たちはこの血の規定を拡大解釈し、「血を食べてはならない」とあるので、「血を体内に入れてはならない」と主張する。医療行為であっても、チューブを通じて血を入れるのは神の規則を破ることになる。もしこれを破ると信者は排斥となるので、証人にとってはエホバから裁きを受けたのと同義語になる。だから証人たちは「輸血」という言葉を聞くと、心底おぞましいと感じる。

私自身、エホバからの是認を受けることが優先事項で、死ぬこと自体はどうでもいいと思っていた。仮に死んでも楽園で復活させてもらえる。また大ちゃん事件に関して言えば、確かに自分の子供を失う事実は辛いが、それよりもエホバの律法の方が重要である。亡くなった子供とは将来楽園で再び会える希望がある。

証人たちからすると、強制的な輸血は身体的なレイプと同じである。だから信者が意識から回復して強制的に輸血をされたと知ると、大きなショックと怒りと悲しみを感じる。これが原因で信者が病院を訴訟したケースは数多くある。読者からすると、狂った人に思えるかもしれないが、世の中には大義のためになら死を厭わない人がいるのだ。自殺テロを志願するイスラム教徒がそうだし、戦時中であれば特攻を志願した勇士もそうだ。

公平な意見を述べると、輸血行為には危険な副作用が伴うのも事実である。また輸血用の血がＨＩＶに感染していたがゆえに、大きな医療事故（ミドリ十字は承知していたので事件というべき）が日本で起きたのも同じく八〇年代である。輸血の安全性に関しては議論の余地が残るところだ。

協会ではこのような事件を防ぐために、「医療機関連絡委員会」というものを設置した。全国的に組織されたメンバーから成っている。地元で輸血がからむ事件が起きるとすぐにかけつけて、無輸血治療を施す協力病院に繋ぐ。必要であれば患者の変わりに医師に対して専門的な説明をし、信者にも必要な情報を提供する。

この輸血拒否の教義は何かと様々な複雑な質問提起を招く。まず、他人ではなく自分の血を事前に採り置きしておく分にはいいのか？（一度体内から出したものはアウト）。あるいは人工透析のように自分の血が機械を経由して体内に戻すのはいいことなのか？（循環の一部と見なされるのでグレイゾーン）。そして一番難しい質問が、血液の部分的な成分だけであればどうなのか？　実際この質問は大きな衝撃を信者内に与えることになる。

どよめきは二〇〇四年六月一五日号の、「ものみの塔」誌の記事から始まった。教義上では、血液製剤を使用することは禁じられている。しかし、血液成分の「分画」であれば使用しても大丈夫という見解が掲載されたからだ。協会の意図は、新しく出てきたヘモグロビンを使った代用血液を受け入れられるようにするための処置であったと言われている。これは大勢の信者に困惑をもたらし、アンチ証人たちからはネットでバッシングの対象となった。

「血液はダメだが成分をバラバラにすればいいのか、偽善者！」

こんな調子だ。このスープは食べちゃダメだけど、具を一つずつ摘み食いする分にはいいよ、という論法に近い。信者にとって混乱を招いたのは、血液の分画の分け方に明確なガイドラインがなかったことだ。医療業界の中でも異なった分類方法があるので、「これ！」という絶対的な方式がない。素人である信者からすれば、全てがグレイゾーンの域になってしまった。

この件は信者であった私にとっても考えさせられる一件となった。輸血はいけないという聖句はそもそも何を意味していたのだろうか？　当時の私が出した結論は、「聖書が言っているのは遺伝子を混ぜるな」である。旧約聖書の中では血筋が何よりも重んじられており、子孫に対する責任も含んでいた。だから自分が責任を取れない子をつくらないために、淫行も禁じられているのではないか。つまりこれは、他の人からの遺伝子を混ぜるな、ということではなかろうか。だからもし私に見解を求めるのであれば、「その分画が遺伝子を含んでいないのであればＯＫ」である。もっとも、これは今でも私が証人であれば、の話ではあるが……。

ちなみに組織は信者には知らせていないが、九八年にブルガリア政府から宗教団体として公認を受けるために取引をした。公認の見返りに、「信者は輸血を自由に選択でき、制裁を加えない」を条件に調停をしている。そのうち協会は、輸血について「良心の選択」として決断を信者に委ねるような教義変更をするのではないだろうか。

ネットはサタンと背教者の巣窟？

日本に来て一年以上経ち、私は某BSデジタル放送局の企画の仕事に就いていた。この時、海老名支部は「国際大会」を準備をしていた。世界各国からの信者たちを団体で呼び寄せるという大会である。協会はこれを、その国での広報目的で何年かに一度執り行う。そのため広報委員会なるものを設置して、メディアに対して広報活動をしようとしていた。そしてメンバーの一人から、私が勤めていた局でも扱ってもらえないか聞いてほしいと頼まれた。

さっそく局員に相談したら、しばらくして彼から言われた。

「お願いされたやつさ、ネットで調べたんだけどいろいろと問題が多いよね」

その時、私は初めて気が付いた。

（あ、今は証人のことをネットで調べちゃうんだ……）

二〇〇〇年当時は、ネットが普及し始めたばかりであった。私の中ではネットで組織のことを検索するという発想がなかった。しかし世の人がネットで情報を得ているのであれば、私も対応できるように調べておこうと思った。そして家に帰って「エホバの証人」で検索をかけた。

ドキッ！

一瞬、体が凍りついた。心臓が止まるかと思った。明らかに「背教者」と思われる人々が協会に対するアンチ発言を行っている。冷汗が出てくる。この時まで、背教者の主張に具体的に接することはなかった。

「背教」、これは証人たちがサタンの次に恐れる言葉である。神の教えから背いた人のことである。証人たちからすると、組織の教義から寝返った人は聖書とイエスを捨てたのと同義語である。人は弱さゆえにセックスをしてしまって排斥されることはあるかもしれない。しかし行状を悔い改めれば「復帰」できる。背教者は違う。意図的に、確信を持って、組織を裏切り自ら悪魔に魂を売り渡す人である。

「背教」という言葉は聖句には出てこない。しかしこの言葉は「反キリスト」という言葉に象徴される。

『今は終わりの時です。そして、あなた方が反キリストの来ることを聞いていたとおり、今でも多くの反キリストが現われています。このことから、わたしたちは今が終わりの時であることを知ります。』(ヨハネ第一　二章一八節)

クリスチャンは、反キリストをサタンと同様に恐れている。ロック・ミュージシャンのマリリン・マンソンも子供の頃、クリスチャン・スクールで教えられた、反キリストを死ぬほど恐れていた。後にその反動で自ら、「アンチクライスト」を名乗るようになる。キリストに逆らうという概念はクリスチャンからすると死罪もいいところである。

『霊感のことばは、後の時代にある人たちが信仰から離れ去り、人を惑わす霊感のことばや悪霊の教えに注意を寄せるようになることを明確に述べています。』（テモテ第一　四章一節）

『わたしは、兄弟と呼ばれる人で、淫行の者、貪欲な者、偶像を礼拝する者、ののしる者、大酒飲み、あるいはゆすり取る者がいれば、交友をやめ、そのような人とは共に食事をすることさえしないように、と書いているのです。』（コリント第一　五章一一節）

今まさに信仰から離れて信者を惑わす人たちの意見が、私のパソコンの画面に出てきているのである。聖書はこういう人たちとは食事すらしてはならないと言っている。もしモーセの時代であれば、石打ちに処して殺せと明確に書いてある。そんな人たちの惑わしの言葉がネットで待ち構えている。考えただけでも恐ろしくなった。

ネットが普及する前は、証人たちは背教者の存在から離れているように、と警告を受けるだけであった。実際に背教者が何を主張しているかを知ることはなかった。私がベテル本部にいた時は、年に一度、背教者が団体でバスに乗ってプラカードを持って、抗議しに来ていた。奉仕者たちは道で彼らから話しかけられるが、無視して歩いた。プラカードには、「ものみの塔は預言を外している」「ハルマゲドンは本当か？」と書いてあったが、当時の私にはその意味が分からなかった。このデモの日に大雨が降ると奉仕者たちは、「エホバは私たちの味方をしてくれた」と言いながら愉快そうに話し合っていた。

本部の近所には、頻繁に出没する「Mr.コーヒー」というあだ名の背教者のおじいちゃんがいた。奉仕者が昼時間に道を歩く時間になると、「コーヒー反対」というプラカードを持って立っていた。そして「証人たちはコーヒーを飲む偽クリスチャンだ」と大声で言いながら歩いていた。

ものみの塔は、エホバからいただいた身体を毒するという理由でタバコを禁じていた。そうであればカフェインを含んだコーヒーも禁止にするべきだ、とこの人は主張していた。実際にモルモン教徒はコーヒーとアルコールを禁じている。だからハワイのポリネシア・カルチャー・センターに行くと、モルモンが運営しているので昔はコーヒーを売っていなかった。

エホバの証人の背教者で一番有名なのは、レイモンド・フランズである。本部で統治体の一人であったが、他の委員と見解が異なるゆえに一九八一年に排斥された。それ以降、彼はエホバの指示を受け入れなかった傲慢な背教者とされている。彼が記した著書『良心の危機』は証人たちにとっては禁書となっている。この本には、統治体がどのように教義を決定したり変更しているかの詳細が書いてある。私も教団を離れる際に、彼の本を入手して読んだ。彼の率直で誠実な姿勢に感銘を受けた。それで彼に手紙を送ってみたら、丁寧に直筆で返事をくれたので感動したのを覚えている。二〇一〇年に亡くなられたが、最後までたくさんの元信者からの相談にのっていた。

自宅で初めて、「エホバの証人」をネット検索をした私は焦った。最初に思ったのは、「ヤバイ」の一言であった。組織も同じくまずいと思ったらしく、程なくして集会で、「ネットに気を付けるように」という協会からの手紙が読まれた。「ものみの塔」誌や「王国宣教」というニュースレターではさかんに、「ネットはサタンの罠である」と書いていた。まず最初に、ネットで不道徳なアダルトものが簡単に見られてしまうので、いかにネットが危険であるかを強調する。そして付け足したように、「背教者もうようよしているので、協会に関してもネット検索しないように」と書いてくる。

またしても貧乏、ひっくり返る評価

テレビ局で企画をしていたが、下請けの制作会社からの出向だったので、給料は局員の半分以下であった。同じように毎晩夜中まで残業をしても、局員と違って私には残業代は出ない。ボーナスも雀の涙程度だ。それでも小さい制作会社にしては、精一杯やってくれたと思う。テレビ局の正社員と一緒に仕事をしてみると、彼らと私の能力に大して差があるように思えなかった。しかしこっちは給料は半分以下でいつもお金がない。大学に行って正社員になっていれば、給料も待遇も良かっただろうに、と悔しくなった。本当に生活がきつくて、靴底が剝がれた靴を履き続けていた。

ある暑い日の帰宅途中、品川の駅内の自動販売機で缶コーヒーを買った。お金がもったいないと思ったが、自分へのご褒美だった。そしてコーヒーを口にしたら、涙がこぼれて抑えられなかった。毎晩夜中近くまで残業をしながら、缶コーヒーを買うのがやっとという自分が情けなかった。

そして週に二度は、苦労しながら集会にかけつけても、必ず遅刻する。長老たちは何も言わないが残念そうな表情でこっちを見る。そして母親から電話が掛かってくるたびに、そんな仕事は辞めて開拓奉仕をしろと叱られる。一体オレが何をしたというのだ⁉とむしょうに腹が立ってくる。

この頃から私は、仕事と学歴に関して、大きなジレンマとフラストレーションとコンプレックスを抱えるようになる。一番最悪な三つのコンビネーションである。

私がブルックリンでベテル奉仕をしていた時は、長老も親も皆、私のことを褒めていた。

「エホバに全てを捧げるのは素晴らしいことだ。エホバからたくさんの祝福がありますよ」

同時期にニューヨークの会衆にいた同年代の友達は、ほとんどが大学に行っていた。

だから長老も親も批判っぽく言っていた。

「彼らは世俗のゴールを目指していて、集会も休みがちで霊性が下がっています」

だがわずか数年後に、組織は高等教育は受けてもいいという公式の見解を出す。その時の友達は、皆大学を卒業して金融関係やエンジニアなどの高給取りになっていた。そして今では経済的にゆとりが出てきたので、週末の伝道時間を増やして補助開拓をしたりしていた。

「あの兄弟は、いい仕事に就きながら補助開拓もやっているわよ。あなたは、集会にもちゃんと行かないで、霊性が下がるばかりじゃない」

ここにきていきなり、今までの積み上げとは裏腹に評価がひっくり返った。私はとても悔しい思いを噛み締めた。

「自分の夢を全て犠牲にした結果が、このザマか」

私は、自分の人生の選択を誤ったのかもしれない。悔やんでも悔やみきれない。そして私は、コーヒー缶を片手に心に強く誓った。

「どうせ人の評価は変わるのだから、長老と親の言うことは絶対に聞かない」

ゲイで悩む兄弟

ゲイというトピックに関して、私には忘れられない件が一つあった。それは日本にある英語会衆の外国人の兄弟だった。とても仲良くなったのだが、ある時彼が深刻な顔で切り出した。

「のりにだけ言うけど、実はボクはゲイなんだ」

「え、あ、そうなんだ」

返事に困った。協会ではゲイは排斥の対象だからである。どう対応したらいいのか分からなかった。

「で、エホバに繰り返し祈ったんだけど、やっぱり自分が持って生まれたものは否定できなかったんだ」

そう言って、過去数年間にわたる彼の努力と葛藤に関しての話をしてくれた。

「だから近いうちに長老に告白して、排斥の処置を受けようと思っている」

「それで本当にいいの？　なんとかならないの？　例えば女とエッチしてくるとかさ……」

「女の裸を見ても興奮しないから」

「そんな！」

「のり、初恋の時に誰を好きになった？」

「え、女の子だけど」

「ボクにはそれがない。最初から初恋の相手は男だった」

それを聞いて考えこんでしまった。子供の時、最初からそうなのであれば、本当に生まれつきなのだろう。生まれつき持っているものに対してはどうにもできない。それを与えた神の方が悪いに決まっている。彼もそう思っていた。

「なぜ自分にこんな心をエホバが与えたのか、恨めしい」

彼の表情には悔しさよりも悲しさが出ていた。私は彼と会えるのが最後だったので、残すべき言葉を捜していた。

「気休めにしかならないと思うけど、エホバは組織や聖書がいう方法で人をスパッと切らないと思うよ。それぞれの人に合わせてくれると思うから。だから排斥されても、エホバから見放される訳ではないからね」

私は帰りの電車で、彼のような人はどうしたらいいのか考えていた。いや、逆だ。エホバがどうしたらいいのかを考えた。

証人の家族にゲイの傾向を持って生まれてきたら、そこに解決策や逃げ道はない。最初から無条件でエホバに対する忌むべき存在として扱われる。聖句にはこう書いてある。

『また、男が女と寝るのと同じようにして別の男と寝るなら、そのふたりは共に忌むべきことを行なったのである。彼らは必ず死に処せられるべきである。』（レビ記二〇章一三節）

プロテスタント色の強いアメリカでは、ゲイに対するバッシングがたびたび起きる。ゲイであるというだけの理由で、リンチにかけられた記録が数多くある。一九九八年には、マヒュー・シェファード君という二一歳の若者が、ワイオミング州でリンチを受けた。杭に繋がれて暴行されたまま放置され、一八時間後に亡くなった。二人の青年は犯行動機を、「彼がゲイだったからだ」としている。葬式の時には、遠くから信心深い牧師が、「神はゲイを嫌っている」というプラカードを持ってやってきた。また、オクラホマにある学校の教師が、この事件を授業で課題として扱ったところ解雇された。この地域一体は、保守的なキリスト教徒が多いバイブル・ベルト地帯であるからだ。

今であれば言えるのだが、実はギリシャ語聖書には同性愛を断罪する聖句がない。少なくともイエスは一切言及していない。イエスが常にヨハネと寄り添っていたので、二人はゲイだったと主張するリベラル派もいるくらいだ。パウロがローマの書で同性愛行為に対して言及している。しかしそれは行為そのものでなく、神殿男娼（異教徒宗教そのもの）を糾弾しているだけであるという見方もある。

ヘブライ語聖書では同性愛は死刑だとある。しかしイエスの新しい律法の後もモーセの古い律法は有効なのか？　という議論がある。もしモーセの律法の規則をそのまま当てはめるべきだと言うのであれば、反抗的な子供は皆、石打ちの刑にされないといけない。浮気をした人も同様に死刑だ。また、月経の女性は穢れているので七日間、人と接触してはならない。そして当然豚肉は食べてはならない。果たして全てのクリスチャンはそうしているのだろうか？　ヘブライ語聖書の細かい規定に照らし合わせれば、我々は全て死に処せられるべきだ。

ちなみにタイなどの多神教ベースの国ではゲイが多い。多神教の日本でも戦国時代の名だたる将軍たちはバイセクシャルであった。日本で同性愛行為が異常だと見なされるようになったのは、明治維新に黒船とキリスト教が入ってきてからである。現在の結婚、婚前交渉、性道徳に関するモラルはこの時に一神教の影響を受けたものである。日本ではもともと祭りなどでお寺での乱交があたりまえであった。

キリスト教は一夫一婦制を厳しく定めている。しかしヘブライ語聖書の登場人物は皆、好きなように複数の異性と関係を持っていた。ソロモンは一〇〇〇人の女性を囲ってハーレムをつくっていた。クリスチャンと聖書の提唱する道徳基準には、大きな隔たりがある。

友人の排斥

権太坂で新しい王国会館が建てられた。同じ会衆のＲＢＣの兄弟は、毎日嬉しそうだった。そして権太坂会衆は人数が増えていたので、「分会」して二つの会衆に分かれた。その時に隣の区域の会衆の成員が半分加わることになった。そしてこの時から、会衆の雰囲気が大きく変わった。隣の保土ヶ谷は、とても地味で保守的な兄弟姉妹たちばかりだとは聞かされていた。実際に会衆が合併したら、一気に会衆が保守ムードに傾いていった。それから会衆全体の規則が無意味に増えていって、二世たちの遊びの範囲も狭められていった。

権太坂会衆の元の会衆から引き続き一緒だった二人の若い熱心な兄弟がいた。この二人はクリスチャンを絵に描いたような雰囲気を持っていた。話し方が穏やかで声がソフトであった。私の母親はこういうタイプの兄弟を模範的だと言っていた。そして、なぜ私がそのようになれないのか毎回ぶつぶつ言っていた。私から見ると日本の兄弟のソフトな声は気持ち悪かった。常に呼吸を半分しか吐かないで、しゃべっているようであった。でも、この二人組は違った。声の通りも良かった。かなりの人格者でもあったので、私も一目おいていた。

彼らの母親は二人の子供が小さな時から熱心なクリスチャンだった。しかし彼女の夫は証人たちに大反対で強行手段に出た。子供たちが集会に行くのを見ると、子供を柱に縛りつけて殴打したという。後に夫は離婚して家を出ていったので、現在は親子三人で暮らしていた。このような壮絶な経験をしていたので、会衆では信仰の鏡だとされていた。今思うと、カルトの母親と暴力の父親のどっちがまともだったのかの判定を下すのは難しいところだ。

この頃、私は同じ会衆であったタイチと仲が良く、二人で音楽を作曲したりしていた。その時に二人でよく聖書や組織に関して話し合っていた。そんな彼がある日、深刻な顔をしてやってきた。

「のり、実はオレ、次の集会で発表があるんだけど、排斥になるんだ。だから今日話せるのが最後」

「え、そうなの？　それは大変大変」

これから最低一年は彼とは会話も挨拶もできないことになる。日本の長老の判定は厳しいから二年話せないかもしれない。

タイチの排斥は翌日集会で発表された。ちょうど寒い冬にさしかかる頃だった。集会に来ても彼は誰からも声をかけてもらえない。そして排斥されたという罪悪感を抱えながら、黙々と孤独感のうちに過ごすことになる。彼がこの強烈な孤独の冬を一人で過ごすと思うと、かわいそうでならなかった。

それで私はこっそりとタイチにメールを送ったり、ＣＤを渡したりしていた。ある日、それを妻が見つけた。普段怒らない性格の彼女が、その時は強く怒った。

「どんな理由であれ、排斥者とやりとりしてはいけないの！　分かってる？　今度やったら長老に言うから」

通報されると私も審理委員会にかけられるかもしれない。しかし、しかし、なんか違う。こんなルールは人道的に反するのではないか？　それからしばらく考えて思った。

「人の道に反しておきながら、神の道もくそもあるわけがない」

拍車のかかるネガティブムード

会衆の雰囲気は引っ越してきた時と比べて、どんどん地味で暗くなっていく一方だった。この頃は会衆の成員といるのがつまらなくて仕方がなかった。何かとすぐに「つまずく」と発言したり、どんなことでもサタンのせいにする信者の言動に嫌気が差した。会衆の仲間と食事をしていても、彼らの会話がとても下らなく聞こえた。いい歳をした兄弟姉妹が集まって話すことといえば、「エホバからの祝福ですね」ばかりだ。最近私が訪ねていった武蔵境会衆のように、雰囲気がだんだんと陳腐化していくのが分かる。とてもじゃないが、エホバからの祝福があるようには思えない。また、信者は聖書を愛していると口では言っていたが、大半は聖書の深い部分には興味がなさそうだった。

何か質問をしても、出版物にある文章をそのまま引用したような模範解答しか出てこない。聖書の深い話になると、会話が途切れる。伝道では聖書の意味よりも、洗濯の話に精を出している。そして、生活の中で、どれがエホバの祝福で、どれがサタンかの話は盛り上がる。姉妹たちの会話を聞いていると、お寺にご利益があるのでお参りに行くような感覚で話をしている。とりあえず聖書をやっておけばエホバの祝福があり、サタン除けになる。そんなおばちゃん姉妹たちを見ていて気がついた。

「そうだよな、この人たちは日本人で、もともと仏教なんだよな。生活にキリスト教の基盤がないから、クリスチャンとは何かなんて、興味ある訳ないよな」

ま、別にそれでもいいとは思う。ただ不思議な疑問が出てくる。

「クリスチャンの土台がないのに、なぜこの人たちはそこまで熱心に証人をやっているのだ?」

なぜクリスチャンをやっているのか? という質問に、姉妹たちは口を揃えていう。

「もちろん、楽園に入るためよ」

「じゃあ、もし楽園という制度がなくなったらどうします?」

「楽園がないんだったら、意味ないじゃない」

姉妹たちはきょとんとしながら言う。確かに正しい答えなのだが、私はこのご利益主義的な姿勢がイヤになってしまった。

私は真面目に、エホバへの忠誠を第一に考えてきた。もし全てを全うしたにもかかわらず、ハルマゲドンで滅ぼされても、文句はない。全能の神が決めるのだから、私に不満はない。それぐらいの意気込みで信仰を抱いていた。それがここにきて、私の母親を含めた信者の「命がかかっているのよ」の言葉に不快感を持つようになった。

「命がかかっていなくてもやるべきではないのか?」

同時に、この頃から巡回大会に行くのが辛くなった。プログラムでは成員たちを鼓舞するために、証人生活を頑張っている兄弟姉妹へのインタビューがある。一昔前は、「どうやって未割り当ての区域で会衆をつくりあげていったか」といったポジティブなものが多かった。しかし区域が飽和状態になるとそういう経験談もなくなってくる。すると今度はネガティブな経験談が増えてくる。

演壇に兄弟姉妹たちが出てきて語る自分の体験談が、全部不幸話のオンパレードだ。インタビューを受ける信者が、自己紹介をする。そして司会者が質問をしていく。

「姉妹は集会に通うために多くの困難を乗り越えているとお聞きしましたが、それはどのようなものでしょうか？」

「真理に対して反対者である夫は、集会に行くたびにいろいろな暴力を加えてきました」

「それはどのようにしてですか？」

「夫はたびたび子供の前で私の顔を殴打しました。腕にも痣ができて……」

こんな感じで夫からの暴行の詳細を延々と語る。そのうち声がつまり、涙を流しながら語りはじめる。大会ホール全体はシーンとする。中にはつられて、ハンカチを目に当てている姉妹もいる。

（奥さんが集会に行かなければ、もともと夫はいい人だったのだろうに）

私はそう思いながら聞いていた。

他のインタビューも大抵こんな感じで続く。

「私も娘も医者からうつ病だと診断されてしまいました。でも二人で、エホバに楽園で治してもらおうねと励ましあって、今月も開拓奉仕をやっています」

（いやいや、ちゃんと家で休養した方がいいよ……）

別の姉妹も同じような不幸話を語る。

「私は開拓奉仕をしていますが、子供が登校拒否で家にひきこもっています。そして物を投げたりします。また、未信者である夫は家族のことに全く関心を持ってくれず……」

（だったら伝道してないで、ちゃんと家にいて子供と接する時間をつくれよ）

もう一人の兄弟はこう話す。

「私は仕事を解雇されましたが、これを機会に妻と子供たちと共に開拓奉仕をすることにしました」

（だめだめ、ちゃんと仕事探せよ……）

この信者たちの話を聞いていると、現実逃避のために伝道活動に入れ込んでいるようにしか聞こえない。私の周りのおばちゃん姉妹たちは、真剣な表情で力を込めて拍手を送っている。私はこんな話を聞かされるのは、勘弁してほしいと思っていた。プログラム中寝ている方が爽やかになるに決まっている。

「悪いけどさ、ただの不幸我慢比べ大会だよね」

大会の帰りに妻にそういう話をすると彼女は返答に困っていた。幸福である神の民の大会が、いつのまにか不幸な民の大会になっている。しかも、どうみても生活と家庭が崩壊しているのに、朝から夜まで奉仕をしてエホバの祝福に感謝している。だけど私にはエホバが祝福しているようには見えなかった。

二〇代までは人格形成がされていなかったので、会衆のどんな人といても、そこそこ楽しかった。しかし三〇代に入り、自分の考え方やテイストなどが確立されてくると、誰といても楽しいわけではない。同じクリスチャン仲間だから仲良くしろと言われても困る。この頃は会衆の成員といるのが窮屈だったので、信者仲間とは距離を置くようになった。

この時期、同じ会衆であったレン君という二世とよく時間を過ごしていた。歳は一回り離れていたけれど、二人で一日中カラオケに行ったりしていた。レン君はまだ一八歳だったのだが、しばらくして急に家を飛び出し、東京で一人暮らしを始めた。そしてホストになった。一番クリスチャンに似つかわしくない世的な仕事だ。突然のことだったので、当然、親は慌てたし、私も面食らった。本人はずっと心の中で、証人としてはやっていきたくない、と決意していたらしい。もう一人、私が武蔵境で仲の良かった年下のセー君も家を飛び出して一時期ホストをしていた。証人とその家族から飛び出そうと思ったら、手に職のない若者は、これしか一人暮らしをする方法がない。

現在の私の立場でふりかえると、レン君の当時の判断は正しかったと言える。あの若さで宗教を捨てるという決意は並大抵のエネルギーではできない。ただし、宗教から離れた二世というのは、常にどこかでエホバを裏切ったという罪悪感を感じている。だからこそ極端に反対の方向に暴走してしまう。そして数年間良心に悩まされた結果、会衆に戻ってより真面目なクリスチャンになってしまうことがある。レン君がその後どうなったかは知らないが、そうならないことを祈る。

生きている感じがしない

私は信者としては、集会も奉仕もそれなりに努力していた。しかし、組織の言う自己犠牲と自分の魂の叫びの間に挟まれていた。なんだか、自分が生きている心地がしなかった。この頃は集会も伝道もつまらなかったし、会衆の成員のサタン話にも愛想を尽かしていた。でもそのルーチン生活を繰り返すだけであった。仕事に行けば世の同僚と世の影響に気をつけないといけない。そしてキャリアのゴールを設けることもできない。

自分は自分の持っている感性に沿って、もっと高く自由に飛びたいと思っていた。私はこの自分のクリエイティブな感性が私のクリスチャン人生を邪魔していると思っていた。模範とされる証人たちの二世には事務職をしている若者が多い。どう考えても、公務員になるようなタイプの方が組織の生き方に馴染める。私は組織の提唱している霊性の基準に当てはまらない。しかも、不道徳なゲイ・ミュージックを聴くのがやめられない。私は、自分の感性に問題があると真面目に思っていた。ゲイを生まれ持っていたために、排斥されたあの友達のような境遇だ。

私は自分のクリエイティブな感性を、本当に恨めしく思った。これがあるばかりに、強いジレンマとフラストレーションを抱えていた。次第に自分の中にある葛藤の方が、クリスチャン像の自分に打ち勝っていくように思えた。そして会衆の長老からも親からも霊性が足りないと注意され続ける。しかもみんなが楽しみにしている楽園が、私には全く楽しく思えない。自分はクリスチャンに相応しくない人格だという罪悪感を持っていた。

組織はクリスチャンには自己犠牲が不可欠だという。しかし私には彼らの言う自己犠牲と自己否定の違いが分からなかった。聖書はイエスのくび木を一緒に背負って歩けと言う。私にはその杭が重たすぎて、歩くどころか立っているだけでも困難だ。組織が求める霊的である信者の特質と私の特質は、全く嚙み合わなかった。なんとか合わせようと二〇年近く頑張ってきたが、ここにきて自分の持っているものは否定できないと確信した。自分は、自分の生まれた場所と時間を間違えてしまったような気がしてならない。いっそのこと今の人生から自分を取り去ってほしいと思った。

この頃は頻繁にデヴィッド・ボウイの「Thursday's Child」という曲を聴いていた。この歌詞は当時の私の心境をそのまま表していた。この歌詞では生まれてきた自分の存在に対して、彼自身が実感を持てていない様子が描かれている。確か、彼は兄弟を自殺によって亡くしている。たぶん彼自身も、自分の存在そのものに強い葛藤を抱いてきた人なのではないかと思う。

アイデンティティとの闘い

この頃、六本木にあるヤフーで仕事をしていた。社員が多かったので、同僚の友達もたくさんできた。しかし心の中では、「世の人たちとクリスチャンとは水と油である」と信じていた。だから一緒に居酒屋で笑っていても、心の底では警戒線を張っていた。後に友達に聞いたら、「あの頃ののりは、フレンドリーだったけど、自分の世界に誰も入れない印象を持っていた」と言われた。

またクリスチャン特有の癖で、全てに対して「善悪」のレッテルを貼る傾向があった。だから基本的には、人を裁く考え方を持っていた。人のすることが「悪」だと思ったら、常にキツイ態度で攻撃していた。社内で怒鳴ることも珍しくなかった。今となって思い返すと、後の自分の部下たちにも、この独善的な性格で厳しくあたってきたので、申し訳なかったなと思う。

私は昔から職場で、自分がクリスチャンであると明言していた。そして社員にもよく、聖書の話をしていた。自分ではこれは同僚を救う証言活動だと信じていた。ハルマゲドンが来たら、自分が彼らに救いの手を差し伸べなくてはいけないという使命感を持っていた。今思えば、全くおこがましい話だ。

私はある日、自分の上司である事業部長と仕事の話をしていた。彼は、ソフトのライセンシングを扱う仕事をしていたことがあった。そして彼が深い意味もなく何気なく言った。

「ま、アプリケーションと宗教は刷り込みなんだよね」

「え？　それはどういう意味ですか？」

「最初に自分が育った宗教から人は離れないでしょ？　アプリもそうなんだよね。最初に使ったらそれからユーザーは離れないんだよ」

この言葉は私の頭の中でずっと鳴り響くことになる。

「宗教が刷り込み？」

まさか自分の宗教も刷り込み？　まさかそれはないだろう……、でも刷り込みなの⁇

また時期を同じくして会衆に訪問してきていた巡回監督が私を横に呼び寄せた。

「英語の得意な兄弟に、一つお手伝いをお願いしてもよろしいでしょうか？」

「いいですよ、なんでも言ってください」

「実は今度の講演の中で、マインド・コントロールに関して話をしようと思っています。でも英語の単語なので、私の言葉の理解が正しいか、調べていただけないでしょうか？」

私はさっそく家に帰って、「マインド・コントロール」の意味を調べるために、ネットで検索した。映画では聞いたことあるような言葉だが、自分はよく分かっていなかった。マインド・コントロールに関して、いろいろなページが出てくる。そしてリンクを辿っていくと、目を見張るような言葉に行き当たった。

「……エホバの証人のようなマインド・コントロールは……」

「えええええ？？？？　エホバの証人がマインド・コントロール？」

まさか！　それはオウムみたいな教団を指して使う言葉に決まっているだろうに！証人たちはちゃんと聖書を調べて理性を持って教義を信じているだけだ。

「なんつー、記事だ。この記事は誰が書いたのか分からないけど、不思議なことを言うな……」

それから私の頭の中を、二つのキーワードがぐるぐる回るようになる。

「刷り込み、マイコン、刷り込み、マイコン………」

それから程なくして、ヤフーの社員とランチを食べていた。二人で好きな映画の話をしていた。「ブレイブハート」「マルコムX」「ゴッドファーザー」と私はタイトルを挙げていた。すると友達が、何気なく言った。

「のりの好きな映画って全部、アイデンティティのための闘いに関係しているよね」

そう言われて、はたと気がついた。確かに全部アイデンティティとの闘いである。その頃は音楽も暗くて、非常に重たいものばかり聴いていた。またマンガ『軍鶏』の最初の章と、『宮本から君へ』の最後の章を、何十回も繰り返し読んでいた。両方とも自分のアイデンティティの生存をかけての闘いであった。そしてその時に、ある怖い概念が自分の頭の中を横切った。

「自分はアイデンティティ・クライシスというやつに陥っているのかもしれない……」

子供の自閉症が発覚

自分のクリスチャン生活はその後もつまらないまま、たんたんと過ぎていった。そして次におとずれた大きな変化は二人目の子供が生まれたことによってだ。私たち夫婦は、子供二人を抱えて集会に行くようになった。そして母親からはあいかわらず、「仕事をパートに切り替えて集会を一〇〇%支持しなさい」という説教じみた電話がきて、私が「いいかげんにして」と電話を切る応酬が続いた。子供二人を新聞配達でやしなえるわけがない。

長老も、最近私が、集会や奉仕をおろそかにしているようなので、心配だと言ってきた。しかし長老も親の言うことも聞かないと決めていたので、「エホバと私の関係だから心配しないでください」と言っていた。それでも律儀に、伝道報告用紙には毎月必ず一〇時間と書いて入れていた。

それからしばらく経った頃の話だ。全く予想もしていなかったことが起きた。

息子が三歳になり、区役所に健康チェックに行った。すると「自閉症」だと判断された。最初、その言葉の意味が分からなかった。

「自閉症って、何？」

「さあ」

妻も不可思議な顔をしていた。

確かに私の息子は不思議な癖をもっていた。名前を呼んでも振り向かない。オモチャも全部横に一列に並べるか縦に並べていた。おもちゃを縦に高く積み上げて、崩れるとかんしゃくを起こした。そしてハイハイをすることもなく、生後半年ですぐに立ち上がって歩き始めた。集会に行けばじっと座れずにいつも大泣きをしていたので、あやすのも一苦労だった。変わっている性格だとは思っていた。しかしそこに、なんらかのラベルがつくとは想像もしていなかった。

ネットで「自閉症」を調べてみると、アメリカのロスのプログラムが一番進んでいると書いてあった。それから、一体どうしたらロスに引っ越せるのかを考え始めた。自閉症プログラムは、小さいうちにスタートしないといけないと書いてあった。だからあまり悠長なことはしていられない。どうしたらすぐに引っ越せるのか。そして仕事はどうするのか。

ヤフーにいながらいろいろと仕事を探していたら、ある外資系の会社から、ハワイならポジションがあると言われた。そこのオフィスから日本人のヘッドハンティングの仕事をしないか？　とオファーされた。年収も良かったし、ロスではないが日本よりはマシだろうと思って面接を受けた。六回ほどの面接を受けてOKをもらった。それで最後に、そこの社長に最終確認に行った。するとすまないといった顔でいきなり言われた。

「大変申し訳ない。面接も全部パスして採用したいのだが、採用できない」

「なぜですか？」

「今日気がついたんだけど、あなたの履歴書を見たら、大学を出ていないですね。うちは大卒しかとらない規則で。能力はあると思っていますが、とても残念です」

（はぁー？？？）と驚いた。なんつー話だと。帰りに歩きながらますます大学を出ていない自分を恨んだ。一体誰の言うことを聞いたらこうなってしまったんだ⁇　オレは間違っていたのか⁇　エホバはオレの邪魔ばっかりする。子供が自閉症で、その上に自閉症の対応もさせてくれないのか！　私はエホバに向かって心の中で強く叫んだ。

「いるなら出てこい！　少し役に立ってみろ！」

すると意外と早く、エホバはやってきた。同じ週のうちに知り合いの社長から電話が掛かってきたのだ。

「のりさー、ロスで知り合いいない？　会社つくりたいんだよね」

「え、ロス⁇　オレじゃダメなの」

「だっておまえヤフーでしょ。辞めるの？」

「ロスだったらなんでも行くよ！　ぜひぜひ！」

そこでロス行きは決まった。わずか五分の話だ。人生とは実に不思議だなとつくづく思った。ハワイの話が通っていなくて良かったと感謝した。

「やっぱりエホバは助けてくれるのかもしれない」

なにはともあれ、私と妻は二人の子供を連れて昔の故郷であるロスに戻ることになった。二〇〇五年の春のことだ。

第8章　脱宗教洗脳

マザー・テレサは楽園に入れるのか？

ロスに戻った時が三五歳、二〇年前のトーランス以来のロス暮らしとなる。多感だった頃の一番イヤな思い出しかない。当時は発言権のない子供だったが、今は自分の主張を通せる年齢だ。ただアメリカの日本人会衆だと、どうしても狭いコミュニティのしがらみに縛られる。だから今回は、地元の英語会衆にすると決めていた。その頃は証人である自分が苦しかったので、できれば研究生のご主人さんという設定で転入したかった。でも伝道者カードがあるから、そういう訳にもいかない。

当然、母親は電話で日本語会衆で奉仕をしなさいと何度も言ってきた。しかし私の中では、会衆とか伝道という取り決めに対して、半分しらけていた。神という霊の存在が人間の霊性を測る時に、集会や伝道での参加という「目に見える物質要素」を基準にするとは思えなかった。

エホバは信じる。イエスも信じる。聖書も信じる。しかしそれらは、組織と会衆の成員とは、別の話ではないだろうかと思い始めていた。病気ばかりの成員、サタンばかりを語る姉妹たち、会社で評価されないのに会衆でうるさい長老、そして教義を変えても謝罪しない組織。もうまっぴらだ。

そして証人たちは基本的に、投げやりな世界観を持っている。

「環境汚染反対、原発反対、戦争反対したところでサタンの世の中なので意味がない。全部エホバが楽園で解決してくださるから待とう」

「どうせ何をやっても世は終わるから意味がない」

いつも永遠に生きることしか考えていないから、死に対する異様な恐怖を持っている。ハルマゲドンで全てが燃え尽きると伝道しているくせに、「温暖化は怖いわね。南極の氷が解けるらしいわよ」と真剣に話し合っている。この人たち、頭のネジがとんじゃっているんじゃないのかな……。

せっかく今回の人生を与えられているのに何もしない。ただ、楽園行きのバスをバス停で待ち続けている人たちの集団。これが唯一神が是認する組織なのだろうか？　だとしたら神とは偏った性格を持っている存在だなと思わざるをえない……。

テレビでNHKの「プロジェクトX」を見ていると、社会に貢献したいろいろな人々の話が出てくる。それまでは、世の人はサタンによって堕落している人たちだ、という言葉を鵜呑みにしてきた。しかし自分がいざ社会で仕事をしはじめると、その人たちがそんなに退廃しているとは思えなかった。世の中には自己犠牲を払って、社会の役にたってきた人はたくさんいる。それに比べて、証人たちのモチベーションの低さは一体なんなのだ。仲間信者にもこの疑問を投げかけてきたが、返ってくる答えは同じだ。

「どんなに立派に見えてもサタンの世のためだよ」

「この世に名を残しても、エホバに名を残さなければ意味がないよ」

「伝道に出て神の王国を知らせる方がもっと大切な使命だよ」

「坂本龍一だって、地雷反対活動とか無意味なことしてるじゃない。クリスチャンになって、神の王国に頼ればいいのにね」

証人たちはこんなコメントを軽々しく言う。私には次第に、証人たちが無責任の集合体に見えてきた。

証人たちは、国々の政府はサタンの手先であると信じている。なぜならこの世の支配者の頂点がサタンだからだ。ところが同時に、反対のことを唱える。政府はハルマゲドンが来るまでは一時的に、秩序を保つためにエホバから権限を与えられている。だから教義が対立する場合を除いては、全面的に政府に従順であれとする。大きな矛盾である。サタンの手先である政府の指針にそって、従順で模範的な市民となれと言うのだ。

だから証人たちは政府に逆らうデモ活動は行わない。さらにこれを拡大解釈すると、企業に対するストライキも参加してはいけないと言う。だから証人たちは、組合運動には参加しないため、仕事を得られないことがしばしばある。この調子だから証人たちは世の革命家を鼻で笑う。ガンジー、マンデラ、マーチン・ルーサー・キングがどう頑張ろうが、「政府に対する反抗でしょ」で片付ける。私が個人的に呆れたのはマルコムXの話である。私は彼の映画が好きだったので、その話を黒人の兄弟にした。すると彼が「そんな反抗的な人の映画を観ない方がいいよ」と軽蔑したように答える。私は言いたかった。

「だったら奴隷に戻れ。おまえは彼の恩恵で今自由に伝道してるんだぞ」

そして最後に、もっとも難しい質問が浮かび上がる。

「マザー・テレサはサタンの宗教であるカトリックの一員であった。彼女は楽園に復活して入れるのか？」

この質問にまともに答えられる証人はいない。

楽園に入る意味が分からなくなる

証人は自分たちの伝道活動をもって、「エホバの宇宙主権を証明しよう」と言う。今はサタンが世を支配しているので大変な世の中だ。だからエホバの王国を支持しよう。そしてエホバの支持者を増やすために頑張って伝道している。つまり神に対する票を集めましょうと言っているのだ。ただし結果的にエホバに対する票が少なかったとしても、エホバはどちらにせよハルマゲドンでサタンをやっつける。どうせそうすると最初から決まっているのなら、最初から論争するなよと言いたくなる。

証人たちは、自分たちの本当の人生は楽園で始まると考えている。そして自分たちを「この世においては死んだもの」としている。極論、現世で生きることに関心のないゾンビが生活している訳だ。

子供の頃は「楽園に入れるように」と言われてクリスチャンをやってきた。しかしここにきて楽園に行く意味が分からなくなってしまった。どう考えても、この保守的でネガティブな人たちばかりがいる楽園が楽しい場所だとは思えなかった。私の好きなアーティスト、優れた実業家、革命家はクリスチャンではないので楽園に入れない。ところが仲間信者はどんなに性格に欠陥があっても楽園行きだという。そんな楽園ならこっちからお断りだ。

姉妹たちに、楽園に入って永遠の命で何をしたいのか、聞いてみた。

「もちろん、ライオンさんとかクマさんとか撫でられて楽しいじゃない」

「ずっとエホバを賛美できるのよ」

「美しい楽園で、平和に過ごせるだけで嬉しいじゃない」

大抵こんな答えだ。で、冷静に考えてみる。そんなに動物さんを撫でたいのか！　だったら動物園でしてくればいい。少なくとも私は全く興味ない。私は飼っている猫も撫でることはめったにないのだから、永遠にライオンさんを撫でている意味が全くもって分からない。

次にエホバを賛美できるという回答。もしやそれって集会のことだろうか？　毎回二時間の集会ですら退屈だと思っている。証人たちの賛美歌も最後まで好きになれなかった。ハウスビートで出してほしい。毎日賛美歌を歌えというのか？　こんなのを永遠にやられるのは間違いなく苦痛である。

そして個人的にひっかかるのが最後の「楽園で」過ごせるである。言葉から分かるが「都会」ではないのだ。組織の出版物を見ると全部庭園のようなイラストになっている。はっきり言うが、私は田舎がキライだ。箱根も三日が限度。ハワイも一週間だ。だからハワイにはめったに帰らない。今だってそうなのだから、田舎である楽園に住めるというのは、セールスポイントにならない。

この頃から、エホバとイエスと聖書は支持するが、楽園という特典は別にいらないと考えていた。そして組織にも、あまり自分に関わらないで放っておいてほしいと思うようになった。

陰謀説にはまる

日本にいる頃からはまり始めた本があった。「陰謀論」シリーズだ。いわゆるトンデモ本と呼ばれるヤツだ。きっかけは証人の仲間から、電車の中の会話で勧められたことから始まる。

「のり、スゴくおもしろい本があるよ」

「何がおもしろいの」

「『300人委員会』っていう本なんだけど、これを読めば聖書の終わりの日が近いって分かるよ」

友達の話を聞くと、啓示の書にある内容が今まさに世の中で起きているという。サタンがいかに世の中を支配しているかが分かるという。これはとんでもない本だぞと思い、さっそく本屋に行く。一冊だけちゃんとそこにあった。黒いカバーで分厚い。なんか見るからにスゴイ秘密が書いてありそうだ。「世界人間牧場計画」というサブタイトルがものものしい。さっそく購入して読んでみるとものスゴイ情報が書いてある。FBIからCIAまで、全部フリーメーソンの組織であること。その頂点はイルミナティとサタンであると書いてある。ビートルズまでその手先だったという。

「ヤッベー!! 協会が言っている世の終わりの預言に関する説明と変わらないことが書いてあるぞ!」

それ以来、ロスに来ても多くの陰謀論を読み漁っていた。ジョン・コールマン、太田龍の著作などは分厚くて迫力があった。さらにデーヴィッド・アイクの『爬虫類人』には驚いた。聖書ではサタンのことを「大いなる蛇」と呼んでいる。キリスト教から見ると、蛇はサタンのシンボルである。だから地球を操っている大統領は、裏で爬虫類のような顔を持っているという主張には信憑性があった。

この時の私には、「フリーメーソンは悪魔の手先」というイメージがすっかりとインプットされていた。だから『イルミナティ——悪魔の13血流』という本を読んでいた時に、心臓が止まるかと思った。なんとその中に「ものみの塔の初代会長はフリーメーソンであり、悪魔の組織である」といった説明が長々と書かれていた。まさか陰謀論の本の中に、初代会長チャールズ・ラッセルの名前が出てくるとは夢にも思わなかった。この時、「もしや?」という疑念が頭の中で確実のものとなった。

この頃からこの聖句は私を悩ませた。

『そのような人たちは偽使徒、欺まんに満ちた働き人で、自分をキリストの使徒に変様させているのです。それも不思議ではありません。サタン自身が自分をいつも光の使いに変様させているからです。』(コリント第二 一一章一三、一四節)

組織はこれを自分たち以外の宗教団体全てに当てはめている。どんなにいい宗教に見えても、サタンが光の使いに化けているのだという。サタンは狡猾に人々を騙すので、信者たちは常に協会の出版物を勉強して身を守るように教えられる。しかしここで重要な疑問が出てくる。

「今信じているものみの塔教団が、実はサタンが光に化けているものかもしれない。そうしたら私は一体どうやってそれを見分ければいいのか？」

これは母親にも電話で聞いてみた。

「サタンは巧みに光の使いに化けて人を騙すんだよね」

「そうよ、あなたも気を付けなさい」

「当然サタンは人間より賢いよね。もとは位の高い天使だから、普通は人間の方が負けるよね」

「そうかもしれないわね。サタンは狡猾だからね」

「であれば、騙されている人は自分が騙されていること自体分からないよね」

「だから世の人は、自分たちの宗教が正しいと思っているじゃないの」

「そうなんだけどさ。だとしたら、どうやってそれが、エホバの証人の組織には起きていないって分かるの？」

「え？」

ここで母親も声を詰まらせてしまった。そしてこう答えた。

「何を言ってるの？　証人たちはちゃんと聖句を全て調べているから、組織が聖書から離れているかどうか分かるでしょ」

私は会話をそこで中断したが頭の中では考えていた。

（そうは言うけど、組織はどうも聖書から離れているんだよな……）

それからさらに、深刻な問題が出てきた。いろいろと調べていくうちに、初期のものみの塔はフリーメーソンと深い繋がりがあったことが分かったからだ。初期のものみの塔はフリーメーソンと同じロゴマークを使っていた。しかも初代会長であるラッセルの墓の横にはフリーメーソンの記念碑が置いてあった。この写真をネットで見つけた時に思った。

「ヤバイ、サタンの手先に気を付けろと証言していたオレが、逆にサタンの手先にやられているかもしれない……」

アルコール、やまとなでしこ、アイデンティティ崩壊

この頃、仕事を任されてロスにある子会社の代表をしていた。頭の中ではものみの塔教団の組織に対して漠然とした疑惑を抱きつつ、それでも神の組織だからと集会に通っていた。地元の英語会衆は、日本の会衆ほど個人に介入してこなかった。私はいつも集会に遅刻していったが、別に放っておいてくれた。また日本にある本社への出張が多いからと言い訳をして、伝道には行っていなかった。疑問を抱えたまま他の人に宗教を押し付けることはしたくなかったからだ。

ネットでの調査に関しては、妻には黙っていた。彼女に話すと、背教的な資料を見ていると心配するからだ。また私一人の問題だと思っていたので、彼女を巻き込みたくはなかった。だからアダルトサイトを見るかのようにこっそり夜遅くに見ていた。

私は日本にいた最後の一年頃から、アイデンティティとの闘いにまつわる映画を毎週DVDで見るようになった。その時には必ずウィスキーを飲んでいた。金曜日の夜の気晴らしぐらいにしか考えていなかった。しかしだんだんとアルコールを飲む量がエスカレートしてきた。ロスにいた時は、毎晩二缶のビールを飲んでからウィスキーを飲んでいた。ストレートで飲んでいたので、ボトルが空くのが早かった。飲まないとやっていられない気分だったのだが、どんなに飲んでもあまり酔うことができなかった。今思うと、潜在的なストレスでアルコール依存症だったのだ。

当時は、漠然とした混乱しか私の頭にはなかった。もはや組織の何を信じたらいいのか分からない。けれどもエホバとイエスだけは裏切りたくない。でも協会の教えはなんだか違うような気がする。では私は神からどのように正しい指示を得たらいいというのだ？　それとも私はサタンに惑わされているのではないか？

さらにクリスチャンゆえに、大学に行かなかったこと、過去に自分の夢を捨てたことなどをどう受け止めたらいいのか分からなかった。学生の時に封印していたクリエーター魂がどんどんと強くなっていった。しかしこれをどう処理したらいいか分からない。エンターテインメントは全てサタンである。そこを目指す訳にはいかない。

「なぜ私は、神の業に邪魔になる感性を持って生まれてきたのか？」

そんなものさえなければ、何の葛藤も疑問もなく真面目なエホバの証人でいられたかもしれない。なぜこのような無意味な十字架を背負わされたのか意味が分からない。そしてウィスキーを飲みながらさらに気分が滅入る。

　この頃から不思議なイメージを頭の中で見るようになった。時々なんの予告もなしにある映像が自分の頭の中をかすめる。崖の淵の向こうは真っ暗な暗闇であった。そして崖の岩の向こうから黒い影の人物が私を黙って見つめている。不気味とは感じなかった。直感で、あれはもう一人の自分だという気がした。そしてその闇の向こう側から黙って私を見つめている。なんだか直視されていて「これでいいのか？」と言われている気がした。最初はなにかの空想かなと思ったが、そんなことをイメージしようとして想像した訳ではないので不思議であった。

　同時期、弟から送られてきたドラマ「やまとなでしこ」のＤＶＤを見ていた。なかなかおもしろかったので、毎晩続けて見ていた。主人公の桜子もおもしろかったのだが、それよりも彼氏である欧介の話が個人的に自分の状況とダブった。彼の貧乏な生活も自分が経験してきたので分かる。そして大学で挫折するところも、大学に行けなかった自分とダブる。そして何よりも一番共感したのは、彼には目指したい夢があったこと。しかし環境によって出口のとっかかりが全く見出せなかったところだ。

　私の中には実現したい青写真がたくさんあった。しかしそれにチャレンジすることすら許されていなかった。羽をもがれた鳥のような感じだった。その気持ちが欧介の立場に強い共感をもたらした。だからドラマの最後に彼がどこに向かうのか興味があって見ていた。

最後のエピソードの時だ。欧介がついに念願の留学に飛び立つことができた。このシーンに、いきなりドッと涙が洪水のように出てきた。自分でも予想していなかったので戸惑った。身体の震えが止まらず、涙がどんどんと溢れ出てきた。私は体を震わせながら手の平で涙を拭うことしかできなかった。そして泣きながらある言葉が私の頭を横切った。

「ヤバイ、オレ、アイデンティティ・クライシスだ」

プリンス、ネルソン兄弟

まさか自分がアイデンティティ・クライシスに陥るとは信じがたかった。自分はちゃんと理論的に聖書を調べており、確固たる確信を持って聖書を信じている。ベテルにも入ってクリスチャンの真髄を学んでいるはず。何よりも私は九歳から二五年間続けている。仕事だって経済だって今は調子がいい。ここにきてアイデンティティ崩壊を起こす理由はない。しかし自分の中には抑え切れない葛藤と激しい衝動があった。証人として留まらないといけないと信じていたが、もう一人の自分は崖っぷちに必死に捕まっているのがやっとだった。

私はエホバに真剣に祈った。

「もし、ものみの塔があなたの組織であるならば、そう信じられる確証がほしい。なんらかの明確なしるしを私に送ってほしい」

するとと祈りはすぐに次の日に聞き入れられた。本当に明確なしるしが現れたのだ。

私は家族と共に通常通り日曜日の公開講演の集会に行った。そうしたらなんとそこに、ラリー・グラハム兄弟が来ていた。彼はファンク・ミュージックでは神様的な存在で、指でベースを弾くファンクを初めて演奏した人だ。彼とは数年前に地中海のクルーズ旅行で一緒だったので、向こうも覚えていてくれた。挨拶に行くとラリー兄弟が言った。

「ノリ、ネルソン兄弟を紹介するよ」

すると後ろにいた人物が握手の手を差し出してきた。彼を見てビックリした。

「プリンスだ！」

噂でプリンスがラリー兄弟と研究をしている、という話は聞いたことはあった。しかし彼の音楽は性的に露骨な描写すぎるとして、クリスチャンはおろかメディアからも問題視されていた。まさかそのような過激なミュージシャンが、聖書の厳しい道徳観に切り替わるとは思っていなかった。でも今日の前にいるプリンスは本物だ。噂どおり背は低かったが、底の厚いオシャレなオリジナルデザインの革靴を履いていた。握手をした時、プリンス独自のミステリアスなオーラが強烈に出ていた。

私は帰りの道で感動した。今日プリンスに引き合わせてくれたのが、エホバからの回答か？　このまま証人として頑張れということか？　プリンスのようなアーティストが証人として活動できるのであれば、自分だって証人としてやっていけるはずだ。もう一度熱心に組織の活動に入れ込んでもいいかもしれないと思った。

今考えれば、これは神からの私に対する最終的な「問いかけ」だったと思う。私はここで電車を降りるのか降りないのか、神から聞かれていたのだ。

突然訪れた「マトリックス」現象

みなさんは「覚醒」という言葉を聞いたことがあるだろうか？　自分自身はせいぜい『アキラ』とかのマンガで知っているぐらいの言葉でしかなかった。意味は分からないが、SF用語だと思っていた。そんな私に突然の覚醒体験が何の予告もナシに訪れた。この体験はこの本の中に含めるべきかとても迷った。秘密でもなんでもないが、読者の中には「なんなのそれ怪しくない？」と思われる方も多いだろうと思ったからだ。しかし実際に起きてしまったのだから仕方がない。

ある朝のことである。私はロスの自宅でうたた寝をしていた。半分意識があるけれど、寝ている状態だ。突然自分の脳みそがよじれるかのような感覚を持った。ウルトラQのタイトル画面のように脳みそが渦状に捻じ曲がるイメージが見えた。時間と空間の感覚がなくなり、私は唸りながら頭を抱え込んだ。脳みそが滑らかにグジャグジャにされそうな感覚は不快であった。すると渦の中にパ、パ、パ、といろいろな画像が現れては消えていく。ものみの塔のイメージであったり、フリーメーソンのイメージであったりした。

「ヤバイ、最近怪しい本を読みすぎたかも。それより精神科の病院に行かないとオレ頭おかしくなる」

自分は目を閉じて『アキラ』の鉄雄のように頭を抱えていた。この時、五歳になる息子が私の隣に座っているのが雰囲気で分かった。そして彼が私のことを触ってきた。「やめて！」と言ってとっさに手を払いのけた。するとまた私の身体を触ってくる。それが何本の手にも感じて訳が分からなかった。『ジョジョの奇妙な冒険』の一場面みたいに、息子の手だけがたくさん出てきて自分を襲うのだ。

「やめろーっぉ！！！！！」

私は発狂して起き上がると無我夢中で自分の息子を叩きまくった。当然息子は大声を上げて大泣きした。妻が一体何事？　という顔をして部屋に入ってきた。息子は泣きじゃくりながら妻と学校に出ていった。私は部屋で一人で呆然として座っていた。何が起きたのか自分でもさっぱり分からない。

自分も支度をして車でオフィスに向かった。さっきのことを思い返してみた。一体なぜ自分は息子をあんなに叩いたんだ？　それにあの不思議な感覚はなんだったんだ？　その時である。突如頭の中にメッセージが現れた。

「オマエハ　シュウキョウノ　センノウカラ　トカレタ」

別に音や文字が現れた訳ではなく、頭の中をこの言葉が一瞬パッとよぎっただけだ。

「うん？　今のはなんだ？　洗脳が解かれた？」

車を運転しながら茫然と考えた。

「宗教の洗脳から解かれたとはどういう意味だ？　私は洗脳にかかっていたのか？　真の宗教が洗脳とはどういうことだ？」

数日後、私は集会に行ったのだがいつもと違う。どういうわけか、会場の中で座っていながら部外者という感覚を持った。「へえー、この人たちこんなことやっているんだ」という冷めた目線だ。宗教の洗脳というわっかが頭から取れた孫悟空の気分だった。そして会場を見渡しながら長老たちの目を見て体が凍りついた。

「ヤバイ！　洗脳にかかっている目付きだ」

いつも見慣れている兄弟たちなので、そのように思う自分が不思議だった。サイボーグのような機械的な目に見える。彼らの顔を見た時に「怖い」という言葉しか出てこなかった。それで家に帰って、

「ちょっと座って。話したいことがあるから」

と妻を呼んだ。

「結論から言うよ。自分も訳分かんないけど、覚醒して洗脳のわっかがとれたみたい」

「覚醒？　わっか？　何それ？」

「自分もさっぱり分からない。だけど、もう集会には行けない。長老たちの目付きが怖かった」

「長老の目付きが怖いって、どういうこと？」

「それも分からない。ただ怖かった」

「あなたがそう思っただけでしょ」

「そうかも。でも、今までそんなこと思ったことがなかったから」

明らかに妻は困っていた。

「じゃあ、何をしたいの」

「自分は集会に通える自信がない。申し訳ないけれど、今度から子供たちと三人だけで集会に行って。オレのことは協力的な未信者だと思って。別に宗教に反対はしないから」

妻はそれに対して何も言わなかった。通常の奥さんならここで騒ぎたくなるところだろう。だが彼女は賢明だった。

「分かった、じゃあ、しばらくは私たちだけで通うから」

そしてこの日から私は集会に行かなくなった。

教団の調査に没頭する

どうやら洗脳から解かれたらしい。直感的には「組織は真の組織ではない」ということは分かる。しかし理由も根拠もない。ただの直感だ。これでは自分でも困る。自分が理解していないのだから、自分でもどう処理したらいいか分からない。とりあえず頭にかけられている洗脳思考を解除していかないといけない。しかし何が洗脳思考なのかも分からない。それでとりあえず組織に関して調べることにした。

最初はネットで猛烈に検索をした。証人たちは組織の歴史に関してあまり詳しいことを知らされない。通称『ふれ告げる』という教団の歴史の本はあるが、ほとんどはどのように伝道活動を行ってきたかである。特に初期の歴史に関しては限られた情報しか載っていない。しかしそれらの簡単な情報ですらこの本が出るまでは信者には伏せられていた。

この本は一九九三年に協会から発表されたが、ネット対策のためにではないかと言われている。ネットが普及して組織の矛盾する過去の歴史を暴露するサイトが出始めた。一九四二年の教義変更の前まで本部で祝っていたクリスマスの写真。過去に外した、終わりの日に関する予告が掲載されている出版物の資料。二代目会長が購入した豪邸と豪華な車の写真。今までは絶対に触れることのできない資料が出回りはじめた。信者が先にネットでそれらを見つけると疑惑を抱くため、先に出版物で公表してつじつまの合う説明をする。そうすれば信者も「あ、それ知ってるよ。協会も公表してるよ」と言えるからだ。

アメリカは証人の歴史が長いだけあって、教団を離れた人による資料も充実している。英語サイトの方が、日本語のサイトよりもより深い情報がより体系的にまとめられている。日本語サイトで一番有用だったのは「エホバの証人情報センター保管庫 JWIC.INFO」というサイトである。教団の歴史や教義変更について様々な資料をまとめている。

元信者による組織の暴露本もアメリカの方が充実している。私は毎月一〇万円もの文献を英語と日本語でとりそろえていった。特に英語の本は情報量が多く、朝起きてから寝る瞬間まで読んでいた。とにかく今これを調べきらないと自分の存続がかかっていると思った。

私が関心を持ったのは明石順三に関してである。彼は日本のものみの塔協会の初期の歴史に登場する人物である。一九二〇年代に「灯台社」と呼ばれていた教団の初期の幹部であった。戦時中には信条ゆえに長男らの徴兵を拒み投獄されている。妻も投獄され刑務所で病死している。戦後は釈放されて再び教団の活動に戻るが、途中で教団の矛盾する教義と方針を指摘して排斥される。私は当時ベテルでこの話を聞いていた。一体どういう思考回路をしていたら幹部が背教的になれるのか不思議でしょうがなかった。

そこで日本で宣教活動をしていたバリー兄弟に、明石兄弟はなぜ背教したのか尋ねた。すると彼はとてもイヤな顔をして、オーストラリア訛りの英語でゆっくりと話してくれた。

「彼はとても頭がよくて、それが傲慢につながった。だから協会との方針がぶつかった時に我慢ができなかった。彼は非常に狡猾で、聖句を使ってサタンがエホバの味方であることを証明することができた」

これを聞いた時に不思議な話だと思った。聖句だけを使ってサタンがエホバの側にいると証明できるのか？　そういえばハワイで知り合ったプロテスタントの若者は、聖書だけを使ってものみの塔が違うと論破しようとしていた。もしかして聖句の使い方次第でどんな論法でも編み出せるのか？　であれば誰が正しいとどうやって判断するんだ？

これは漠然とだが頭の隅に残っていた。

教団に関する様々な資料を調べていくうちに、いろいろなスキャンダルが出てきた。また教義の様々な矛盾を聖書から解き明かす本もあった。一九一四年の教義そのものに矛盾があること。また、終わりが近い根拠として協会が出版物で使用している文献は、捻じ曲げられて使われていること。

一番興味深かったのは、証人たちが用いている『新世界訳聖書』の欠陥を指摘している資料であった。証人たちは自分たち独自の聖書を用いている。協会は他の聖書訳とは違って、原本の聖書に一番忠実であると説明していた。しかし実際には協会独自の特殊な教義に合わせて、聖句の文法や言葉を改ざんしていた。一番露骨なのはギリシャ語聖書の「エホバ」という部分である。協会の説明では、他のキリスト教会は神の名を隠蔽しているという。そのために、聖書を改ざんしてエホバという名前を聖句から抹消したという。だから他の聖書にはエホバの名前が出てこない。証人たちは自分たちの聖書の中にはエホバの名前がたくさん出ているので鼻が高かった。

ところが私が読んだ本には「ギリシャ語聖書にはエホバという名前は出てこない」と書いてあった。協会はギリシャ語聖書に勝手にエホバという名前を追加したという。全て「神」「主」と書いてあるところを独断で「エホバ」に置き換えたのだ。しかし聖書には『その言葉に何も付け加えてはならない』(箴言三〇章六節)と書いてある。

ヘブライ語聖書では、エホバの名前はＹＨＷＨのテトラグラマトン(四文字表記)として表記されている。組織の出版物にも、ヘブライ語の四文字が表記されている写本の写真が掲載されている。しかし問題はギリシャ語聖書だ。私は組織の出版物でも他の考古学資料でも、ギリシャ語聖書に出てくるテトラグラマトンを見たことがない。ギリシャ語で書かれてあるのであれば、ギリシャ語の四文字表記があってもいいはずだ。もしかしたらどこかに存在するのかもしれないが、一般的ではないことは確かだ。仮にそういう写本があったとしても、誰がどの時点で改ざんしたか分かる訳がない。ものみの塔だってそうしているのだから……。

決め手となった出版物のオカルトシンボル

いろいろと本を調べたが、それでも組織が決定的に違うという確信は得られないでいた。洗脳力が強かったので、「とはいえ、もしかしてやっぱり自分はサタンに騙されているだけかも」という思いも強かった。そんなある日、ネット通販で取り寄せた本が届いた。これが私に冷や水を浴びせた。その本には出版物の挿絵に、オカルトのシンボルがサブリミナルのように隠されている証拠が挙げられていた。

これはアメリカの大会で休憩時間中、長老に起きた話である。会衆の子供たちがおもしろ半分に、「サタンのしるしがあるんだよ」と出版物の挿絵を指さしてきた。最初は何のことか分からなかったが、後に絵の中にオカルト的な隠し絵を発見する。それで彼は組織の中に背教者がいるのではないかと思った。そこでそれらの写真を撮って、本部に直接調べてほしいと手紙を書いた。

すると協会から「誰にもこの資料を見せてはならない」という返事が送られてきた。さらに一方的に審理委員会にかけられて排斥されてしまった。同時期に「ものみの塔」誌ではこのような記事が掲載された。

「最近ものみの塔誌のさし絵の中に悪霊の絵が隠されているという噂を広めた仲間が排斥されました。あなたもそのような噂を耳にしたり広めたりしましたか。このような噂は真実でなく偽りでした……」（「ものみの塔」誌一九八四年九月一日二〇ページ）

これらの掲載されていた隠し絵は確かに不気味であった。イラストの登場人物の服のしわや、手の平のしわの中に不気味な顔が埋め込まれていた。他にも悪魔を象徴するシンボルが至るところに隠されている。私は妻を呼んでその本を見せた。すると彼女はずっと黙って見つめてからこう言った。

「なんか分からないけれど怖い」

これは妻にも考えるきっかけになった。彼女は感覚が鋭かったので、直感的に良くないものがそこにあると感じ取った。

それから少しして、私は日本のパイロット兄弟の家に泊まっていた。彼らは嬉しそうに地域大会で発表されたばかりの『偉大な教え手』という子供向けの本を見せてくれた。私はさっそくオカルト的な隠し絵がないか、全てのページをめくっていた。家族は「のり兄弟本当に熱心で偉いわね」と微笑んでいたが、私一人だけは背筋が凍る思いだった。

「ヤバイ、確かにシンボルが埋め込まれている。一体この教団はなんなのか？　それとも背教者が本部に入り込んでやっているのか？」

「もしそうであれば、書籍の文章にも背教的な文章が紛れ込んでいるのではないか？」

「もしそうだとしたら信者はどうやって見分けるのか？」

たくさんの疑問が出てくる。それとも既に教団はサタンによってやられてしまっているのだろうか？　なんであれ一つだけ頭でも理解したことがある。この組織は私が信じてきたような真の神の組織ではない。

初めて遭遇する霊能者

私は今週起きた覚醒体験が、一体何だったのか不思議でしょうがなかった。ちょうどその週に日本の本社への出張があったので、横浜のタイチのところに泊まった。今では無事に排斥から復帰していたので、信者同士として接することができた。夜中、彼に打ち明けた。

「タイチ、誰にも言うなよ。信じられないかもしれないけどさ。最近なんらかの神秘体験をして覚醒したとしか思えないんだよ。だから直感的にこの宗教は違うかもしれないと思う。どう思う？」

すると彼がとても驚いた目で私を見た。

「そ、そうなの？　実はさ、オレも最近不思議な体験をして覚醒したんだよね。だけどサタンだって言われると思ったから、のりにどう話そうか迷っていたんだよね」

「何を体験したの？」

「幻だとは思うんだけど、一人で公園に立っていたら涙が急に出てきてね、体中から黒い液体が出てきて地面に消えていったんだよ。で、気が付いたらなんかとても体が軽くてすっきりしたんだよね。何が起きたのか今でも分からないけど」

「あー、オレは脳みそが捻じ曲がるような絵が見えたよ。一体これはなんなんだろうね。

どっからどこに目が覚めたのか分からないじゃん」

「そうだよね。うちら真の組織にいるんだから、そこから目覚めるっていうのも変な話だよね。でもサタンの仕業にしては爽やか過ぎるんだよね」

「もしエホバがいるんだったら、一体何が起きたのか答えをちゃんと教えてほしいよな」

そう言ってその日は寝た。そうしたらエホバは思ったより早く答えをよこしてきた。

翌日私は出張で大阪まで商談相手に会いに行った。初対面だったのでホテルのロビーで待ち合わせた。私より少し年上の女社長であった。ファッション関係の商談だった。ホテルの喫茶店で話をしたが商談そのものは比較的早く終わった。その後彼女が唐突に言った。

「佐藤さん、個人的な質問をしてもいいですか？」

「あ、どうぞ。なんでも聞いてください」

「最近覚醒なさいましたか？」

「……！　なんで分かるんですか？　誰が教えたんですか？」

「あなたの守護霊から当人を助けてやってほしいと依頼がきました」

「守護霊っているんですか？　ここらへんに見えるんですか？」

私は後ろを見渡した。そして心の中で焦った。

（ヤバイ、ヤバイ、霊能者かよ。悪霊だぞ）

聖書で邪悪な霊媒師の存在は知っていた。まさかその一人が目の前に現れるとは思ってもみなかった。

「佐藤さん、あなたはもう一人の自分が自分を見つめている感覚を持っていませんか?」

(うわ、この人、最近オレが自分のもう一人の影を見ていることを知っている……)

私は心の中で慌てたというか、うろたえた。意識の中を読まれているのだろうか?

私はとりあえず不安を打ち消すために、聖書の証言をして出版物を彼女に渡して帰った。しかし歩きながら思い返した。彼女は普通にいい人で、悪霊が憑いているような感じはしなかった。悪霊が憑いていたらもっと不気味な雰囲気を出しているはずだ。それにしてはいい人すぎる。そこで、よく分からないが私の知らない世界があるのだろうと考えた。その後、帰り道の新幹線に乗る前に本屋に立ち寄ってみた。すると中央に江原啓之さんのスピリチュアル本が平積みされていた。

(もしかしたらあの女性もこの人も同じスピリチュアル・カウンセラーの部類なのか?)

そう思い、おそるおそる江原さんの本を手に取ってみた。サタンが現れないか? 雷に打たれないか? 私は手に冷や汗をかきながら本を半開きしてみた。本の端を握り締めながら周りを見渡して本に目を落とす。よく分からないのだが守護霊がどうのこうのと言っている。聖書では霊魂は存在しないので守護霊はないはずだ。しかし本には「西洋では天使と呼んでいる」と書いてある。言われてみればそうだ。クリスチャンも天使は信じている。であれば、悪魔でもなさそうだ。私は急いで本をカウンターに持っていくと支払いを済ませてカバンにすばやくしまった。

主観性と客観性と宗教

東京に戻ってさっそく興奮してタイチに話した。

「今日さっそくエホバが答えをくれたと思うぞ！」

「覚醒が何か分かったの？」

「霊能者に会ったよ。彼女によるとタイチとオレが同じ時期に覚醒したのは、偶然じゃなくてシンクロらしいよ。オレたちの潜在意識が繋がっているからだって。よく分かんないけど、なんかオレたちの知らない世界があると思う」

その後、江原さんの本を読んでいたら覚醒について書いてあった。通常人間の魂は、右肩上りに進歩していくらしい。しかしなんらかの理由で瀕死の状態に追い詰められると、いきなり階段上に次のレベルに魂がジャンプするのだという。だからいろいろな実業家が成功する直前に、事故や病気になって瀕死の状態に持っていかれるのだという。それは魂に対する試練というか問いかけだと言っていた。確かソフトバンクの孫正義さんの本にもソフトバンク初期に病気したと書いてあったな、と思った。

ただスピリチュアル本に関しては、かなり慎重であった。一つは悪霊かもしれないという疑問が拭いきれなかったこと。だがそれ以上に、また別の宗教に入るつもりはさらさらなかった。スピリチュアル本の中にはかなり怪しいものもあるので、一緒くたにするのには注意が必要だ。

江原さんの本はあまりにも未知の世界すぎて、最初は訳が分からなかった。道徳的価値観もあまりにも違いすぎたからだ。しかも目に見える証拠がある訳でもない。完全に主観の世界である。

私はここで一つの重要なことに気が付いた。神や目に見えない存在をどう感じて信じるかは、完全にその人の主観によるのである。薬のプラシーボ効果のように、その人がそう信じればそれは現実にも影響を与える。人はどの宗教であれ、それを信じるから救われるのだ。

宗教とはこの「主観」を「客観」に置き換える試みである。みんなでどのように神を感じるべきか、客観的なルールや方式を設けるのだ。だから個人の主観は否定され、教団によってどのように神を信じるべきかが規定される。その客観的なガイドラインが聖典や教義にあたる。

聖典の解釈に客観性を持ってきた宗教は科学的に見える。少なくとも理論的には見える。最近私の知人が「イスラム教はとっても科学的だ」と言ってきたので、非常に驚いた。証人たちも「組織の真理は科学的だ」と同じことを言う。イスラム教の何が科学的なのか聞いてみたら、「答えは明確に全てコーランに書いてあるからだ」と言う。でもその本にそう書いてあるから、というのは科学的な証拠でもなんでもない。ただそう書いてあるだけで神聖さの証にはならない。

しかし、人間は根拠のないことでも分厚い本に書かれると、「根拠があるに違いない」という錯覚を持つ。私の本だってペラペラのものよりは、辞書のように分厚い方が信憑性が増すだろう。多くのビジネスマンが投資とかで詐欺にやられるのも同じ理由だ。紙一枚だと信じなかっただろうが、分厚い決算書やアナリストのレポートを渡されると信憑性が増す。みんなが揃って分厚い資料にダマされたのはエンロンやサブプライム問題が表している。

「地底世界を発見した」「ＵＦＯに拉致された」「悪霊に襲われた」「金星からやってきた」。どんなに突拍子もない発言もその人にとっては真実である。聖書が正しいと信じれば世界をその色眼鏡でみる。全ての主観による世界観でしかない。エネルギーは意識を傾けたところに集中して実体化する。だからサタンを信じれば、サタンのような現象が実体化する。少なくとも信じている者には、体験がリアルとなる。

私は証人の時から不思議な疑問が一つあった。証人の立場では、もし自分の願いが叶うと、「エホバのおかげだ、ご意志だ、祝福だ」となる。タイミングよく物事が進むと、エホバが助けてくださったと感じる。しかし私が一番気になっていたのは、他の宗教の信者も同じように感じていることだ。あらゆる信条を持った人々が、それぞれ自分の神のおかげだと言って感謝している。証人から見れば他の神はサタンだ。サタンが様々な人に祝福を与えるとは到底思えない。であればこの現象は何なのか？　仲間に聞くと、

「サタンも人を欺くためにいいことをする」と言うが腑に落ちない。というかそれは単純に差別ではなかろうか？

今ではこの現象に簡単に説明がつく。全て「シンクロ」という現象だ。偶然の重なりは必然であるという考え方。他の言葉では「引き寄せの法則」とも言う。人で言えば、類は類を呼ぶ現象だ。ケンカ好きであれば、ケンカをする人を引き寄せる。猫好きであれば、道を歩いていてもいつも猫にいきあたる。そして、エホバやサタンを信じれば、それを強化するような現象が引き起こされる。

人は意識を向けたところにエネルギーを注ぐ。そしてエネルギーは密度が濃くなると、擬似的に実体化するのだろう。

妻の洗脳が解ける

私が宗教の洗脳から解かれたのは、二〇〇六年の五月の出来事である。八月に入り、家族は私抜きで集会に通っていた。私は自分一人が宗教を抜ければいいと思っていた。洗脳から抜けたが、それでもエホバの証人が害であるとは思っていなかったからだ。私個人に合わなかっただけで、妻と子供たちは続けてもいいと思っていた。だから家族を強行突破で解約しようとは思っていなかった。

ところがある夜、集会から妻が帰ってきて言った。

「今日集会に行ったら兄弟たちの目が怖かった。あなたの言っていたことが分かった」

「分かった? 言ったでしょ、絶対に怪しいって!」

私はおかしくて笑ってしまった。どうやら妻の洗脳が解けたみたいだ。おもしろいのだが、洗脳が解けそうな人というのは、シールのはじが剥がれそうな感じでヒラヒラしている。これは自分の感覚的な話なので説明のしようがないのだが、相手と会話していると分かる。妻の頭の中もヒラヒラしていたので、私はそれを引っぺがすことにした。

私は自分が集めた資料を机の上に広げて一つずつ見せていった。妻はそれを見てすぐに悟ったようであった。あまり細かい教義の矛盾の説明を必要としなかった。直感的にこの組織は違うかもしれないと理解しただけで、彼女にとっては十分であった。そこで彼女も集会に行くのを中断した。

八月には地域大会があったが、これは全ての信者が出席するものであった。だからとりあえず家族で顔を出してみることにした。日本語の地域大会だったので、昔からの知り合いも結構いた。みんな親しく話しかけてきたが、私と妻は居心地の悪さを感じていた。やっぱりこの人たちは洗脳されている人たちの集団だという実感を持った。それでお昼の休憩の後にすぐに会場から出た。それ以来、私の家族は集会に一切行かなくなった。

ネットには証人を離れたばかりか、離れようとしている人のブログが結構ある。みんな洗脳解約進行中ということで、匿名で自分の意見や感想を書いている。私の妻はそういった人たちのブログを読み始めた。前々から自分が疑問に思っていたことを、他の人も感じているのだなと思ったらしい。

その頃から私はパワーポイントで教団の洗脳を解くための資料を作り始めた。それで新しい資料をまとめるたびに彼女に読んでもらった。そのたびに様々な組織の矛盾点やスキャンダルが出てくるので、彼女も驚いていた。ただ彼女の母親と兄も信者なので、このことは実家には言わなかった。

妻の洗脳解約は意外と早い時期にスムーズに進んだ。とりあえず我が家の中はＯＫである。しかし実家ではどちらも当然ＮＧであった。

共産主義のソ連の真っ只中で？

タイチと話をして霊能者と出会った出張での話の続き。私は小金井の萩山家に泊まりに行った。そして萩山姉妹と娘にも少し興奮気味に新しい話をした。その頃は洗脳が解かれたばかりで解放感があり、不安はありつつも同時にちょっとした興奮があった。するとニ人とも「どうなのかしらね」と黙ってしまった。私は頑固オヤジに大げさに土下座して謝った。

「今まで申し訳なかったです！　これは真の宗教でもなんでもなかったです。オヤジが正しかったです」

「おお、そうかー！　やっと分かってくれたか」

「オヤジが一番まっとうでした。申し訳ありません。謝罪します！」

「嬉しいなー、遂にオレの心境を分かってくれるようになったか。今までオレはいつも家族に責められていたからな。おまえがやっと味方になってくれたか、飲め、飲め」

そう言うと、酒をたくさん振舞ってくれた。私と頑固オヤジはハッピーだった。ハッピーじゃなかったのは萩山姉妹と娘だ。その後、彼女たちは長老に相談をしに行く。ニューヨークで私が聖書の話をしていた銀行員の研究生だった人だ。当然だが兄弟は、「背教の可能性があるから二度と家に入れないように」とアドバイスした。後日、萩山姉妹から「今後会うことができない」と電話で言われる。

「クリスチャンは真理を調べる必要があるよね？」

「もちろんそうよ」

「組織の真理が本当かどうか調べる責任があると思うけどな」

「なんでよ」

「だって伝道で家の人に真理を調べるように言っているんだから」

「でも私は興味ないわ。大本兄弟にものり兄弟とは話をするなって言われたのよ」

娘も「のりは自分勝手だ」と言って怒ってしまい、それ以降は無視だ。仕方ないのだが、なんか変だよなと思った。自分が励ましたはずの元研究生から背教者呼ばわりされる。そして、私がいつも聖書のことで相談にのっていた親子から、「もう話しかけるな」

と言われるのだ。

この後続いて、パイロット兄弟の家族からも締め出しを食らってしまった。そして一切背教的な資料は見たくないと言われた。この時にハッと気がついた。

「ヤバイ、オレ、ソ連の共産主義の真っ只中にいる政治犯の立場だ……」

冷静に考えたら自分は証人たちが最も恐れて憎むべき背教者の立場にいるのだ。今から噂はものすごいスピードで信者の間で広まる。そうすると自動的に村八分を食らう。

その同じ週に、一〇年以上仲が良かった夫婦と話していた。その時に自分の話をしたらダンナ兄弟の方からいきなり怒鳴られた。

「こっちは命をはって聖書をやっているんだ！」

そう言うと彼は私が持っていた本を床に投げつけた。私は解約直後は教団の歴史や教義の矛盾に関してよく理解しておらず、理論立てて説明することができなかった。彼から怒鳴られた時に、何も言い返せなかったので悔しかった。というより、同じことがうちの親族内からも起きることは十分に予想はできた。

「理論武装をしないと喰われる！」

妻と子供たちも信者仲間からバッシングの対象に晒されるので、家族を守らないといけない。

第9章　ミッション・インポッシブル――親族洗脳解約

泣き叫ぶ親を解約すると決める

自分の洗脳から解けて少し経った頃。私は弟に自分たちの組織は本物ではないという話をしてみた。彼はその時は、「そうか、そうか」と聞いているだけだった。だが後に電話で母親に、「のりの頭がおかしくなったから気を付けた方がいいよ」と言っていたようだ。どうも長男の家に異変が起きたらしい……。それからというもの母親から執拗に電話が掛かって来るようになった。


「お願いだから目を覚まして。あなたは悪霊に惑わされているのよ」

「長老に相談しなさい。助けてくださるわよ」

「あなたはエホバを愛していないの！　エホバにもっと信頼をおきなさい」

「集会にちゃんと出ているの？　出ないから霊性が下がっているのよ」

「サタンに命を奪われるわよ」

毎週電話をしてきて涙ながらに訴えてきた。

(目を覚ましているのは、こっちの方なんだけどな)

そう思いつつ私は電話対応をしていた。

大阪の霊能者にメールをして聞いてみた。

「母親を宗教から解約した方がいいですか?」

すると彼女から返事が来た。

「お母様は宗教に完全に入り込んでかなり依存しておられるようです。もし宗教を奪うとストレスで死んでしまいます。だからそっとしておいてあげなさい」

実際問題そうであった。母親は朝から夜まで毎日、聖書と組織の出版物を読んでいた。家族で旅行に行ってもすぐにホテルで聖書と「ものみの塔」誌を開いて、「みんなで勉強しましょう」と言い出す。あまりにもしつこいので、大抵これが佐藤家のケンカの理由になった。会衆では模範的なクリスチャンとして成員からも定評があった。息子二人はベテルに行き、夫は長老になっており、娘もバプテスマを受けている。彼女の人生全てが宗教そのものであった。

この人から組織と聖書を奪ったら確かに死ぬだろう。それで母親には電話でこう言った。

「自分は組織にもう関心がないけれど、ママがやる分にはいいと思うよ。だからこっちはそうっとしておいて。応援はするから」

当然こんなソフトな対応に向こうは「そうですか」と言う訳がない。電話の向こうで怒りながらまくし立ててきた。

「あなたたち家族とは絶縁よ！　サタンが身内にいるのは耐えられない！」

大抵二世が宗教を離れると、親は口を揃えて「絶縁する」と脅してくる。そういう時はそのまま反対に切り返せばよい。

「いいよ、絶縁したら。うちはどっちでもかまわないけど、孫たちはこれでおばあちゃんがいなくなったね」

孫を人質にとると大抵向こうがひるむ。

「あなたがそういう態度を取り続けるなら長老に通報して排斥してもらいます」

「排斥でもいいから、もう宗教の話はしないでください。大体、こっちは一言も組織の悪口言ってないじゃん。お互いこの話はもうナシね。それが一番平和だから」

そのうち電話の内容は攻撃的なものから懇願に変わってくる。

「お母さんはあなたと家族のことを思うと、心配で心配で寝られない」

「あなたはよくても、孫が滅ぼされるのはかわいそうすぎる」

「エホバに対してなんと申し訳ないことか、と思うと胸が押しつぶされる」

「本当にあなたたちは楽園に入れなくていいの？　世の人たちにだまされているんじゃないの？　信者仲間が一番愛をもってあなたのことを考えてくれるのよ」

そして電話の向こうでは激しく泣いている。毎週こういう電話が掛かってくるようではこっちがストレスで死んでしまう。というか、その前に母親自身が息子が宗教をやめたストレスで死んでしまうのではないかと心配した。そこで私は決めた。

「同じストレスで死んでしまうのなら、宗教カルマから解放して死なせてあげよう」

妻の実家をひっくり返す

まず私は理論武装をするために、徹底的に調査してそれらを紙にまとめることにした。それで朝から夜中まで、仕事以外の時は机に張り付いていた。資料はパワーポイントで作りあげた。もともと自分の仕事がプレゼン資料作りなので、パワポのプレゼン資料は得意だ。私の机の横には、本が山のように積み上げられていた。教団の歴史、キリスト教の歴史、聖書の歴史。一つずつ取っただけでも一つの立派な学問だから大変な情報量だ。あまり難しすぎる専門的な話は伝わらないので、そこからエッセンスを抽出していく。


体力の限界まで机に向かっていたが、今ここで自分の家族を守らないといけない。そしてこの宗教圏から脱出できるかどうかは、自分のアイデンティティの生存にも関わる。

「今この瞬間に自分の命がかかっている！」

そう思いながら、朝から夜中まで本をめくりながらパソコンの画面と向き合った。

同じ年の年末に妻の実家のもとへ帰省した。妻の実家は義父が未信者ではあったが、長男が海老名支部の幹部だったので、簡単にはいかなかった。お義父さんとお義母さんがテーブルに座っていた。向こうも私の話は私の母親から聞いていたので、表情が硬かった。幸い義兄はいなかった。うちの家族がテーブルに座ると、最初にお義母さんから出てきた言葉がこれだ。

「あなた一体何を考えているの」

穏やかだが、毅然とした態度で言う。

「まあまあ、のりちゃんも自分の考えがあるみたいだから、そっとしておいてあげよう」

元から信者でないお義父さんは、気を使ってそう言った。だがそんなことでお義母さんが納得するわけがない。ただしこの頃には、自分の理論武装もしっかりとしていたので、私は自信を持って答えた。

「こっちはちゃんと考えています。そっちはちゃんと考えたことありますか？」

「考えるって何を？」

「真理かどうかです。ボクはしっかりと考えて調べました。結果、ものみの塔は真の組織ではないです」

向こうは何を言われたのかよく分からない顔をした。私は胸を張って伝えた。

「自分は、お義母さんが聖書研究を続けてもいいと思っています。そっちがそっとしておいてくれればこの話はここでストップします。でも、どうしても私の考えを知りたければ話します。そのかわり二度と組織には戻れなくなります。それでもいいですか？」

少し考えていたが、彼女は答えた。

「真理は真理よ。真理がくつがえされることはないから、あなたの言い分だけは聞きましょう」

それで私は自分が用意したパワポ資料を出して、一つ一つ組織の矛盾点を説明していった。彼女は私の話を一時間程黙って聞いていた。私の妻とお義父さんも黙って座っていた。一通り私の話が終わる頃、彼女が口を開いた。

「あなたの話は、分かったわ」

その夜はそれでお開きになった。

次の朝、義母が起きてきて言った。

「あなたの言っていたことを考えてみたけれど、確かに一理あるかもしれないわ」

妻の時と同様、意外と素直に話が通ったので驚いた。さすがに親子だなと思った。

それから徐々に彼女の洗脳解約作業が始まっていった。私は最初に『良心の危機』の本を手渡した。彼女はこれを読んでいくうちに、教団のことはどうでも良くなったみたいである。もともと平日に仕事もしていたので、伝道時間が昔から多くはなかった。それで洗脳の度合いがそんなに深くはなかったようだ。ただ子供たち二人が熱心になってしまったので、そのまま引っぱられていったという感じだったのだ。でもここに来て、自分の娘と孫たちが教団から離れるという事件が彼女にインパクトを与えた。それでこういった本の内容も受け入れる態勢になったのだと思う。

ベテル長老の義兄と正面から対決

当然この成り行きを見て飛んできたのは長男だ。なんといってもベテル長老だ。自分の実家に背教者の影響が及ぶのは許せない。彼とは居酒屋で会うことになった。

「のり君、一体うちの母親に何を吹き込んだの」

「逆だよ。お義兄ちゃん(にい)こそ組織に何を吹き込まれているの」

「何その言い方は？」

「真理は理性による理論的な理解だよね」

「もちろん。僕たちは聖書研究者じゃないか」

「じゃあ、理論的にケリをつけよう」

そう言って私は、紙ナプキンにペンで図と教理の要点を書いていった。

「今ここで一つ一つ説明してあげるからなんでも聞いて」

「じゃあ、のりは統治体を信じていないの？　一九一四年の終わりの日のしるしは信じてないの？」

一つ一つの点に関してその場で矛盾点を説明していった。こういう時、話は大抵堂々巡りになる。何度同じ説明をしても必ずこんな感じになる。

「のり君、だって今はイエスも言っている終わりの日でしょ」

「だからそれは一九一四年がポイントだって説明したよね。で、その年号はエルサレム崩壊の西暦前六〇七年を基にしているでしょ。でもその年号は歴史的に事実ではないから」

「組織の出版物には六〇七年だと書いてあるじゃないか」

「いやだから、それは協会がそう言っているだけだよね」

「組織が間違った情報を出す訳ないだろう」

「今度その数字に関する本を持ってこようか?」

「背教者の本は読まないよ」

「背教者じゃなくて一般的な歴史の本だよ」

「世の人たちは真理を知らないでしょ。そんな人の本が正しい訳ないじゃないか」

「誰の本だったら読むの?」

「必要な情報は全部組織の本の中に書いてあるよ」

「この議論はムリでしょ。六〇七年の検証のしようがないもんね」

といった感じで必ず壁にぶち当たる。理論で詰まると、主観論を持ち出してくる。

「でも、クリスチャン愛を持っているのは組織だけだよ」

「それは主観論だよね。他の教団の信者も、そう言っていると思うよ」

「いいや、僕たちには素晴らしい仲間がいる」

「だからそれは主観だってば。向こうだって、素晴らしい仲間がいるって言うってば」

「のり君はこれまで組織からお世話になっておいて、信者の愛を感じてこなかったのかい？」

「ごめん、何度も言うけどそれは主観論だよね。どの宗教もそう思っているから。だから教義が正しいかどうかの方が重要じゃない？　誰といるかより、何を宣べ伝えるかだよ」

「エホバを愛していないのか！」

「エホバは愛しているけれど、組織への愛とは別の話だよね。それもさっき説明したよね」


こうやって話はぐるぐる回る。向こうも次第に顔付きが険しくなる。

証人たちは奉仕で他の宗教信者と対峙する時にいつも笑顔をかましてくる。本人たちはそれは真のクリスチャンは謙虚で温和だからだと言っている。しかし本当は、単に優越感に支えられた傲慢さでしかない。心の中では、「自分たちには真理があるからサタンには負けない」と思っている。だから何を言われても笑顔で対応する。大抵の議論の相手は証人たちの聖句攻めにあって、反論できないまま無言で顔を引きつらせてその場を去る。すると証人たちは、「やっぱり真理が勝つわね」と喜ぶ。だが今回は逆だった。次第に義兄の顔が引きつっていった。伝道での議論の相手は、聖書と組織の理論に精通していない。だから相手から何を言われても「この人はポイントを外している」と軽く流せる。しかし私の理論展開は痛いポイントを正面から突く。そのうち、彼の返す答えが少なくなった。

「いいよ、義兄ちゃん。ボクの質問に答えてくれる根拠を持ってきてくれたら、いつでも組織に戻るよ。六〇七年の歴史的証拠ね。あと、ギリシャ語のテトラグラマトン。そして組織が一九一九年にイエスに選ばれたという根拠ね。たったこれだけの答えを持ってきてくれれば家族で戻るよ」

「もうキミとは話すことはないね」

そう言うと、彼は無言でテーブルを去っていった。

「大丈夫、ここの勘定はオレがもっておくから」

立ち去る彼に後ろから声をかけた。

（ヤッタ！　遂にひっくり返せるようになったぞ！）

心の中でイエイ！　のポーズをとった。怒鳴って本を投げつけられた長老の時のリベンジだ。これで少なくとも、今後信者からの攻撃は撃退できる。

この時が彼と交わした最後の会話だ。今でも彼は、実家には一切足を踏み入れない状態が続いている。協会が背教者の親族とは一切話をしてはならないと指導しているからだ。もっとも彼の立場も分かる。二〇代の時からずっと全時間奉仕一筋できた。もう五〇代である。ここで宗教をやめてどうしろというのだ。ベテルを出て仕事をするには遅すぎる。しかも今の立場であれば、日本中の信者仲間から尊敬の目をもって慕われる。組織を捨てれば、ただの脱藩者で孤独な世界だ。組織の外に彼に友人や知り合いはいない。自分の慣れ親しんだ価値観と環境と人を捨てることは容易なことではない。

こうした理由から、彼は彼で宗教を全うしていいと思っている。ただこっち側は彼の立場を受け入れているのだから、向こうにも歩み寄ってほしいと思う。会った時に普通に人間として挨拶してくれればいいだけの話である。しかし証人たちは、決してこうした態度を取ることはできない。彼らから見たら、サタンと折り合いをつけることは不可能だからだ。

私が証人だった時、ずっとつきまとっていた根本的な疑問があった。証人たちは確かに、徴兵は拒絶して、戦争に参加しないので平和主義者だ。しかし心の中では、他の宗教信者を断罪する。イエスは、人が自分の心の中で罪を犯せば実際にやったのと変わらない、と教えている。だからクリスチャンは戦争を仕掛けないが、思いの中では他の宗教を裁いて闘いを挑んでいる。全くもって平和主義者ではない。この譲れない態度は、証人に限らずどの一神教宗教にも見られる。中東の紛争問題は、石油があろうがなかろうが変わらないと思っている。十字軍とイスラム教徒の戦いは、石油が見つかる以前からの争いだ。

私は以前から、エホバの証人も実はこの宗教論争に加担しているのではないか、と気にはなっていた。個人的には違う宗教だということで人を差別はしたくない。しかし聖典に厳密に基づいた解釈的教義はそれを許さない。この本に出てくるエピソードは一般的に見れば特殊で極端な話かもしれない。しかし程度の違いはあれど、どの世界でも起きている。仕方ないが、それが宗教の持っている宿命である。

父親は家族サービスだった？

日本での出張の時に、私の父も日本に来ていた。二人で寿司を食べに行った。こっちは解約されてから初めて会うので、若干心配ではあった。なんだかんだ言って、父が長老であることには間違いない。

「いろいろと理由あるけれどもう証人はできないから。そっちが続ける分にはこっちは気にしないから」

おそるおそる切り出すと、意外と呑気な答えが返ってきた。

「ま、それでいいんだよ」

「え？　それでいいの？　怒らないの？」

「ママがやっているから付き合っているだけだよ。でもママには言わないように。また喧嘩になるからさ」

「いや、もちろん言わないよ」

（は⁉）

これには驚いた。この人は家族サービスでやっていたのか⁇　だとしたらものすごい役者だ。よくもまあ、これだけ我慢してこれたものだ。確かに普段から伝道とかを嫌がっていたし、母親の意見に反して自分の研究生を持つのは拒んでいた。集会でも演壇から不可思議なことを言っては、母親から「長老のする発言ではない」と叱られていた。でもおばちゃん姉妹たちからは「佐藤兄弟はおもしろい話をするわね」とおもしろがられていた。

この経験から、たぶん「なんちゃってクリスチャン」をやっている兄弟が案外と多くいるのではないかと思う。組織から離れた他の二世の話でも、大抵父親を宗教から連れ出すのはあまり苦労していない。母親をやめさせると、抵抗もなく父親もやめる場合が多い。妻に付き合ってやっている兄弟が多いと思われる。やはり日本は「かかあ天下」だなと思った。

私は父親に言われなくても、母親をそうっとしておこうと思っていた。しかし向こうがそうっとしておいてくれない。さあどうしたらいいのか、全く見当がつかない。でも取りあえず父親対策は思っていた程大変ではなかったので安心した。

母親への手紙で突破口を開く

母親からの電話は引き続き掛かってきていたが、毎回向こうが感情的になり、錯乱状態になるので、会話が空中分解する。これでは埒があかない。電話だと感情論になり、冷静な話し合いができない。それで手紙しか方法がないと思った。

私はきちんと自分のエネルギーを込めた方が感情が伝わると思った。それでメールでもプリンターでもなく、直筆で手紙を書いた。子供の頃から育ててもらって感謝していること。また組織にも感謝していること。エホバとイエスの教えの価値も認めていること。伝道や集会がイヤになってやめたわけではないこと。ただ、組織の教義に関して同意できないだけであること。そして今後は普通に宗教なしで家族で接したいと書いた。

こんな調子で一四ページぐらいにわたって一生懸命書いた。これでしくじると、セカンド・チャンスがやってこないことは分かっていた。だからこれは、母親が私から受け取る最後の手紙になるつもりで書いた。内容は要約すると、こんな感じだ。

「今まで育ててもらっていることは、感謝しています。教団にも子供の時から面倒を見てもらったのは事実で、組織にも感謝しています。エホバとイエスも信じています。聖書の道徳内容に関しても価値を認めています。

ただ、具体的にどのように神を信じるべきかについては、組織と自分の考えに違いがあります。また家から家へ宣べ伝えているからというのは真の組織である根拠にはなりません。それは聖句の解釈論であって、何を宣べ伝えているかの方が大切です。そして私は、組織の言っている真理には矛盾を感じています。

世の終わりの預言に関しても、それは一世紀の時代に既に成就しています。今の時代に、二重の意味で適用されるわけではありません。それは組織の解釈論にしかすぎず、聖書にはそんなことは書いてありません。また異邦人の時の根拠となるエルサレムの崩壊も西暦前六〇七年ではありません。

また啓示に出てくる一四万四〇〇〇人は文字通りの数字ではありません。そうでないと、天にいる大群衆も天的級だということになってしまいます。これらの預言は、文字通り捉えるべきものではありません。

聖書には、父と子と聖霊の名においてバプテスマと書いてあります。しかし組織のバプテスマの質問は聖書に書いてない条件を付け足しています。エホバとイエスの贖いを認めることは正しいです。でも二つ目の質問は、組織を神の聖霊の経路として認めるように主張しています。私は聖霊は、神から各信者に直接注がれるものだと思います。

こういった理由から、私の家族は組織から距離をおきたいだけです。もっとも自分の信条をママに押し付ける気もありません。ママは今のまま宗教を続けてください。誰が正しいかどうかには興味がありません。また、自分の過去に関して決して怒ったり恨んだりしている訳ではなく、本当に感謝しているだけです」

すると程なくして母親から手紙で返事が来た。最悪このまま絶縁になるかと思っていたので、安心した。

「てっきり親を恨んでいるのではないか、憎んでいるのではないかと心配していました」という出だしで返事は始まっていた。そして、ものみの塔が真の組織である根拠となる聖句を並べてきた。それらに対して、私の側で説明しろと書いてあった。挑戦的ではあったが、とりあえず手紙上であれば理論だけで話ができる。彼女が挙げてきたのは、これらの点であった。

- 使徒二〇章二〇節にある「家から家」への伝道。
- 協会はエルサレム崩壊は西暦前六〇七年で他の証拠は信頼できないとしている。
- 奴隷級と統治体を否定するのであれば、真理はどうやって信者に与えられるのか？
- もし協会が間違っているのであればどこの教団が真理を持っているのか？

それで私は、それぞれの点に関して返事の手紙で説明をしていった。使徒の聖句は、弟子たちが信者の家から家で集会を開いていた、という意味であること。またあくまでもそれは手法の見解であって、真理の真実性とは全く関係ないこと。また、一般の考古学的証拠はエルサレム崩壊を西暦前五八七年としていること。協会はこれらの証拠の信憑性を批判はするが、代わりとなる証拠は一切提示していないこと。

証人たちは、奴隷級と呼ばれる特別なグループだけが神からの聖霊を受けている、と教えられている。しかし愛ある神は人類全員に聖霊を注いでおられるわけである。最後に、他の教団が答えを持っているとは思っていないが、その前に今の組織が正しいかどうかを検証するように、と書いた。

そして私は、協会の出版物にあるオカルトの隠し絵と、教団のスキャンダルに関する資料を同封した。この資料を見てから母親の態度は大きく軟化した。それから電話での解約作業が始まった。

一つずつ教義の洗脳の塊を砕いていく

資料に目を通した母親から、再び手紙で返事が来た。文章の雰囲気がかなり軟化していたので、今なら電話しても大丈夫だと思った。それで彼女に電話を掛けてみた。

「そっちはどう？　何か質問はある？　イヤだったら本当に無理しなくていいから。そのまま証人をやっていてもいいんだよ」

私は何度も強調した。

「お母さん考えたの。私だけが証人を続けて楽園に入れても、息子夫婦と孫たちも一緒でなければ意味がないって。組織は背教した子供と話をしてはいけないっていうけれど、お母さんだけが救われればいいという考えも利己的だなと思うの。だから覚悟を決めたから。お母さんの命をエホバに預けて調べてみるわ。エホバに命綱を持っていてもらって、離さないようにお祈りしているの。息子と家族の命もかかっているから」

「そう言ってくれてありがとう。とりあえず誰もエホバから滅ぼされることはないから安心して」

私は母親が、自分自身の救いよりも息子の方に命を預けてくれたので感謝した。通常であれば、母親は子供と一緒に組織から追い出されたくない、と言って子供を切り離す。また何よりも、最後まで真理とは何かを検証する、私の母親のクリスチャン精神は偉いなと思った。私が解約に失敗した信者たちは、みんな真理を再確認することをしたがらなかったからだ。

洗脳は一〇〇％の絶対のダムの壁に一％の穴を開けることができれば解除できる。一％の「もしかして？」さえあれば、あとは時間と共に壁が加速的に速く崩壊していく。ここから、母親への本格的な解約作業が始まった。毎週何度も電話で長い会話をして、聖句の適用方法を説明したり、その都度必要な本を送ったりした。電話では、毎回一つのテーマを取り上げて聖句で論証していった。母親の中には、二五年間かけて構築されて教理に関する洗脳がガッツリ入っていた。母親の思考パターンも組織の教義の先入観で凝り固まっていた。一つ一つコンクリートの壁を打ち砕くように、毅然とした言葉を母親に打ち込み続けた。

論破していかないといけない教理は山ほどあった。一九一四年の妥当性、終わりの日のしるし、一九三五年と大群衆の妥当性、奴隷級の根拠、地上の楽園への復活、輸血禁止令、人間の原罪、聖書の性道徳観、サタンの実在性、バビロン宗教、等々ざっと挙げてもこれだけある。細かい教義の解釈になるとリストはどんどん続く。私はこれを一つずつ電話で解いていった。

　そして母親は『良心の危機』を読んで、組織は決して真の組織でないと理解した。教団の教義をつくっていた張本人が、そのプロセスと矛盾を暴露している内容は、母親に大きなインパクトを与えた。彼女は証人たちが真理でないのであれば、次の新しいより正しい答えは何か？　と繰り返し聞いてきた。私は絶対的な答えはこの世の中にないと答えた。証人たちには絶対の答えがないという概念は理解し難いことである。ずっと真理という答えがあると教え込まれてきたからだ。

　母親は組織に対して疑問を持つようになったが、エホバ、イエスと聖書の正当性は信じていた。しかし組織を否定すると、どうしても神とは何か？　という話になってしまう。また教義の矛盾を突いていくと、聖句の矛盾に行き着く。するとそこに出てくるイエスの史実性はどうなるの、という話になる。これらには手をつけたくないと思っていた。母親の全てだったからだ。

　しかしどうしても避けて通れない道なので、エホバ、イエス、聖書に関して電話で説明していった。これらに関するだけで一冊分の内容になってしまうので、ここでは基本的な考え方だけ書いておく。

　まず第一に聖書は霊能者が書いたものである。聖書は霊能者を否定しているが、聖書が霊感を受けて書かれているのは聖句も認めている。霊感を受けるには第六感が必要である。聖書は違う言葉にすり替えているだけであって、第六感による啓示の受信は霊能力に他ならない。そして聖書の各書その場所やその時代のニーズに合わせて書かれたスピリチュアル本みたいなものだ。

これらの本を強引に一冊にまとめあげたものが今の聖書である。これは四世紀にバチカンによって行われた。ローマは宗教を使って民を支配しようとした。それでローマ人が信じていたミトラ教と新しいキリスト教をガッチャンコした。だから聖書の中の神話や格言は異教徒の宗教から継承したものだ。政治的な理由で正典に含まれなかった外典を読めば、当時のクリスチャンが何を信じていたのかが分かる。ちなみに正典の数は六六冊であり、聖書がいう不完全数の二連続きである。

聖書の矛盾点に関しては、極めて理論的に説明をしていった。またイエスの物語は、古代ローマ人が信じていた神話に基づいていることを正直に話した。イエスもミトラ教のメシアも、両方とも馬小屋で産まれていたし両者とも杭に掛けられている。ちなみに聖徳太子も廏戸皇子と呼ばれ、廏で産まれたとされている。またイエスもモーセもそれぞれ四〇日、一人で過ごしているが、釈迦も同じであったこと。

イエスに関して重要なのはイエスの実在性ではなく、イエスの教えの中に含まれている真理の響きである。人類は霊的な叡智が引き継がれるようにと、神話の中に霊的真理の断片を組み込んできた。だからイエスの言葉から本質となるエッセンスを抜き出すことが大切だ。

神に関しては、正直分からないと母親に説明した。蟻が象を把握することは不可能だ。同じくちっぽけな人間が壮大な神を理解できる訳がない。聖書のように強引に神を描こうとすると、人間筆者は人間の人格を神に自己投影して神の人格像を決めてしまう。無限大の愛を持っている神が、怒って特定の民族を滅ぼしたり、嫉妬したりするはずがない。それらは明らかに、ガラテア五章二二節にある霊の実（愛、喜び、平和、辛抱強さ、親切、善良、信仰、温和、自制）に反する精神態度だ。

私は母親との会話のやり取りを通じて、洗脳解除のコツが分かってきた。洗脳にはまっている人には必ず決まった思考パターンがあり、それをどう打ち砕いていけるかがポイントになる。ある程度ショック療法になるが、強く事実を突きつけながらソフト路線のフォローでカバーしていく。ただし絶対に議論の核がブレてはならない。こっちがブレると相手もブレる。また、相手が自分の矛盾点を突かれて議論から逃げたら、決して逃がしてはいけない。その場で相手の矛盾点を繰り返し叩いて、その議論が復活しないようにしていく。この時に学んだノウハウは、後の友達の洗脳解約に役立つことになる。

ついに母親をひっくり返す

母親の解約作業を二月から始めたが、彼女は話を早く理解していった。彼女も私みたいになんでも徹底的に調べる性格なので、かなりの数の本を読み漁っていた。そして五月の終わりに入ってからのこと、いきなり「もう集会に行かない」と言い出した。父親と母親二人揃って集会には行くのをやめるという。

これにはこっちが驚いた。私の予想していたよりもずっと早く洗脳解約が進んだからだ。この電話をもらった時は嬉しかった。何よりも、今後、宗教のどうのこうのでケンカする必要はなくなる。やっと佐藤家にも平和が訪れるのだ。二五年間の荷物が肩から下りたような感じがした。

しかし、あまり物事が早く変化すると必ず反動がくる。エネルギーの流れに急激的に強く抵抗すれば押し戻す力も大きくなるからだ。流れているプールでビート板を立てるようなものだ。この場合、強い反動は、周りの信者から来ることが予想された。ハワイは狭い街なので、信者はみんな近所のコミュニティに住んでいる。しかも両親はハワイの会衆と長い繋がりがある。

「いきなり行くのをやめなくても、徐々に減らしていって自然消滅したら?」

「そんなのイヤよ。真理じゃないって分かったら、行くフリも大変じゃない。早く整理したいわ」

母親は嬉しそうにそう言った。

私の時は、ロスに引っ越してきて一年しか経っていなかったので、会衆との繋がりも浅かった。また日本への出張が多く集会にあまり行かれなかったので、会衆の人たちは私のことをよく知らなかった。だから集会に行かなくなっても、長老が心配して二度ほど尋ねてやってきただけだった。しかし両親はハワイの会衆の成員との関係が密だったので、かなり大変な状況が予想された。

他のケースだと、地元を引っ越したりして証人をやめる人もいる。地域を変えてしまえば、自分が知っている会衆の仲間から煩わされることはない。しかし私の両親は引っ越す訳にはいかなかったので、連絡を断つ方向でいった。まず会衆の長老が心配しないように、「しばらく集会をお休みします」と手紙を書いた。もちろんそんな手紙をもらえば、長老たちは心配する。そして会衆の成員も、心配して家に訪ねてきたり電話をしてきたりする。

実家は幸いマンションの入口にロックドアがあったので、信者が勝手に家まで来ることはできなかった。また全ての電話を取らなかった。だから私が電話を掛ける時は、二度鳴らして切った。すると向こうから掛かってきた。こうして全ての接触を遮断していった。

ただし、同じハワイに妹夫婦が住んでいたので、断絶届けを会衆に出すことはしなかった。これをしてしまうと、妹夫婦は家族と話をすることができなくなる。という訳で、妹が困らないための処置であった。

私の母親と妻の実家は同じタイミングで集会に行かなくなったので、二人で喜んで情報交換をしていた。母親をひっくり返したことで佐藤家におけるノン宗教派の形勢は大きく変わった。今度は証人をやっている方が、肩身の狭い立場に追い込まれた。そして私の弟と妹は焦り始めた。

続く弟の脱退

私の弟とは、直接何回かこのことに関して話をしていた。驚いたことに、弟は教義のことをあまり理解していなかった。昔から能天気な性格だったので、最初から教義や聖書には関心がなくフィーリングでやっていた。だから私が矛盾点を突いても、それの何が矛盾点なのか、よく分からなかったみたいだ。だから論破のしようがなかった。向こうはただ感情的に、「あいつの話は危険だ」といって自分の奥さんと一緒に私を遠巻きに見ていた。

母親の解約が終わって、一ヶ月くらいした頃である。アトランタで、弟とクリスチャン仲間との間にビジネストラブルが発生した。弟の主張だと、向こうがビジネスで裏切ってきて、クリスチャンらしくない仕打ちをしてきたと怒っていた。かなり腹を立てながら電話を掛けてきた。

「絶対にこんなのは神の組織じゃない！」

「だから言ってんじゃん。カルト信者に常識を求める方が無理に決まってるじゃん」

「え？　証人はカルトなの」

「オウムと変わらないよ。オウムほど過激じゃないけど、基本的には洗脳だよ。オウム信者に常識を期待できる？」

「それは無理だな」

「じゃ、証人たちも無理でしょ」

「そうかー、オレらカルトだったから変な奴が多いのか！」

「頭がおかしいのはオレじゃなくて、お前の方だからな」

「おお、確かにそうだな、わりい、わりい」

「ネットに自分が作った資料アップしてあるから読んでごらん。神の組織じゃないって分かるから」

「分かった、分かった、ちょっと見ておくよ」

少し経って弟から電話が掛かってきた。

「ちぇー、今までダマされていたぜ。組織は軍事産業の株を運用していたんだって！」

「他にもタバコ会社の株も持っているでしょ」

「これスゴイね。あと西暦前六〇七年が違うってやつ。じゃあ、世の終わりがいつ始まったか分からないよな！　もう集会行くのヤメた！　バカらしくてやってらんないよ」

「オカルトの隠し絵はどうだった？」

「正直あれはよく分からなかった。でもさ、昔からオレ、組織の出版物が怖かったんだよね」

「何が?」

「なんか絵が気持ち悪いって子供の時からずっと思っていたんだよな。だから部屋には置いておけなかったんだよね」

「えー! それは初耳。そんなこと思っていたんだ」

「あれは子供にとっては結構不気味だぞ」

突然変わった弟を見て慌てたのは、彼の妻だ。夫が宗教を捨てるのであれば、離婚すると言い出した。私の弟は強硬手段に出た。

「離婚したければ勝手にしろ。ただし親権はこっちだから、一人で出て行け!」

弟はそう言い放った。それから彼女を、強引に証人たちから隔離した。集会と伝道に行ってはならないと命令したのだ。彼女もさすがにまいってしまい、集会に行かなくなった。今度は私の方がソフト路線だった。

「そこまでしなくてもいいんじゃないの? うちは最初、集会行って続けても構わないって言ったよ」

「いやー、家族の中にカルト信者がいるなんてダメでしょ。うちの子供を宗教で洗脳したらかわいそう。だからあいつは絶対に集会に行かせない」

弟の妻は、三ヶ月集会に行けなくなった。しかしそのうちに、どうでもよくなってしまったみたいだ。もともと教義に感銘を受けてやっていたわけではない。親がやっていたので、感情的に真理だと思ってやっていただけだ。だから途中で感情が冷めてしまったみたいだ。そのまま彼女も集会に行かなくなった。結果的には二人とも、「ありがとう、おかげでやめられたよ」と言ってきた。とりあえずこの件も片付いて一安心した。

妹の解約失敗

ハワイにいた私の妹は、佐藤家の様子がおかしくなっていったので恐れた。というより怒っていた。みんな揃って、証人を続けないと言っている。妹はアメリカ人の真面目な兄弟と結婚していたし、向こうの実家も証人家族であった。妹はこの議論には、関わりたくないようだった。

弟夫婦が集会に行かなくなって少し経った頃。妹の家族はアトランタの弟家族のもとへ泊まりに行った。妹としては、自分の兄弟が集会に行かなくなったとしても、「クリスチャン愛を示してあげるわよ」のアピールで行ったのだと思う。しかし弟は逆に取った。わざわざハワイからやってくるのだから、洗脳を解いてほしいのだろうと。それで妹に対しても同じ強硬手段を取った。

妹は宗教の話はしたくないと言ったが、弟は「証人たちはカルトだからやめろ！」と強く迫った。当然妹夫婦は怒って家を出てホテルに逃げてしまった。その後、弟から電話が掛かってきて事の始終を話してきた。

「なんでいきなり議論始めちゃったの？　もうちょっと妹の反応を見ながら慎重に進め

ないと」

「おお。でも二人ともこっちの話ちゃんと聞かないからさ。あいつら証人は全く身勝手だよ。自分の主張は通すくせに、こっちの言い分は全く聞かないよね」

「しょうがないでしょ。カルト相手なんだから。まともにこっちの話を聞いていたらそんなもん続けてないってば。お前だってオレの話ずっと聞かなかったじゃん」

「おお、そうだったな。あの時は悪かった、悪かった」

私はホテルにいる妹に電話を掛けた。妹は電話の向こうで泣きべそをかいていた。

「ヒロがね、怒鳴ってきてね……。うちは平和にしたいだけなのに……うう……」

受話器の向こうでボロボロ泣いている。妹は歳が離れていたので、弟から怒鳴られて傷ついたようだった。困っている感じでもあった。

「のりはいつも怒らないのに、ヒロはすぐに怒るから……ううう……」

「ごめん、アトランタに何しに行ったの？　ヒロの所に行ったら説教されると思わなかった？」

「私たちは宗教に関係なく、家族として付き合いたかっただけなの」

「気持ちは分かるけど、本当にそんなことできるの？　一応ヒロもボクも組織から見たら背教しているんだよ。本当に仲良くすることできるの？　こっちはいいよ。でもそっちの組織が許さないでしょ？　そっちのダンナさんはどう？」

「だって、私たちは聖書の話はしたくないってヒロに言ったんだよ……それなのに……」

「でもさ、エホバの証人は家の人がイヤだって言っても聖書の話をしに行くでしょ。自分たちが同じことをやられて怒るのはおかしいんじゃないの」

「だって、だって……ううう」

電話の向こうでまた泣き出した。これが私と妹の最後の会話になった。それ以来、妹は佐藤家全員との連絡を断ってしまった。時々父親が伝言係りをしていたが、母親と話をすることもなかった。

この時から私と弟から見て、妹はいなくなったも同然だった。カルトに妹を取られてしまったが、向こうの人生だから仕方ない。私たちはもともとドライなので、それに関して悲しいとかいう話は出てこなかった。

「いやー、カルトになると血縁関係も全く意味がなくなるね」

「今度から妹はいないということでいいんじゃない。カルト持ち込まれても困るし」

「ま、放っておけば。どうせ面倒くさくなるんじゃない」

と兄弟二人は受け流した。もちろん母親は悲しんでいたが、彼女にできることはなかった。妹夫婦が親族に対して警戒の壁を張り巡らしてしまったからだ。母親は自分が子供をカルトに引き入れたことを悔やむことしかできなかった。

妹の洗脳解約をすることはできなかった。しかし母親の心配とは別に、私は妹に関しては楽観的である。どう考えても妹の性格からして教義を深く理解しているようには思えないからだ。昔から叱られている上の兄二人を見て、要領よく親に気に入られるように潜り抜けてきた。だから家族全員を敵にまわして自分の信仰を弁護できる程強い性格ではない。

妹は今までは両親の期待もあって、クリスチャンを頑張ってきた。ここに来て家族全員からの期待がなくなるわけだ。そうすると、妹一人であくせくするのがバカらしくなるはずだと私は踏んでいる。妹一人が「終わりが来るから伝道！」と言っても、家族全員から白けた態度で「ふーん」としか言われなければ、絶対にアホらしくなるに決まっている。

もし彼女の証人脱退を妨げるものがあるとすれば、それは彼女の夫だけである。彼はかなり生真面目な性格なので、ちょっとやそっとでは引っぺがせないだろう。彼の母親と弟も熱心な信者なので、彼を解約したとしてもその先が大変だ。

この本の執筆時点では既に四年経ち、妹夫婦は軟化路線に切り替わった。今は佐藤家とも普通に接触できる状態になった。私は時間が解決すると思っている。

ジェームズ・ボンド作戦

親族の解約は、私の優先課題であった。しかし同時に、特に仲の良かった友達の洗脳解約も、大切であった。私は証人の間でのネットワークがかなり広かった。日本全国に数多くの親友がおり、全て密接に繋がっていた。私から見てほとんどの信者は、そのまま真理に留まっておいた方が彼らのためだと思った。大抵、家族全員で証人だったからだ。本人が葛藤を抱えていないのであれば、平和に家族で過ごしてほしいと思った。しかし何人かは、明らかにやめた方が楽になるだろうと思われた。

私は教団を出る時に彼らにどうアプローチするべきか迷った。萩山親子とパイロット家族で失敗した苦い経験がある。一つ学んだのは、決してソフトに悠長に入っていってはダメということ。最初、私は先方の信仰に気を使って、かなり曖昧な方法で入ってしまった。

「組織は違うと思うけれど、もし興味あったら言ってね。いつでも話すから」

こんなことを言って、「そうですか、興味あるので教えてください」なんて答える証人がいるわけがない。本当は最初から予告しないで、資料を広げて本題に入っていけばよかった。洗脳解約のチャンスは一度限りである。一度目の対面で失敗したら二度目はない。一枚のコインをもっと有効活用すれば良かった。

「佐藤のり兄弟が、最近背教らしいことを言っているらしい」

この噂は私の家族が集会に行かなくなった頃から、急速に広まりつつあった。幸いロスにいたので距離が離れていたため、あまり具体的な話は流れていなかった。しかし確実に時間との競争は始まっていた。やっかいなのは一人の友達に説明してそこで失敗するると、あっという間にその友人からアラートを出されてしまうことだ。だから地下活動で警戒レーダーの下に潜りながら、ゲリラ的に動かないといけない。

まずは自分の中で解約候補の友達のリストをつくり、地域ごとに分けておく。そして同じ地域にいる複数の友達を二、三日以内の間に同時にアタックする。その中で反応を示す友達がいたら解約作業を続行する。相手がそこで抵抗を示したら、その地域ごと切り捨てる。ただし、噂が長老経由で別の地域に流れるとやっかいだ。私の話を流している長老に直接電話したこともあった。向こうもまさか私から電話が来るとは思っていないので面食らう。

「兄弟、私の噂を流していませんか？　とても残念です。私と直接話したわけでもないのに勝手に背教者扱いされるとは」

「すみません、のり兄弟が最近危険な発言をしているという噂を聞いたので」

「それで私に確かめもしないで私の噂を流したんですか？　兄弟が中傷をされるなんてがっかりしました。クリスチャン愛のかけらもないですよね」

「申し訳ないです。兄弟に確かめればよかったですね」

「悪いと思うなら、今からすぐに周りの兄弟姉妹たちに、あの噂は間違っていたと訂正してください」

「分かりました。申し訳ありませんでした」

こんな感じで私に対する背教疑惑を潰していった。そして逆に心配して電話を掛けてくれる長老にはこう言った。

「のり兄弟、最近心配な噂を聞くけど大丈夫？」

「大丈夫です。全く心配しないでください。たまたまある兄弟とケンカになっちゃって。そこから悪口言われちゃったみたいですね」

こうして慎重に噂の対応をしながら時間稼ぎをした。そして必要な候補者に、一対一で話をしていった。この時に絶対に誰かを同席させてはならない。信者同士で見張りあい、お互いの本心を隠すからだ。

この地下活動はジェームズ・ボンド作戦みたいで少し興奮した。正体を隠しながら動いて、必要な場面になったら解約作業を行い、またすっと姿を消す。ちょっとスリルがあって楽しい。いずれにせよ、自分の周りの人を宗教から解約する時は、時間をかけてはダメである。短期的にどれだけゲリラ戦を仕掛けられるかだ。そして成果が出なかった時は感情を入れてはならない。その人の運命の選択なので、こちらが胸を痛める必要はない。その人は宗教のカルマを解消していないだけだ。

私が実際に話をして、怒って去っていった友達も少なくはなかった。興味深いことに普段から組織について文句を言っている人に限って、私の話を聞かなかった。普段は個性派を狙ってリベラル発言をしているのだが、私が正面から出ると保守的で弱虫な態度であった。

普段は「組織なんてダメだよね」と強がっている兄弟が結構いる。私が「その通りだよ」と証拠を提示すると、「分かった考えておく」と言ってそのまま逃げてしまった。結局、組織の中で守られて強がっているだけである。この時に一つ発見したことがある。

どんなに粋がっている兄弟でも、度量の小さな奥さんと結婚している人は皆ダメであった。その時から、結婚相手の器を見れば、当人の器が分かることに気付いた。

証人たちは「真理のために命をかけている」と胸を張って言う。そして他の教団の人たちには「真理を調べるべきだ」と強く布教する。だが自分たちが自分たちの真理を調べるように言われると怯む。

「姉妹、真理を愛していらっしゃるんですよね」

「もちろんそうに決まっているじゃない」

「私はここでより正しい真理があると言っています。何が真理であるか調べる義務があるんじゃないですか?」

「私は関心ないわ」

「真理を愛していないのですか?」

「もうこの話は聞きたくないわ」

こうして最初の三分間で会話から逃げてしまう。他の教団の人が同じ対応をしてくれば、「彼らには真理がないから逃げるのよ」と言う。それなのに自分に降りかかるとすぐに逃げる態度は、面の皮が厚いとしか思えない。いや、洗脳の皮が厚いというべきであろう。

中には私の言い分は十分に分かるが、自分の家族や信者仲間と揉めるのを嫌がって引く人もいた。

「のり兄弟の言うことも本当だと思うよ。もしかしたら組織には矛盾がたくさんあると思う。だけど、うちの家族も信者だし、友達もみんなそうでしょう。今更変えられないよ」

私はこの類の発言に一番呆れた。自分の研究生には、「家族も友達も捨てろ」と教えているのである。それが自分になったらそれをしないのだから、無責任極まりない。彼らの研究生があまりにもかわいそうだ。付け加えておくが、誰一人私が提示する矛盾点に答えることはできなかった。ただムスッとした顔をして、「もう話すことはない」と言って席を立つのだ。

最終的には一〇名程の友達を連れ出すことに成功した。そこから彼らの身内や友達も一緒に解約された人もいるので、間接的にはもっと多くの人の手伝いをしたと自負している。それと成果はなかったが、自分の過去の研究生にもきちんと話をしてケジメをつけた。私も自分の解約から一年経った時に一連の作業が終了したと思ったので、そろそろ正式に脱退届けを出してもいいと思った。

聖書にメスを入れる

証人たちに「今の組織は違う」と話すと、必ず最初にしてくる質問がある。ヨハネ六章六八節にあるペテロの言葉を引用してくる。

「組織が違うとしたら誰のところに行けばいいの？」

組織を離れた証人たちの中には、最初に他のキリスト教教会に救いを求める人もいる。しかし私は最初から他のキリスト教には移行しないと決めていた。確かに証人たちの教義には問題もあるのだが、聖書に関してはかなり真面目で忠実だ。私も聖句を二五年間調べてきたので、聖書のことは理解していた。ある意味、証人たちは聖書の理解に近いと思っていた。だからもしここが違うのであれば、たぶんキリスト教関係のどこに行ってもあまり大差ないことは想像に難しくない。どんなにプロテスタント系の宗派が彼らの真理を力説したところで、所詮彼らが避難するバチカンから派生した分派にしか過ぎない。

ものみの塔協会は違う。そして他のキリスト教も違う。となるとキリスト教そのものがどうなの？　という話になる。するとキリスト教の基盤である聖書を疑ってかかるしかなくなる。私は最後まで怖くて聖書そのものには手をつけなかった。心の中で、「でも聖書だけは正しいだろう」と思っていた。これは私の中での最後の聖域であった。

だがここまで来たら踏み込まざるをえない。私は聖書に関する歴史の本を調べていった。とても興味深かったのは、聖書本体である正典から外された「外典」の存在である。またそこにはグノーシス派と呼ばれるグループの存在もある。どうやらキリスト教の初期時代に、私が知っているのとは違う歴史があるようだ。聖書の歴史に関しては一つの学問になっており、様々な写本が今の聖書にどのように繋がっているかを解析する分野がある。

写本で興味深い事実は、最初から複数の違ったバージョンの写本が存在することである。さらにどれが正しいか見極めようと思っても、原本が存在しないので不可能なのである。写本の正確さを議論したところで原本がないのであれば話にならない。ヨハネがサインをした原本が存在しないのだから、ヨハネ以外の人が書いていたとしても検証のしようがない。オリジナルなしで写本の議論をするのは無意味だ。

一九四〇年代後半に、死海の近くの洞窟からたくさんの古い写本が発見された。クリスチャンは、この時に発見された一世紀のヘブライ語聖書の写本が現在の聖書と近いので、聖書は正しいと言う。しかしこれは、写生がミスを犯さなかったことを証明しているだけで、聖書が真実かどうかとは別の議論である。コピー機が何かの文書を正確にコピーし続けたら、そのコピー文書は神聖なものだとでも言うのだろうか？　また組織の出版物にも明確に書いていないのだが、実はこれの写本のうち四分の一は外典の写本であった。もし死海文書が神聖で正しい物であるのであれば、セットとなっている外典も受け入れるべきである。

興味深いことにバチカンはこの写本の公表を差し止めしてきた。トンデモ本系の本では、隠されている文書は怖い予言を含んでいるので一般公開できない、と興味本位に書く。これらの予言を公表すると世の中がパニックを起こすかららしい。私は逆に考えている。これらの写本を全て公表すると、現在の聖書の威信が揺らぐかもしれないからだ。

実際、外典には輪廻など聖書と相容れない教えが書かれている。封印されている文書には今の聖書をひっくり返すような物が含まれているはずである。

実際、冷静に聖書を読むと矛盾だらけである。クリスチャンは聖書に矛盾はないというが、それはかなり強引な解釈論を使っているからだ。細かい矛盾を挙げればキリがないのだが、私が一番おかしいと思うのはノアの洪水だ。クリスチャンは真面目にノアの洪水が起きたと主張する。この時の水の水圧が凄かったために、洪水前と洪水後では地形が大きく変わったという。

千歩譲ってノアの洪水が地形を大きく変えたとしよう。そうするとノアの洪水前の四本の川に関する記述と矛盾することになる。創世記二章ではエデンの園から四本の川が出ていると説明している。ピション、ギホン、ヒデケル、ユーフラテスの四つの川である。クリスチャンはこの川は現在も存在しているという。現在は三本しか存在しないが、もう一本の河跡が発見されているらしい。これらの川は実在したのでエデンの話も本当だという。

でもノアの洪水以前の川が現在も残っていること自体がおかしい。全て洪水の下に流されて、川そのものも大きく変わっているはずである。もっと言うと、ノアの洪水以前に出てくる地名や地形は洪水によって塗り変わったから、現在存在してはいけない。これだけで創世記に出てくる地名などの史実性を検証することが不可能になる。

神がノアの洪水を起こすことにした理由は、ネフィリムを殺すためであった。ネフィリムとは、地上に降りてきた悪霊と不道徳な女性の間にできた巨人だと書かれてある。このネフィリムが悪かったのでエホバは洪水で彼らを流すことにした。ところが、洪水後からかなり経ったモーセの時代にもネフィリムは存在していた。民数記一三章三三節にはカナンの土地に、ネフィリムとその子孫であるアナクの子らが出てくる。ノアの洪水でネフィリムは全て滅ぼされたので、ネフィリムとその子孫がいるのも矛盾する。クリスチャンは「ユダヤ人はネフィリムのような人を見たのだ」と苦しい言い訳をする。しかしそれは彼らの解釈論であって聖句に「〜のような」とは一言も書いてない。

もう一つ私が謎だったのは、オーストラリアのコアラだ。聖書によると、世界全てが洪水に流されたと書いてある。そしてノアの箱船は現在のトルコのアララト山に着いたとされる。すると全ての人間と動物はこの地域から派生していることになる。だから陸続きのアフリカにたくさんの動物がいるのは理解できる。となると、オーストラリアにしか生育していないコアラやカンガルーはどこから来たのだろうか？　これらの有袋類はアフリカから遠く離れたオーストラリアにしか存在しない。さらに言うと、アフリカにカンガルーやコアラがいないのは絶対におかしいだろう。

世の中では聖典を正面から批判すると社会的に問題が起きる。八八年にアメリカで出版されたサルマン・ラシュディの『The Satanic Verses』（『悪魔の詩』）という小説はコーランを冒瀆しているとして、過激イスラム教徒は著者を殺すと声明発表したぐらいだ。ジョン・レノンも聖書を批判してアメリカのメディアからバッシングを受けた。

これは個人的な私の考えだが、聖書がここまで世界的に広まった要因は二つあると思う。一つは聖書を掲げていたローマが政治的に絶対的な力を持っていたこと。もしローマが弱かったら、どこかの小さな国でしか読まれない聖典になっていたはずだ。

次はマーケティング的な要因だが、タイトルが「聖書」であったことだ。タイトルを見ても分かるとおり、たんに「聖なる書物」と言っているだけだ。重要なのは、この「聖なる書物」という商品カテゴリの代名詞をそのまま獲得できてしまったということ。コーラ、ポスト・イット、セロテープみたいに、ブランド名が商品カテゴリの代名詞になると強い。もし聖書に「イエスの書」とか「モーセの書」という名前が付いていたら、「数多くある正典の一つ」にしかならなかっただろう。「なんとかの」という名前が付いた瞬間、それはマイナーな存在になってしまう。

エホバの証人から教義を見ると、聖書が聖書であってはならない明確な理由が一つある。組織は油注がれた神の真の崇拝者が、常にどの時代にも存在したと主張している。イエスの贖いを理解しているニュートンも自分たちの仲間だと言う。そしてこの一連の特別なグループは、一世紀から現在に至るまで途切れたことがないと説明する。もしそうであるとしたら、エホバはなぜ聖書の編成をこの油注がれた神の僕に任せなかったのだろうか？　エホバが忌み嫌う霊的な売春婦バビロンであるバチカンに聖書を編成させた意味が分からない。サタンの宗教が編成した聖書を認めてしまっていいのだろうか？

また、クリスチャンは『聖書全体は神の霊感を受けたもの』（テモテ第二　三章一六節）を根拠に、聖書は正しいとする。しかしこの聖句自体は聖書が四世紀に編成される「前」に書かれたものである。従ってこの言葉が書かれた一世紀の時点で「聖書全体とは何だ」という根本的な議論が出てくる。また聖書にそう書いてあったからといって、これが正しい証拠にはならない。私がもし、今ここで執筆している本を「神の霊感を受けて書いた」と主張したら、彼らはそのまま受け入れるだろうか？　たぶんウソツキと呼ばれるか、悪霊に憑かれていると言われるのがオチだ。人は全く同じことが書いてあっても、それが古い本だと鵜呑みにしてしまう。この本だって二〇〇〇年経てば聖典扱いされるかもしれない。

ネットでカリスマになった真理真

自分を解約してから自分と身内のために用意した紙資料が、かなりの量になった。様々な角度から組織と教義の矛盾を分かり易く説明した資料であった。家族や友達に対して使ったら、思っていた以上の効果をもたらした。「これは結構効くぞ！」と思いホームページを開設してみた。

真理真（しんりまこと）というペンネームで「JW解約」という資料をpdfでアップした。もし興味のある方はネットで検索すれば出てくる。気がついたら、「エホバの証人」で検索すると、組織の公式ページよりも上に出るようになっていた。そうしたら毎晩様々な人から相談メールが来るようになった。組織から離れたいと思っているけれど、まだ確信が持てない人。すでに組織から離れたけど、自分の洗脳が抜けなくて困っている人。親を解約したいが、どうしたらいいか困っている人。変わった所では、彼氏が証人であるという女性からの相談もあった。

ある時メールが来た。相談内容を読んでみると、本人はエホバの証人と全く関係ないのだが付き合っている彼氏が証人だという。そして彼の信条が原因で破局しそうなので、対策を教えてほしいというものであった。

「え、なんじゃそれは？　相手はクリスチャンなのに世の人と付き合っているのか？」

この時点で彼氏の方はクリスチャンのタブーを犯している。だから正しくきっかけを与えてあげれば解約できるだろうと思った。そこで彼女の方にはいろいろとアドバイスをした。彼にどういう資料を見せたらいいかとか、彼の母親が反対してきた場合の対処法についてである。その後の彼女の努力も実り、彼氏は宗教を離れて、今では彼女と幸せな家庭を築いている。

しばらくして、あちこちの元信者たちのブログの間で「この資料で救われた」とか、「おかげで脱退を決意できた」というコメントが載るようになった。最近も数年ぶりにペンネームで検索してみたら、いろいろな人のブログに引用されていたので、未だに役に立っているようである。

半年ぐらいネットで解約相談にのっていたのだが、途中でふと思った。

「オレは新しい人生を開始するために宗教活動から足を洗ったはずだ。だからこんなことをやって過去にエネルギーを注いでいる場合じゃないぞ」

それで「サイトを閉鎖」すると告知して封印した。私が作った資料を引き取りたいと申し出てくれた人が出てきた。別サイトの管理人さんであったが、彼に資料の扱いを託した。こうして私は解約活動に終止符を打つことにした。二〇〇八年二月のことだ。自分の解約デーからちょうど、一年半ぐらい経った頃である。

脱退届けで人生をリセット

話はその半年前に戻る。自己解約から一年ぐらい経った時だ。私は脱退届けを出さないといけないと思った。証人たちにとっては脱藩行為である。自分から脱退届けを出す「断絶」はサタンになるのと同義語だ。婚前交渉をしてしまったがゆえの排斥は、不完全なために罪を犯してしまっただけの話だ。悔い改めれば復帰できる。排斥処置には仲間信者からも「人は弱いから仕方ない」と同情票が入る。

しかし断絶だけは別の次元の話だ。自ら進んで脱退届けを出すのだから確信犯だ。サタンと同じく、自分から神を裏切るために行動を起こしたのだ。聖書の教えに背いて、反キリストとなり、サタンに魂を売り渡した人。しかも信者を真の崇拝から引き離そうとする惑わす者である。

もっとも断絶をしても、他の過激な教団と違って、何か暴力を受けることはない。ただ彼らの中の社会ではその存在が抹殺される。通常の信者にとってはクリスチャン仲間の共同体が全てなので、それは社会的自殺に近い。彼らとはその場で全ての連絡を断たれる。これは同じ会社にエホバの証人がいたりすると厄介なことになる。時々仕事上、証人たちと連絡を取らないといけない時があった。彼らは宗教ルールをビジネスの場にも持ち込むから、挨拶すらしてこない。全く人としての常識はどうなっているのだ？と思う。だがカルト信者なのだから、常識を期待できる訳がなかろう。

私はこれまでの二五年間の人生を全てリセットする決意をもって脱退届けを会衆の長老に送った。中には自然消滅をして「不活発な信者」になればと勧めてくれた人もいた。しかし私は不活発であれ信者の一人と見なされたくはなかった。また一切のエネルギーを断ち切りたいと思ったので、因果の原因になるような籍も消去しておきたかった。そしてこの手紙を送った瞬間、私はこれまでの仲間・クリスチャン家族を全て一夜にして失った。

当時私は日本での出張が多かったので、家族とは離れていた。そして一緒に遊んでいた仲間もいなくなった。私は週末一人で公園を歩いていた。

「ああ、オレは本当に友達がいなくなったんだ」

自分が文字通り一人ぼっちになったのを実感した。それまでは信者の中でネットワークが広かった方なので、常にたくさんの仲間と週末を過ごしたりしていた。ここにきて毎週末一人でもの想いにふける自分がいた。しかし悲しいというよりは安堵感があった。自分がノアの洪水から生き残って、信者全員が流されてしまったような感覚だ。一緒に教団を離れたタイチも、「ハルマゲドンを生き延びた感覚だ」と言っていた。全く逆の適用なので、人っておもしろいなと思った。

断絶して一つ分かったのは、実は断絶は立場を変えれば自分の身の守りになるということ。信者は断絶者に声を励まして組織に戻るようにとは言ってこない。だから彼らからの引き戻しが来ることを心配しなくていい。ある意味バリアの役割を果たす。だから組織を離れたいけれど、信者からは放っておいてほしいと思う人には断絶はお勧めである。

通常組織から排斥された人や断絶した人は罪悪感を持っている。だから信者からすると断絶者は不幸な人たちだと思い込んでいる。彼らに出会ったら陽気に声をかけてあげたらいい。逆に驚かれるだろう。

私は自分の洗脳が解けていくにつれて、自分が抑え込んでいた感情が解放されてきた。そのせいか、感受性や感覚が豊かになった。まずアルコールに敏感になり、酔い易くなった。以来、自宅にいる時はアルコールを基本的に飲まなくなった。次に何を見ても感動して涙が出てしまう。枯葉の音を聞くだけでうっすらと涙が滲みでた。そこに平穏な生活を送れるようになった自分がいるのだ。

何よりも大きかったのは、仕事仲間たちに対して先入観がなくなったことだ。もう世の人だからといって区別して警戒する必要はない。全くフラットな状態で接することができるようになったのだ。だから今の仲間とは普通に飲んでいられるだけで嬉しい。数年前はこういう当たり前なことができなかったんだよな、と思うと今でも涙が出そうになる。時々職場で若い社員がぶつぶつ文句を言うので、彼らにはこう言う。

「そんなに文句あるんならカルトに入っておいで。少しは人生のありがたみが分かるから」

彼らはキョトンとした顔をしている。

第10章　死と再生――人生バージョン2・0

人生の価値観、道徳、倫理の再構築

私はこれまで自分の価値観、道徳観、倫理観を聖書の規則にのっとって構築してきた。それらが全て目の前から崩れ去ってしまったので、道徳観と倫理観に関して最初はどうしたらいいのか分からなかった。自分はパンドラの箱を開くことになるぞと思った。

聖書では全ての道徳基準に対して白黒が明確に付けられていた。それを丸暗記して実行するだけだ。しかし聖書が神ではなく人が書いたものであれば、その倫理観は絶対的なものでなくなる。だから三五歳になってから全ての道徳観と倫理観を再構築しなければならなかった。

殺人はいいのか？　戦争はいいのか？　マリファナはいいのか？　タバコはいいのか？　アルコールはいいのか？　輸血はいいのか？　アダルトビデオはいいのか？　婚前交渉はいいのか？　浮気はいいのか？　風俗はいいのか？　堕胎はいいのか？　自殺

はいいのか？　死刑はいいのか？

　とにかく全ての倫理観を考え直す必要があった。もしこれらが許されるのであればなぜ？　もし許されないのであればなぜ？　その根拠は？　これらに対して当然答えは存在しない。法律は答えとはならない。法律が絶対に正しいのであれば、ナチスが制定した法律は正しかったのか？　法律だって人がつくったものである以上は欠陥がある。

　アメリカではアルコールは二一歳になるまで買えない。しかし過去において、戦争のために一八歳で徴兵されていた。アルコールよりも前に戦争で人を殺す権利が付与されるのだ。これら一連の法律は倫理的に正しいといえるか？　アメリカでは黒人ラッパーが銃に関してラップすると、白人メディアからバッシングを受ける。しかし銃を大量生産して市場に流すように圧力をかけているのは白人だ。

　医療において、親族が自然死を望んで無断で生命維持プラグを抜けば違法だ。しかしタバコとアルコールでメーカー企業が購入者の寿命を縮めるのは合法的だ。アルコールは車の事故で人を殺すことはあっても、アダルトビデオが人を殺すことはない。であればなぜ日本のアダルトビデオは無修正がダメなのか？　これらの社会ルールに対して合理的な根拠は存在しない。

　大勢の人間は自分の意見を通そうとしてケンカから戦争までする。しかし最も基本的なことを考えるのは面倒臭いから政府や教育機関に任せてしまう。人は、他の人を殺してまで自分の考えを主張するが、自分で考えるのは死ぬほどイヤなのだ。親は学校の性教育の内容に関して文句を言うが、自分で子供に性に関して教えることはしない。

私はこの年齢になって、第二の人生が与えられたことを感謝している。もう一度全ての価値基準や常識を白紙から考え直すことができるのだ。世間一般の人は自分の常識や価値観を疑ったことがないだろう。大抵の人は、他人によって植え付けられた価値観を自分の価値観だと思って生きている。ほとんどの重要な決断の根拠は、親、先生、上司、周りの人々の習慣や伝統によって決められている。自分で体験して結論を出して生きている人は非常に少ない。

洗脳に関して言うと、私のカルト体験談は確かに特殊で極端な環境だった。しかし程度の差はあれど、広い意味での洗脳は社会のあらゆる所で見られる。「企業方針」という名の洗脳の結果出てくる過労死や燃え尽きという犠牲。受験戦争という、子供の多感な思春期を押しつぶす方式に加担する親たち。政府の意図が反映されているプロパガンダともいうべき教科書の内容。テレビ、新聞、雑誌などのメディアによる思想や価値観の押し付け。

流行だって軽い社会的洗脳から始まるものである。広告による商業主義の刷り込み。婚約指輪が給与の三ヶ月分で、結婚式が年収分の予算なんていうのは広告洗脳の結果でしかない。ルイ・ヴィトンのバッグがステータスだというのも、雑誌広告による軽い洗脳のおかげだ。ブランドとは価値の刷り込みでしかない。そして広告代理店は、広告で人の意識に影響を与えることができますよ、といって広告媒体を売り歩いている。もし全てのメディア媒体が世の中から消えたら、あなたの価値観は今頃どうなっているか想像してみるとおもしろいだろう。

私は別に特定の教団を攻撃・非難するつもりは全くない。誰もが自分にとって合う宗教をすればいいと思っている。ただ客観的に見ると、世界の中の多くの論争は宗教がその一端を担っている。証人たちだって建前上、「私たちは全ての信条の人を受け入れています」と言う。しかし自分たちの信条を異にする背教者を受け入れることは絶対にしない。隣人に挨拶をできない人が世界平和をもたらすとは到底思えない。

宗教論争は一言でいうと、神との独占契約の代理店の利権を巡っての論争だ。自分たちこそが真の神を代表していると言い張って譲らない。自分が神を代表しているのであれば、他の代理店はまがい物神を扱っていると言って批判する。たくさんの宗教団体が様々な神の代理店を担っていると主張する。そう、神に関して証人となっているのはエホバの証人だけではない。世の中に数多くの宗教団体の信者たちが各々の神々の証人であると主張している。我々は様々な神々の証人たちに囲まれて、いろいろな価値観を営業されながら生活をしている。

私はそれらの宗教論争ゲームから足を洗った人間だ。もちろん今だって、私に全ての答えがあるわけではない。だから自分が誰かの信条よりも正しいとは思っていない。今も日々いろいろな経験をしながら学んでいる途中だ。しかし一つだけ大切なことは分かっている。

「人生の答えを他の人に委ねた瞬間、自分の人生はなくなってしまう」

冒頭に戻って

二〇一二年の四月のことである。冒頭の通り、私は部屋にこもって徹底的に部屋を整理していた。その時に自分が四歳の時の家族の映像が出てきた。突然自分の頬に涙が溢れ流れて自分でも驚いた。しかし落ち着いて物事を考えてみれば、かなりの修羅場を潜り抜けてきたと思う。身体的なサバイバルではなかったが、精神的なサバイバル、いや、アイデンティティのサバイバルであった。しかし今の私は、全く違う景色を見ながら生きている。

今では母親も無事に宗教を抜けて、それ以降ケンカする理由がなくなった。前はいつも、エホバと組織の方針に私の生き方がそぐわないと言い出し、毎回ケンカが絶えなかった。今は別にどうするべきだということもないので、うるさいことは言わなくなった。おかげで二五年かけてやっと佐藤家内も平常化したと言える。

母親には、最終的に組織よりも子の方を信頼してくれたので感謝している。高齢になってから、自分が構築してきたライフスタイルをリセットするのは勇気が必要だ。父親も宗教活動から解放されて自由に過ごしている。弟家族も自分の子供を宗教に縛る必要がなくなり、家族全員で楽しんでいる。妹に関しても、平和に食事をできるようになった。とにかく今の佐藤家は宗教フリーゾーンだ。佐藤一族のご先祖さんたちも、天国で安心してくれているだろう。やっと佐藤一族が正常なレールの上に戻ったのだ。おばあちゃんには天国に行ったら、ご褒美を貰いたいぐらいだ。娘のケツ拭きをしたのだから。

そして何よりも、私が大きく人生の方向転換を首尾よくできたのは、私の妻のおかげだ。彼女の理解と協力がなければ新しい一歩を踏み出すのは困難なものとなっていたことだろう。妻の勇敢さと度胸には本当に感謝している。今は彼女の実家も、楽しい老後を過ごしている。そして私の子供たちにとっても新しいより自由な展望が開けたことになる。二人には、自分で自分の答えをつくっていきながら生きていってほしい。

「答えとは探すものではなく、創るものである」

再び生まれた者となる

私は今、文字通り第二の人生を歩んでいる。全ての価値観が変わった。周りにいる友達も全て変わった。過去の人生観は死んだものとなった。そして私は新しい意識を持って再生された。

イエスの水のバプテスマは何を表していたのか？　それは「死と再生」の儀式ではないかと思っている。今知っている自分を一度死んだものとする。そして新しい自分にリセットする。人は常に変化し続けないといけないという教訓である。農作物でも植物は一度死んでまた新たな芽となって再生する。地球上の生物トータルで言えば、爬虫類が死んで哺乳類がそれに取って代わった。世の中は常に死と再生の繰り返しによる変化の連続である。

人は自分の常識や価値観を守るのに必死で、なかなか自分の意識を再生することができない。しかし変化を拒む者は時代の変化によって拒まれる。波に乗ることができるのか、波に巻き込まれて終わるのか。これは自分の意識をどれだけ入れ替えることができるかだ。

私が尊敬するアーティストも、みんな自分たちの意識をリセットした人たちである。私が自分で自分の洗脳を解く時に、最初に読んだ本のうち二冊はマリリン・マンソンの本であった。クリスチャンの時は彼の「反キリスト」的なCDアルバムを見て、「絶対にサタンは世の中にいる！」と思っていた。でも宗教的な先入観を取り払ってみると、彼の主張は全うだ。彼の本を読んでみて、彼は確信犯だと思った。後に彼とは直接仕事で接する機会があり、このことに関して話したが、二人で共感しあえるものがあった。彼自身も厳しいキリスト教環境で抑圧されてきたからだ。

最近ケイティ・ペリーの映画を見たのだが、彼女の子供の頃に関する話が出てきた。

彼女の親は厳格なプロテスタント系の宣教者であった。育てられ方がエホバの証人とあまり変わらない。子供の時は賛美の歌しか聞かせてもらえなかったとの話だ。しかし二〇代に入って、一人でロスにやってくる。そしてそれまでの宗教の世界と違う世界を初めて見るのだ。彼女の今の個性の強い表現は、子供の時の抑圧に対する反動に根ざしているといってもいいだろう。

マドンナも厳格なカトリックで育てられた後に、過激な方向に走っていった。人はあまり抑圧され過ぎると反動で極端な方向に走るのだろう。これはマイケル・ジャクソンも例外ではない。子供の時代の「偏り」が彼らの表現の原動力となっている。私はこれから彼らの後を、一生懸命追いかけて走っていきたいと思っている。

撒いたものは刈り取るという言葉の難しさ

私は別にどの宗教も否定しているわけではない。これだけ多くの宗教が世の中に存在するということは、そこに意味があるからだ。存在意義のないものは世の中に存在できない宿命を持っている。宗教が存続できるのは、それを必要とする人々がいるからだ。需要と供給の結果である。

ただしその必要度が高いがゆえに、宗教論争が常に起きているのも事実だ。実際、大半の戦争の原因の根っこは、宗教に根ざした価値観の違いにある。宗教組織というのは、とても難しい。規則を強くしなければ、結束力が出てこない。だから他の教団を差別して排除する。逆に教義と規則を弱めてしまうとその団体は緩くなって機能しなくなる。これは企業にも同じことが言える。

しかし排他性が強くなると、全ては神か悪魔かという「二元性」の議論が生じる。そして悪であれば暴力を行使してでも強制排除しようと考える。中世にあった教会による異端審問の拷問や魔女狩りがそうだ。宗教には排他性がなければ存在できない。どの宗教でもいいですよと言ったら信者は散らばってしまう。だからどんな形であれ、宗教に属している人は、自分の教団の方が他の教団よりも優れていると考える。もし自分の宗教が優れていないのであれば、最初からやめればいい。でもやめない以上は、自分たちの方がより優れていると信じていることになる。

人は自分が理解できないものには攻撃したくなる。それが宇宙人のＵＦＯであってもだ。なんでも不安だからとにかく弾を撃つ。相手が何ものか分かっていれば、握手をしにいって条件交渉を始めるはずだ。

本当に世の中全体を平和にしたいのであれば、いろいろな国の人々が、いろいろな神に同時に祈るだけではムリである。「いっせいのせ」でみんなが自分たち各自の神を捨てればいい。この執着を捨てることなくして意識のバリアフリーをつくるのは難しいだろう。

現在の私の価値観

本書でいくつかのテーマが出てきたが、ここで誤解のないように書いておきたい。

宗教と聖典に関して

私は特定の教団や信条を否定するつもりはない。実際に歴史を通じて多くの人々の啓発と成長に役に立ってきたのも事実だ。ただし、個人的にこれらの中に私のための答えがあるとは思っていない。従って、これらの議論に加わるつもりもない。みんながお互いの宗教を尊重して受け入れることができればよい。それができないのであれば、みんな平等にやめればいい。人に対してしたことは、自分に返ってくることを忘れずに。どの教団や教義や聖典がどっちかより優れているということはない。それを信じている人にとっては、それぞれ価値があるものなのだ。エホバの証人をやめて、他のキリスト教に行くのが心に平安をもたらすのであればそれでいいと思っている。なんであれ、周りに自分の信条を強要しないこと、他の信条を排他しないことが大切だ。

陰謀論に関して

陰謀説はキリスト教と表裏一体の理論だと思っている。ある時、陰謀論の著者にはキリスト教原理主義者が多いことに気が付いた。いろいろな切り口はあるのだが、結局は黙示録の預言が土台を成している。いずれもフリーメーソン、イルミナティの上に存在するのは、サタン崇拝であるという構図。しかし自分がもしキリスト教徒でなければ、この骨格は意味を成さない。聖書の黙示録もサタンも信じていない仏教徒から見れば、陰謀論のコアな図式は崩れさる。従ってキリスト教と対になっている理論だと思えばよい。私個人は、フリーメーソンなどの秘密結社に関しては何の結論も出していない。自分が入ったことがないので、単純に分からないからだ。ただ、陰謀論の主張のように、少人数の計画がスムーズに進むのであれば、世の中誰も苦労しないだろう。またもし陰謀論が本当であれば、今頃世の中はもっと酷い世界になっていると思う。

スピリチュアル本に関して

私は特定の信条を持ち合わせていない。個人的に好きな本はあるが、別にそれだけが絶対の答えだとは思っていない。答えは何でも良いと思っている。死ねばどうせ答えは分かるだろう。いや、実は死んでも答えは出ないかもしれないと思っている。スピリチュアル本の中には、宗教色の強いものもあるので要注意。江原さんの本を読むのもいいが、エハラーになった時点で、スピリチュアルの真髄を理解していない。スピリチュアルの基本は各自の自立であって、どこかの霊能者を祭ることではない。個人的には『神との対話』が役に立った。しかしその本でも、読者のワークグループができていたので危険だなと思った。人はグループになると、必ずルールを設け始める。そうやって宗教が始まるのだ。これはスピリチュアル本だけに限らず、自己啓発本に関しても同じことは言える。いずれにしても何でも読みすぎはよろしくないだろう。本に書いてある事柄は所詮他人が出した答えであって、あなたがつくり上げた答えではない。

霊能者に関して

霊能者の方々とは仕事をすることがよくある。少なくとも私の前では事前に与えていない情報を言い当てているので霊能力はあると思う。しかし霊能者は当たるか、当たらないかではない。役に立つか立たないかだ。彼らの言葉が役に立つと思うのであれば活用すればよい。役に立たなければ、そこで切り捨てればよい。霊能者にも得意な分野と不得意な分野があることをお忘れなく。私たちと同じ人間であるので完璧ではない。霊能者は潜在意識のプロではあるが、必ずしも現実世界の現実的手段に精通しているとは限らない。霊能者に実業家が少ないのはそのためである。あくまでも彼らのリーディングは参考資料程度ぐらいに捉えておくこと。原則的に脅しをかける、威圧的な態度、依存させるような霊能者には注意。一目見て第一印象で「合う」と思った霊能者を選ぶこと。「合わない」と思ったら選ばないこと。宗教と同じで頼りすぎは禁物。

自分にしかできないこと

自分が運営していた解約サイトを閉じた時、私は今後、この類の活動には関わりたくないと思った。それでこの五年間この世界から離れていた。過去数年は全く意識すらしていなかった。しかし幾人かの霊能者からは、生まれ持った使命のためにこのテーマに再び関わると予告されていた。しかし自分は興味なかったので、「それはありえね」と思っていた。ところが二〇一二年四月の部屋の整理をきっかけに、過去のことが全てフラッシュバックしてきた。そして突然、ブログで宗教と洗脳について書かなくてはならないという衝動に突き動かされた。その時は自分自身の過去に対する決別だと思った。気が付いたら二日間で七〇日分の記事を書いていた。自分でも驚いたが、何か意味があるんだろうと思って、自動更新を設定しておいた。

正直な話、誰もこんなネタは読みたくないだろうと思っていた。今さらカルト被害者ですと言って同情してほしいわけでもないし、と。だから撤去しようかなと何回も思った。しかしいざ出してみたら、今までのほかのトピックよりも反響があった。これには正直驚いた。一般の人が宗教と洗脳のトピックに関心を示すものなのか？　もう一つ興味深かった点は、私のブログが宗教と洗脳のテーマに入ったら、突然オウム真理教のニュースが復活したことだ。二ヶ月前に書いた自分の記事がタイムリーな時期に重なってしまった。

私は六月の終わりに、乙武洋匡さんの、『五体不満足』を寝る直前に読んでいた。今までやってきたファッション関係の仕事を辞めたので、次にどんな仕事をしようかなと考えていた。興味深かったのは、乙武さんが仕事を最初にもらった時の話。彼はずっと仕事が見つからなかったので、自分はどういうふうに生きるべきかを考え直したという。そして自分にしかできないことは何か考えた。それで彼は、自分の身体的な制約のある背景を活かした仕事をするべきだと思って、床に就いた。すると、次の日に偶然会った知人から、仕事をオファーされる。「そんなこともあるんだよな」と思って、自分も本を置いて考えた。

自分にしかできないこととは何か？ それはたくさんあると思う。では自分が育ってきた環境は？ これは特殊かもしれない。六年経った今となっては、完全に過去のものとなっていたから、特別に何も考えていなかった。でも確かに、自分の宗教体験は特殊である。この過去の体験は誰かに届けるべきメッセージを含んでいるかもしれないと思って寝た。

そしてある朝起きると、出版エージェントのアップルシード・エージェンシーの鬼塚忠さんから「宗教体験に関する本を書きませんか？」というメールが入っていた。題材が題材だったので、受けるべきか迷った。だがシンクロを感じたので、一度は書いておくべきだろうと思った。ただ先方からの要望が、「本名でお願いします」であった。これには最後まで迷った。秘密でもなんでもないから公表しても構わない。ただネットで私の名前を検索した時に、ビジネスと宗教のイメージがごちゃまぜになるのは困ると思った。またこの系統の問い合わせが増えるのもイヤだったし、ブログで熱狂的な宗教関連のコメントを書き込まれるのも嫌だった。

執筆を続けるうちに、この本が今の自分の人生と仕事とに深く密接に絡んでおり、切り離せないことを悟った。今の私の本業である事業戦略論やマーケティング論も、私が得た宗教体験に根ざしている。だから本名で語るしかないと思った。ただしあくまでも私の宗教体験にフォーカスしておきたかったので、この本ではビジネスに関連しての言及は最小限に留めてある。

この本が半年後に出る時、どのように私に関する物事が変化するのか、自分にも予想できない。もっと言うと、私は自分の人生の先を正しく予想できたことがない。常に不思議な巡り合わせによって、想像もしていなかったカードを天からもらってきた。この先からは神のみぞ知るである。

おわりに

この本の依頼は、アップルシード・エージェンシーの鬼塚忠さんからいただいた。「出版社はまだ決まっていないですけれど」と言われたが、鬼塚さんのことは信頼していたので、とにかく原稿を打ち始めた。そして気が付いたら一週間で一八万字を打っていた。「ちょっとオレ、プロ並に早くねーか⁉」と自画自賛した。鬼塚さんも、とても早いペースだと驚いてくれた。机に座ると文章の方が早く降りてくるので、タイプが追いつかない。そして朝から夜まで付随資料を調査しながら机に張り付いていた。部屋を出るのすら面倒だったので、部屋にこもっていたら部屋中が空のペリエのビンで一杯になった。ペットボトルに囲まれているエンジニアやゲーマーの気持ちが分かる気がした。

とりあえず全てのドラフトが整ったので、これから鬼塚さんの手元に渡す。これからたぶん編集や修正が入るから、最終的にはどれくらいの文字量になるかは分からない。しかしそれは必ずいいものになるだろう。

私自身、この原稿を打っていて、それぞれの時代の心境になったりした。原稿を打ちながら入り込んでいたので、「あれ、オレ今ベテルにいるんだっけ?」と何度も思ったりした。読者の方もある程度擬似的に宗教と洗脳に関する体験をしていただけるかと思う。これればかりは信者になってみないと分からない概念だから……。

私は宗教的価値観を捨ててからは、人を先入観を持って見なくなった。その結果、独善的な態度が改善されたと思う。周りからもその頃を境に、「人格が良くなった」と褒められるようになった。クリスチャンをやめることにより人格が良くなったのだから皮肉なものだ。私の上司からも、「おまえ、あの頃から性格が柔らかくなったよな」と言われる。それまではかなり厳しい態度で自分の部下にも接してきたので、今は申し訳なかったなと思っている。また私がクリスチャンである立場の時に、快く職場で私のために特別な便宜を取り計らってくれた、過去の上司や同僚たちにも感謝している。彼らのおかげで、有意義なクリスチャン経験を積むことができたし、今ではそこから卒業することもできた。

今所属している信者たちに関しては、彼らの道を後悔なく全うしてほしいと思う。そしてその中でもし自分の道と違うと気が付いた人がいたら、その人には外に踏み出す勇気を持ってほしい。この本がそういう人の助けになれれば幸いだ。

読者の大半の方々は、宗教とは関係ないかもしれない。だが私のメッセージが、なんらかの形で役に立ってくれれば嬉しい。

ここで私は、筆ではなくて、キーボードを置く。七月四日のアメリカ独立記念日の花火の音が窓から聞こえてくる。これは自分にとっても独立である。原稿モードから我に返り、「よかった、自分は今自由なんだ」と安堵する。世の中の全ての人に安堵が訪れるように祈る。

二〇一二年七月四日

後日追伸

この本を出すにあたり、河出書房新社の編集の東條律子さんにも感謝の言葉を述べる。私の個人的な話に興味を持っていただき、最終原稿が上がるまで多大な協力をいただいた。そしてこの本を取り扱ってくださった書店の方々、そしてこの本を手に取ってくださった読者の方々に厚く感謝する。

佐藤典雅

文庫版あとがき――カルトの世界が私には全てであった

この文庫のオリジナルの原題である『ドアの向こうのカルト』を執筆してから三年が経った。当然私の中でもいろいろな意識の変化があった。最後まで取り残されていた妹夫婦も教団を捨てた。宗教を持つ両親がいやで家出をしていたレンくんもこの本を読んで連絡をくれた。

現在佐藤家親族は宗教フリーゾーンである。ある意味フラットである。だからどの宗教も肯定はしていない。どの宗教も否定しないが、どの宗教も肯定はしていない。ある意味フラットである。多分この本を読んでいる日本人である読者の多くは「自分は特定の宗教に入っていない」と思っているだろう。しかし世の中には宗教っぽいものがたくさんあふれている。

本屋に並んでいる多くの自己啓発本、人生の成功を保証する自己啓発セミナーとマルチ商法、胡散臭い健康法など、全て宗教の臭いがする。答えを保証してくれないものを絶対的だと信じ込む行為は宗教である。宗教にどっぷりとつかってきた私としては、宗教臭いものはもうたくさんだと思っている。

私はこれまでずっとなぜ母親が宗教に入ってしまったのか不思議でならなかった。母親なりに理由を説明してくれたのだが、あまりしっくりこない。経済的にも社会的にも身体的にも何も困っていなかったのになぜ宗教に入ったのか？　もっというと、なぜ教団には女性信者が圧倒的に多かったのか？

私は現在アメリカから引き上げて、川崎市で児童福祉の施設を運営している。自分の息子の自閉症がきっかけとなってキャリアの大きな方向転換を行った。そして仕事柄多くの生徒の保護者と話すようになったのだが、教室にやってくるのは大抵母親である主婦層だ。発達障害児の子育てということで、当然親として多くの不安を抱えている。

これまでのキャリアにおいて、私の商談相手はもっぱら男性のビジネスマンが多かった。ここにきて私の対談相手が主婦層である女性になったのだ。そしてここであることに気づく。それは主婦は何事につけても不安を持っている人がとても多いということ。思い返せば私の母親も何事につけ心配性であった。で、多分その不安が原動力となって教育ママになるのだと思う。そしてその不安を払拭するために、なんらかの教育論（右脳開発とか）や療育論（子供の訓練方法）や食育（玄米・野菜信仰とか）に走る。

一つ気づいたのは男と女が持つそれぞれの不安の性質は違うということ。女性の持つ不安は漠然とした抽象的な不安がほとんどである。ママ友ランチ会で不安を共感（交換）しあい、週刊誌とバラエティーショーの無責任なコメントがより不安を増幅させる。

しかしほとんどの人は自分が抱えている不安を分析して、具体的に取り組める課題として落とし込むことをしない。それどころか漠然とした抽象的な答えを求める。そして抽象的な答えの究極が宗教であるといえる。宗教はやたらと「愛」と「救い」を語るが、これらは方程式でいう「x」に近い代名詞だ。

抽象的な悩みを持っている人は、抽象的な解決を求める。今の仕事で主婦層と話をするようになって、自分の母親を含めた女性たちがなぜ宗教にとりこまれやすいかを実感した。しかしこれは女性に限らず、ビジネスセミナーに通っている男性にも同じことがいえる。自己啓発セミナーでは「感謝」「幸せ」「成功」「自己実現」といった言葉を掲げるが、どれも漠然としている。高揚感はあるが、何かをいっているようで実は何もいっていない。

おもしろいもので人は抽象的なものにはたくさんのお金を払う。「成功」を語るビジネスセミナーには一〇〇万円でも払う。しかし決算書の見方とかいった講座には一万円も払わない。本当にビジネスで成功したかったら、本当はこういう具体論の方が必要なのにである。

教室にくる母親たちと話していて、もう一つおもしろいことに気づいた。ほとんどの人は他人の価値観を自分の価値観だと思い込んでいる。我々の業界でいうと、自閉症を治すという「療育」という言葉がある。私からみると宗教に近い論理なのでうちでは採用していない。

しかし教室にやってくる多くの母親たちは「療育こそが！」という。このメソッドが、本人の考えだしたものや体験したものであればまだわかる。しかし実際には他人からの受け売りで「療育がいいよ」と聞いただけである。いつのまにか他人の価値観を自分の価値観だと思って固執するのである。

しかしこれは、実は人間全般にみられる現象でもある。みんな自分の親や社会によって刷り込まれた価値観を自分自身の価値観だと思っており、自分が知っている常識を疑うことはない。そういう意味ではカルトの中で麻痺している狂信的な信者と変わらない。自分の常識と外れた人が現れたら、自分たちの信仰（常識）を押し付けるために攻撃する。これを日本語では「出る杭は打たれる」という。共同社会の空気という教義を読まないと村八分（排斥）にされるのだ。

もっともキリスト教とイスラム教だけで人類の三分の二の宗教信者がいることを考えると、人類は宗教が大好きな生物だといえる。だから私は自分の母親を責める気もないし、うちの施設にくる主婦を批判する気もない。多分何かにすがっていかないと生きていけないのが人間というものなのだ。相田みつを先生なら「にんげんだもの」というだろう。

多くの人が持っている抽象的な不安を解消できる方法は一つだけしかない。それは自分自身の具体的な行動によって、現実に変化を与える行為だけである。念じているだけで貧困や戦争がなくなるなんて思ってはいけない。同じく念じるだけでビジネスで成功することも幸せになることもない。行動のみだ。

私は現在自分の事業を通じて、自閉症というテーマに具体的に日々取り組んでいる。宗教というフィールドから足を洗って、今は福祉という業界で仕事をしている。しかしここでも一般の主婦層がもっている常識をひっくり返す（解約する）作業をしている。因果なもので、私がやっていることの本質は宗教時代とあまり変わらない。人生って奇妙というか、皮肉なものだよなと思うこのごろである。

注意深く身の回りを観察してみると、私たちは自分がもっている既成概念や常識を宗教のように信じていることがわかる。そう考えると私たちが関係ないと思っているカルト問題はとても近いところにあるのかもしれない。そう、カルトは常にあなたのドアの向こう側にあるものなのだ。

佐藤典雅

推薦図書——エホバの証人に関して

（★は特にお勧め）

★『良心の危機——「エホバの証人」組織中枢での葛藤』 レイモンド・フランズ

★『目ざめの時！——1914年：それは特別な年か』（冊子） ウィリアム・ウッド

●『目ざめの時！〔2〕忠実で思慮深い奴隷：それはだれか』（冊子） ウィリアム・ウッド

●『説得——エホバの証人と輸血拒否事件』 大泉実成

下記にある英語の本の概要を日本語でまとめているネット資料は、「エホバの証人情報センター保管庫」「JW解約　エホバ」で検索

●『解毒——エホバの証人の洗脳から脱出したある女性の手記』 坂根真実

★*Jehovah's Witnesses: Their Claims, Doctrinal Changes, and Prophetic Speculation* Edmond C. Gruss

ラザフォード会長のスキャンダルを含む多くの隠蔽問題の調査。過去の出版物からの預言に関する教義変更を検証。

★*Apocalypse Delayed: The Story of Jehovah's Witnesses* M. James Penton http://tinyurl.com/yu92xg

大学からの証人たちに関する歴史のレポートの依頼を受けたのが衝撃の始まりとなる。ラッセルの教義の由来を探る。

★*The Gentile Times Reconsidered* Carl O. Jonsson

長老が個人研究のために図書館で歴史の調査をする。だが組織の提唱するエルサレム崩壊には西暦前六〇七年は根拠がないと発見する。

★*The "Sign" of the Last Days —— When?* Carl O. Jonsson

本当に一九一四年から終わりの日が始まっているのか？　様々な歴史文献と統計記録から検証。

★*Jehovah's Witnesses and the Hours of Darkness*　Darek Barefoot
出版物の挿絵にオカルトシンボルが隠されていることを発見する。

● *Thus Saith ——the Governing Body of Jehovah's Witnesses*　Randall Watters
一九八〇年までブルックリンで長老であった兄弟がまとめた組織内の資料。

ネットでは証人の被害者による感情論的なサイトが多いため、客観的な事実を調査したい時は、こちらが有用である。

●「エホバの証人情報センター保管庫」で検索
組織と教義の歴史に関して最も充実した資料。

●「JW解約　エホバ」で検索
様々なスキャンダルの証拠がまとめてある。

●「エホバの証人　Stopover」で検索
資料室の金沢文庫と翻訳コーナーにある体験談集。
『ものみの塔の終焉』では一九七五年問題に触れている。

●「エホバの証人Q&A」で検索
総合的にまとめてあるリンク集が便利。

本書は、二〇一三年一月に小社より刊行された『ドアの向こうのカルト――九歳から三五歳まで過ごしたエホバの証人の記録』を文庫化したものです。

カルト脱出記（だっしゅつき）
エホバの証人元信者（しょうにんもとしんじゃ）が語（かた）る
25年間（ねんかん）のすべて

二〇一七年　一月二〇日　初版発行
二〇二二年一〇月三〇日　2刷発行

著　者　佐藤典雅（さとうのりまさ）
発行者　小野寺優
発行所　株式会社河出書房新社
〒一五一-〇〇五一
東京都渋谷区千駄ヶ谷二-三二-二
電話〇三-三四〇四-八六一一（編集）
〇三-三四〇四-一二〇一（営業）
https://www.kawade.co.jp/

ロゴ・表紙デザイン　粟津潔
本文フォーマット　佐々木暁
本文組版　株式会社創都
印刷・製本　凸版印刷株式会社

Printed in Japan　ISBN978-4-309-41504-8

道徳は復讐である　ニーチェのルサンチマンの哲学

永井均　40992-4

ニーチェが「道徳上の奴隷一揆」と呼んだルサンチマンとは何か？　それは道徳的に「復讐」を行う装置である。人気哲学者が、通俗的ニーチェ解釈を覆し、その真の価値を明らかにする！

なぜ人を殺してはいけないのか?

永井均／小泉義之　40998-6

十四歳の中学生に「なぜ人を殺してはいけないの」と聞かれたら、何と答えますか？　日本を代表する二人の哲学者がこの難問に挑んで徹底討議。対話と論考で火花を散らす。文庫版のための書き下ろし原稿収録。

軋む社会　教育・仕事・若者の現在

本田由紀　41090-6

希望を持てないこの社会の重荷を、未来を支える若者が背負う必要などあるのか。この危機と失意を前にし、社会を進展させていく具体策とは何か。増補として「シューカツ」を問う論考を追加。

こころ休まる禅の言葉

松原哲明〔監修〕　40982-5

古今の名僧たちが残した禅の教えは、仕事や人間関係など多くの悩みを抱える現代人の傷ついた心を癒し、一歩前へと進む力を与えてくれる。そんな教えが凝縮された禅の言葉を名刹の住職が分かりやすく解説。

日本人の死生観

吉野裕子　41358-7

古代日本人は木や山を蛇に見立てて神とした。生誕は蛇から人への変身であり、死は人から蛇への変身であった……神道の底流をなす蛇信仰の核心に迫り、日本の神イメージを一変させる吉野民俗学の代表作！

服従の心理

スタンレー・ミルグラム　山形浩生〔訳〕　46369-8

権威が命令すれば、人は殺人さえ行うのか？　人間の隠された本性を科学的に実証し、世界を震撼させた通称〈アイヒマン実験〉——その衝撃の実験報告。心理学史上に輝く名著の新訳決定版。